지혜산책

지혜산책

초판1쇄 인쇄 2015년 2월 10일
초판1쇄 발행 2015년 2월 14일

지은이   최종옥
펴낸이   이춘원
펴낸곳   책이있는마을

기 획   강영길
편 집   정윤정, 김지혜, 이지현
디자인   고지숙, 배기열
마케팅   강영길
관 리   정영석

주 소   경기도 고양시 일산동구 장항2동 753 청원레이크빌 311호
전 화   (031) 911- 8017
팩 스   (031) 911- 8018
등록일   1997년 12월 26일
등록번호   제10-1532호
이메일   bookvillage1@naver.com

ISBN : 978-89-5639-220-2(03800)

이 도서의 국립중앙도서관 출판예정도서목록(CIP)은 서지정보유통지원시스템 홈페이지
(http://seoji.nl.go.kr)와 국가자료공동목록시스템(http://www.nl.go.kr/kolisnet)에서 이용하
실 수 있습니다.(CIP제어번호: CIP2015002125)

77권 의 책 으로 세 상 을 바 라 보 는

지혜산책

최종옥 지음

책이있는마을

1999년 내가 번역한 책이 출간되었다. 사람들이 책에 대해 어떻게 느꼈는지 궁금해 독자들이 인터넷서점에 올린 서평을 살펴보았다. 그런데 한 독자의 글이 내 눈길을 끌었다. "나는 신문에서 보도자료만 보고 책을 구입했는데 읽다 보니 내가 원했던 내용의 책이 아니었다. 이거 환불 받을 수도 없고 어떻게 해야 하나"라는 내용이었다. 나는 갑자기 그 독자에게 미안한 마음이 들면서 '아, 앞으로는 인터넷서점이 크게 활성화될 텐데 정말 보도자료나 서평만 보고 책을 구매했다가는 이렇게 실망할 수도 있겠구나' 하는 생각이 들었다.

그 순간 도서의 핵심 내용을 5% 정도 분량으로 요약·정리해서 유료 서비스로 제공하면 어떨까 하는 아이디어가 떠올랐다. 그래서 곧바로 다니던 직장을 그만두고, 도서의 주요 내용을 요약한 도서요약본을 통해 독자들이 자신이 원하는 좋은 책을 고르고, 또한 짧은 시간에 세상의 흐름을 읽을 수 있도록 하자는 취지로 2000년 4월에 도서요약본 제공 업체 북코스모스를 창업했다. 그 후 지금까지 15년 동안 북코스모스를 운영해오면서 대략 1년에 100여 권씩 총 1,500여 권의 책을 접했다.

언젠가 한 인터넷서점 대표가 "나는 책을 파는 것이 업(業)이어서 행복하다"고 말하는 것을 들은 적이 있다. 그런데 나는 책을 읽는 것이 업이어서 더욱 행복하다. 종종 주변 사람들에게 "죽었다가 다시 태어난다고 해도 이 일을 하겠다"고 말하곤 한다. 책을 읽을수록 책은 정말 우리의 인생에 마르지 않는 보물창고라는 생각이 든다. 책 때문에 사업을 시작하게 되었고, 사업상 어려움에 직면할 때마다 책 속에서 적절한 해결책을 발견하기도 하고 새로운 아이디어에 대한 영감도 얻는다. 또한 책은 일상의 삶을 살아가는 동안 당면하는 다양한 문제들을 해결하는 데도 도움을 주고 나아가 우리가 왜 사는지 그리고 어떻게 살아가야 하는지에 대한 깨달음도 제공해준다. 이처럼 책을 통해 얻은 지혜를 보다 많은 사람들과 공유하기 위해 2004년부터 매월 한 달 동안 읽은 책들 중에서 가장 감명 깊었던 부분에 내 생각을 더해 〈북프리즘〉이라는 제목으로 글을 써 북코스모스 홈페이지에 게재하고 월간지 《for Leaders》에도 연재해왔다.

이렇게 10년 동안 써온 총 120여 편의 글 중 77편을 엄선하여 『77권의 책으로 세상을 바라보는 지혜의 책』이라는 제목으로 펴내게 되었다. 부디 이 책을 통해 보다 많은 사람들이 삶의 진정한 의미를 깨닫고 당면한 현실을 지혜의 눈으로 봄으로써, 서로 사랑하고 더불어 행복한 세상으로 나아갈 수 있기를 간절히 소망한다.

2014년 11월
북코스모스 대표 **최종옥**

| 차 례 |

77권의 책으로 세상을 바라보는

지혜산책

Part 1
함께 가니 아름답지 아니한가
- 상생 -

오늘날 우리 사회를 병들게 하는 수많은 문제들은
우리 모두가 서로 연결되어 있다는 사실을
망각한 데서 비롯되었다.
그물처럼 연결된 세상에서
나 혼자만 잘 살아서는 결코 행복할 수 없다.

인연은 가꾸어가는 것

옛말에 옷깃만 스쳐도 인연이라고 했다. 혹자는 이 세상에서 옷깃을 스치는 인연은, 태평양에 3,000년 만에 한 번씩 수면 위로 머리를 내미는 거북이가 있는데 어느 날 그 거북이 머리가 망망대해 한가운데 떠 있는 조그만 널빤지에 뚫린 구멍 위로 솟아나올 정도로 진귀한 일이라고 말한다. 그만큼 우리가 세상에서 만나는 인연은 귀하다는 뜻일 게다. 그런데 우리는 이 인연을 소중하게 가꾸고 키워나가기보다는 무심코 흘려보내는 경우가 많다.

2006년부터 나는 일주일에 한 번씩, 새로 책을 낸 저자들을 만나 인터뷰를 하고 동영상으로 촬영하여 소개하는 한편 파이낸셜뉴스 지면을 통해 그 내용을 소개했다. 그렇게 1년을 하다 보니 50여 명의 작가들을 만나게 되었다. 생전 처음 만나는 작가들과 약 1시간에 걸쳐 책에 대해 이야기한다는 것은 분명 옷깃을 스치는 것보다 더 큰 인연이리라. 하지만 그 인연은 역시 그냥 스쳐 지나가는 그런 인연이었다. 그런데 그 50여 명의 작가들 중 유일하게 송진구 교수가 인터뷰가 끝난 다음 날 내게 전화를 걸어와 점심을 대접하고 싶다고 했다. 그동안 많은 작가들을 인터뷰했지만 한 번도 그런 일이 없었기 때문에 나는 뜻밖이라고 생각하며 흔쾌히 승낙했다. 며칠 후 함께한 점심 자리에서 송교수는 자신이 쓴 책을 어쩌면 자신보다 더 많이 알고 그렇게 예리하게 질문할 수 있는지 놀랐다며, 내게 고마워서 꼭 식사 대접을 하고 싶었다고 말했다.

그 후 송교수는 내게 종종 연락하고 뜻밖의 선물들을 건네곤 했다. 자신이 강연을 나간 회사에서 받은 기념품, 골프시합에서 우승 상품으로 받은 드라이버, 심지어는 멋진 운동복까지. 처음에는 '아니, 내게 뭔가 바라는 것도 없고 부탁할 것도 없을 텐데 이 친구가 왜 이러지?' 하고 의아한 생각마저 들었다. 그러나 시간이 지날수록 그의 진심이 느껴지면서 '아! 이 친구가 나를 정말로 좋아하는구나' 하는 마음이 들었다. 그러다 어느 순간 형, 동생으로 호칭이 바뀌었고, 서로를 배려하고 챙겨주면서 7년 동안 함께해오다 보니 이제는 정말 친동생처럼 가깝게 느껴진다.

또한 그동안 사업을 해오면서 수백 명의 출판사 대표들을 만났지만 지금까지 친형제처럼 가까이 지내는 사람은 강영길 대표 한 사람뿐이다. 그 역시 언제부턴가 나를 형이라고 부르며 말을 낮추라고 했다. 하지만 나는 성격 탓에 그에게 말을 낮추기까지는 한참이 걸렸다. 시간이 지날수록 서로를 배려하고 때로는 상대를 더 챙겨주고 하다 보니 친형제 같은 마음이 들면서 자연스럽게 말도 편하게 하고 더욱 가까워졌다. 식당을 가면 서로 돈을 내려고 했고 어떤 때는 식사 도중에 화장실 가는 척하면서 카운터에 가서 미리 계산을 하기도 하다가 나중에는 아예 식당에 들어갈 때 식대를 먼저 계산하는 경우도 많았다. 10년 넘게 지속되어 오고 있는 우리의 인연에 대해 이야기할 때 강대표는 늘 상대를 먼저 생각하는 '농심의 마음'이라고 말한다.

어느 날 문득 나에게 다가온 인연. 이 인연은 나에게 어떤 의미가 있을까? 모든 것은 자기 하기 나름이라고 했다. 인연도 마찬가지가 아닐까. 그냥 스쳐 지나갈 인연을 혈연만큼이나 소중한 인연으로 가꾸는 것도, 때로는 차라리 만나지 말았어야 할 악연으로 만드는 것도 모두 자신에게 달려 있는 것 같다. 스쳐 지날 인연을 소중한 인연으로 발전시키기 위해서는 무엇보다도 상대에 대한 배려가 우선이다. 때로는 내가 손해를 보더라도, 내가 불편하더라도 상대를 먼저 생각하고 챙겨주면 대부분 좋은 인연으로 발전할 수 있다. 그렇지 않고 내 이익을 먼저 생각하고, 나만 편하고자 하면 그 인연은 더 이상 이어지지 않거나 자칫 악연으로 치달을 수도 있다.

나는 특별한 일이 없으면 내 쪽에서 먼저 사람들에게 연락해 만나자, 밥 먹자고 하지는 않는다. 하지만 상대가 청하면 가급적 최대한 응하는 타입이다. 이러한 내 성격상 내가 먼저 전화했을 리는 없을 테니까 내게 먼저 연락하고 마음의 문을 열어 소중한 인연으로 가꾸어주고 기꺼이 동생들이 되어준 송교수와 강대표가 무척 고맙고 사랑스럽다. 인연은 또 다른 인연을 낳아 이제 송교수와 강대표도 서로 친구가 되어 지난해부터는 송교수의 책을 강대표의 출판사에서 내고 있다. 두 사람이 또 하나의 좋은 인연이 되어 서로를 챙겨주며 잘 지내는 것을 보니 내가 두 사람을 이어준 다리가 된 것 같아 생각할수록 흐뭇하다. 우리의 삶은 이 세상에서 만나는 수많은 인연들로 이루어지고, 소중한 인연은 우리를 살아 있게 하고 행복하게 해준다. 정현종 시인이 그의 시에서 말한 대로 우리의 인생에서 방문객처럼 나에게 다가오는 인연은 참으로 어마어마한 일이다.

〈방문객〉
사람이 온다는 건
실은 어마어마한 일이다.
그는
그의 과거와 현재와
그리고
그의 미래와 함께 오기 때문이다.
한 사람의 일생이 오기 때문이다.
- 정현종

스쳐 지나가는 인연들을 모두 다 소중한 인연으로 만들 수는 없겠지만 이제부터는 나도 어느 날 문득 다가온 인연을 예전처럼 그냥 흘려보내지 않고 내가 먼저 마음을 열어 소중한 인연의 싹을 키워야겠다.

『섬』 (정현종 지음 / 열림원)

함께 가니 아름답지 아니한가

　최근 우리 국민들이 느끼는 경제적 고통은 매우 심각하다. 국내 주요기관들의 통계에 따르면 지난해 가계의 경제고통지수는 카드 대란이 일어났던 2001년과 금융위기가 발생한 2008년에 이어 사상 3번째로 높았다고 한다. 경제고통지수란 소비자물가 상승률과 실업률을 더해 국민이 체감하는 경제적 삶의 어려움을 수치화한 것이다. 더 큰 문제는 금년에는 고용상황의 악화로 서민들의 경제적 고통이 더욱 심화될 가능성이 크다는 것이다.

　실제로 각종 뉴스들을 통해 들려오는 우리 이웃들의 삶은 암울하기만 하다. 명예퇴직이나 구조조정 등으로 일자리를 잃은 가장들은 벼랑 끝으로 내몰리고 있고, 경기침체의 여파로 자영업자들의 폐업이 속출하고 있다. 수많은 대학생들이 학자금을 마련하려다 불법 다단계 판매의 덫에 걸려 고통받고 있고, 대학을 졸업하고도 일자리를 찾지 못한 젊은이들은 희망을 잃어버린 지 오래다. 또한 중소기업들은 대기업들의 횡포에 언제 문을 닫을지 모르는 두려움에 피가 마른다. 이처럼 우리 사회 전체에 불안과 두려움이 팽배한 탓에 기상천외한 범죄와 사기 행각들이 난무하고 차마 입에 담을 수조차 없는 패륜과 부도덕이 끊이지 않고 있으며 절망의 늪에 빠진 수많은 사람들이 스스로 삶을 포기하고 있다.

우리 사회가 이처럼 중병을 앓게 된 것은 다른 누구의 탓도 아닌 우리 모두의 탓이다. 당리당략에 얽매여 국민의 소리를 외면한 위정자들, 무사안일과 복지부동으로 일관해온 관료들, 이익과 몸집 불리기에 혈안이 되어 중소기업이나 영세상인들의 밥그릇까지 빼앗는 파렴치한 대기업들, 그리고 이웃의 아픔에 등을 돌리고 있는 우리들 대다수가 만들어낸 현실이다. 분명한 것은 이런 사회가 결코 언제까지고 지속될 수는 없다는 것이다. 따라서 우리는 이 참담한 사회를 보다 희망이 넘치는 곳으로 바꿔야만 한다. 그리고 분명 바꿀 수 있다. 왜냐하면 맹자의 주장대로 우리는 본디 선한 마음을 가지고 태어났기 때문이다. 오늘날 우리가 당면한 현실은 맹자가 살았던 참담한 시대를 연상케 한다.

"백성들은 굶주린 기색이 있고 들에는 굶어 죽은 시체가 있다. 위로는 부모를 섬기기에 부족하고, 아래로는 처자를 먹여 살리기에 부족하고 풍년에도 내내 고생하고 흉년에는 죽음을 면하지 못한다. 신하로서 자기 임금을 시해하는 자가 있고 자식으로서 자기 아비를 시해하는 자가 있다."
　- 『맹자』〈양혜왕장구梁惠王章句〉 상

2,300여 년이 지난 지금 전국시대만큼은 아니어도 현실은 고

달프다. 굶어 죽지 않아도 삶은 척박하고 사람들은 칼날 위에 선 것처럼 위태롭다. 그런데 우리는 현실을 원망하면서도 바꾸려 하지 않는다. 현실을 바꾸기 위해서는 용기가 필요하다. 그렇다면 용기는 위대한 사람들만이 가질 수 있는 것일까? 맹자는 아니라고 대답한다. 맹자의 가장 큰 믿음은 너와 내가 모두 할 수 있다는 데 있다. 우리는 모두 존귀하다. 너도 할 수 있는 사람이고 나도 할 수 있는 사람이기 때문에 우리는 세상을 바꿀 수 있다는 것이다. 문제는 우리가 가진 선함을 잘 기르지 못하는 데 있다.

맹자는 인간의 원래 본성은 착하다고 일관되게 주장한다. "인성人性의 선함은 물이 아래로 흐르는 것과 같으니 선하지 않은 사람이 없으며, 아래로 흘러가지 않는 물이 없다." 맹자는 인간의 본성이 착하다는 증거로, '우물에 빠진 아이'를 예로 든다. 어린아이가 우물에 빠지려는 모습을 본 순간 누구든지 순수한 마음이 생긴다. 맹자는 그것을 '불인인지심不忍人之心', 즉 '차마 참지 못하는 마음'이라고 불렀다. 바로 이런 마음 때문에 사람들은 아이를 구하려 하는 것이고, 이것이 없으면 사람이 아니라고 했다.

그런데 맹자에 따르면 모든 사람은 이처럼 착해질 수 있는 본바탕을 지녔는데, 왜 실제로는 착하지 않을까? 결국 사람이 악해진 것은 도끼로 산의 나무를 찍어버리듯 스스로의 본성에 도끼질을 하기 때문이다. 따라서 사람들이 스스로 깨달아 원래의 인간 본성을 찾으려고 노력한다면 다시 착해질 수 있다. 맹자의 성선설은 인간에 대한 무한한 신뢰를 바탕에 깔고 있다. 결국 맹자의 호연지기는 본래 선한 것을 잘 기른 결과다. 선함을 잘 기르기 위해서 맹자는 하늘의 도와 의로움에 뜻을 두었다. 맹자는 그런 의로움이 세상을 바꿀 수 있다고 믿었다. 그것은 또한 우리 모두가 선함을 가지고 태어났다는 믿음에 기인한다. 인간에 대한 믿음이 있었기에 맹자는 세상과 현실을 바꿀 수 있다고 또한 믿었던 것이다.

다행히 최근 우리 사회는 희망적인 모습을 보이고 있다. 정부는 저소득층을 위한 육아비 지원 및 기초연금 지급 등 다양한 복지정책을 시행하고 있고, 중소기업과의 상생을 위한 동반성장에도 많은 대기업들이 보다 적극적으로 참여하고 있으며 지난해에는 어려운 경제여건 속에서도 구세군 자선냄비 83년 역사상 최고금액이 모금되었다. 분명 우리 사회는 바뀔 수 있다. 물론 누구에게나 변화는 힘들고 어려운 것이다. 따라서 하루아침에 100% 변하기는 어렵다. 그러나 우리 모두 조금은 변할 수 있다. 절망에 처한 우리의 이웃을 우물에 빠진 아이를 보듯, 용기를 내어 조금만, 그러니까 1%씩만 더 우리의 선함을 기르고 착해지도록 노력하자. 우리 모두가 1%씩만 변할 수 있다면 우리 사회는 지금의 참담함을 벗어내고 훨씬 더 희망이 넘치는 곳으로 변하게 될 것이다.

『철학하라』 (황광우 지음 / 생각정원)

희망이 강물처럼 넘치는 나라

　최근 경기불황으로 인해 많은 사람들이 하루하루 힘겨운 삶을 이어가고 있다. 장사가 되지 않아 가게를 내놓은 자영업자들, 가동이 중단된 중소기업들, 갑자기 직장을 잃은 실직자들과 일자리를 찾지 못해 실의에 빠져 있는 청년들, 가정의 붕괴로 거리에 내몰린 아이들 등등 온통 우울한 이야기로 가득하다. 그러다 보니 사회 전체적으로 절망과 불안의 그림자가 짙게 깔려 있는 듯한 느낌이다. 그러나 우리가 처한 현실이 아무리 어렵고 힘들어도 반드시 극복할 수 있다는 희망의 징후들을 우리는 곳곳에서 발견할 수 있다.

　몇 해 전 가정으로부터 버림받은 한 가출 소녀의 이야기가 언론에 보도된 적이 있다. 그 보도를 본 40대 주부는 그 소녀를 자신의 딸처럼 돌보겠다고 마음먹고 수소문 끝에 그 소녀를 찾아 다시 학교에 다닐 수 있도록 했다. 또 한 의사는 소녀의 피폐해진 정신을 치료해주었으며, 익명의 독지가는 학용품을 제공하고 치과치료비를 내주겠다고 나섰다. 경기불황으로 인해 모든 사람들이 움츠러들고 자신들만을 생각하는 차가운 현실 속에서도 우리 주변에는 이웃의 어려움을 돌보고, 아픔을 함께하려는 따뜻한 마음을 가진 사람들이 많이 있다. 이러한 따뜻함이 끊이지 않는 한 우리 사회의 미래는 밝다.

또한 최근 경기침체로 미국이나 유럽의 기업들은 즉각적인 인력 감축으로 당면한 위기에 대처하고 있는 데 반해 우리 사회에서는 사측은 일자리를 유지하거나 더 만들기 위해 노력하고 임직원들은 임금 동결이나 삭감을 기꺼이 받아들임으로써 서로 고통을 분담하면서 일자리를 나누고 있다. 많은 선진국들이 우리나라의 이러한 성숙한 모습에 놀라움을 감추지 못하며 찬사를 보내고 있다.

우리는 끈질긴 생명력과 뛰어난 두뇌, 높은 교육열, 놀이 문화를 즐기는 끼, 따뜻한 마음 등 무한한 잠재력을 가지고 있다. 그럼에도 불구하고 그동안 우리는 '엽전은 어쩔 수 없어!', '냄비 근성' 등을 운운하며 지나친 자기비하와 패배주의에 사로잡혀 왔다. 그러나 이제는 우리의 잠재력을 인식하고 당당하게 미래를 향해 나아가야 한다. 《아시아투데이》의 백석기 대표는 그가 저술한 『한국인의 성공 DNA』에서 그동안 한국인의 단점으로 여겨져 왔던 '빨리빨리' 기질이나 '놀기 좋아하는' 기질 등이 정보화시대이자 문화의 시대인 21세기에는 오히려 커다란 강점으로 작용하여 우리나라가 세계의 중심 국가로 우뚝 서게 될 것이라고 말한다.

한국은 5천 년 역사 동안 주변 이민족의 크고 작은 침략을 1천여 회에 걸쳐 당해왔다. 그럼에도 불구하고 우리는 민족의 생존과 문화전통을 잃지 않고 끈질기게 제자리를 지켜왔다. 과거 한국의 역사는 언제나 세계사의 뒷줄에서 허덕이면서 쫓아온 것이 대부분이었다. 그러나 지금은 아니다. 모처럼 맞이한 유리한 국제조류를 능동적으로 수용할 수만 있다면 기회를 잡을 수 있다.

'빨리빨리'로 대변되는 한국인의 급한 성질은 세계적으로도 유명하다. 순탄치 않은 역사로 인해 재빠른 상황파악과 빠른 결단, 순발력 있는 대응 태세가 수천 년 전부터 한국인의 생존전략으로 체질화되었던 것이다. 그동안 우리의 고질적인 병폐처럼 여겨져 왔던 '빨리빨리'가 이제는 우리의 커다란 강점으로 작용하고 있다. "과거에는 큰 것이 작은 것을 잡아먹었지만 미래에는 빠른 것이 느린 것을 삼켜버리게 될 것이다"라는 말이 의미하듯이 현대사회에서는 개인이든 조직이든 속도의 시대에 걸맞은 빠른 판단, 빠른 행동, 빠른 변신 없이는 살아남기 힘들다. IT 산업을 위시하여 조선, 건설, 자동차, 철강 분야에서 한국이 세계적인 경쟁력을 갖출 수 있었던 것은 속도에서 다른 나라를 앞섰기 때문이다.

"기분에 살고 기분에 죽는다"는 한국인의 감성적 기질을 잘 보여주는 말이다. 한국인에게는 기쁨과 슬픔, 고통, 분노마저도 풍류적 신명으로 흡수, 공유하는 특별한 풍류문화가 뿌리내려 왔다. 오늘날 거대한 문화시장의 영향력이 지구촌 곳곳으로 번지면서 소프트 파워는 이제 국력을 재는 새로운 잣대로 부상하고 있다. 지금 한국에는 엄청난 힘이 분출되고 있다. 오랫동안 억눌려 왔던 풍부한 감성, 지식욕, 창조, 진취, 풍류적 특성들이 둑이 터진 듯 뿜어져 나오고 있다. 역동적 힘이 국내외 시장과 정치현장에서, 교육 현장에서 그리고 호기심과 꿈이 실린 산업현장에서 다투어 꿈틀 대고 있다. 희망찬 놀이마당을 만들어 국민적 열기를 북돋워 주면 이것이 곧 국력이 되어 선진국으로의 도약을 이끄는 거대한 활화 산이 될 것이다.

실제로 우리의 잠재력이 꽃피기 시작하면서 이러한 염원은 현실화되고 있다. 삼성전자, 현대자동차 등 국내의 많은 기업들이 글로벌 초일류 기업으로 성장했고 스포츠, 영화, 드라마 등 많은 분야에서 세계가 우리를 주목하고 있다. 더욱 희망적인 것은 언제부턴가 우리 사회의 패러다임이 서서히 바뀌고 있다는 것이다. 많은 사람들이 주변의 어려운 이웃들을 돕고, 기업들도 사회적 책임을 다하기 위해 애쓰고 있다. 또한 불과 수십 년 전만 해도 외국으로부터 원조를 받던 우리나라가 이제는 지구촌의 어려운 이웃들을 향해 온정의 손길을 펼치고 있다. 비록 세계적인 불황으로 인해 미래에 대한 불안을 떨치기 쉽지 않겠지만 우리의 잠재력을 믿고 서로를 배려하는 따뜻한 마음으로 함께 나아간다면 우리 사회는 어려움 속에서도 희망이 강물처럼 넘쳐나게 될 것이다.

『한국인의 성공 DNA』 (백석기 지음 / 매일경제신문사)

행복은 연결되어 있다

　나는 아침에 출근을 할 때 홍익대학교 뒷산을 걸어 내려와 교정을 지나 사무실에 도착한다. 평화로운 교정을 지날 때마다 마치 학창시절로 돌아간 듯 왠지 평화롭고 행복한 기분이 든다. 그런데 얼마 전부터 교정에 낯선 문구의 현수막들이 걸리기 시작했다. "쓰레기, 먼지 마시고 월급 75만 원 한 끼 식대 300원!" "학생들 도와줘" "야만을 넘어 널리 사람을 이롭게 하라!" 사건의 발단은 75만 원의 월급과 300원의 점심값을 받으며 일해 온 청소·경비 노동자들이 자신들이 처한 상황을 개선하기 위해 노조를 만들자 대학 당국이 그들을 집단으로 해고한 데서 시작되었다. 그러자 박봉과 열악한 근무 환경에 고통을 당하고 있던 노동자들이 대학을 상대로 투쟁에 나선 것이다. 그들은 오늘 아침도 영하 10도가 넘는 강추위를 무릅쓰고 교문 앞에 모여 학생들의 동참을 호소하고 있었다.

　국민소득이 2만 달러를 넘고 최근에는 G20 정상회의를 성공적으로 마무리했지만 우리나라가 진정한 선진국이라고 느끼는 국민들은 많지 않다. 끊이지 않고 터져 나오는 사회 지도층의 부정부패, 비정규직 노동자들의 사투, 일자리를 얻지 못해 고민하는 청년들, 중소기업 영역을 침범하는 대기업의 횡포, 세계 최하위 수준의 행복도와 높은 자살률 등은 우리나라가 결코 행복한 나라가 아님을 보여주고 있다. 이러한 많은 문제들의 근원은 우리 모두가 하나의 공동체 안에서 서로 연결되어 있다는 사실을 망각하고 서로에 대한 배려를 잊고 있는 데서 비롯된 것이라고 할 수 있다.

하버드 대학 교수인 니컬러스 크리스태키스와 캘리포니아 대학 교수인 제임스 파울이 공동으로 저술한 『행복은 전염된다(Connected)』는 원제가 의미하듯이 하나의 공동체를 이루고 살아가는 우리 모두는 서로 연결되어 있어 우리들 자신의 행복과 불행이 타인에게 전염된다고 강조하며 구성원들이 서로를 배려하고 좋은 영향력을 전파시켜 나갈 때 사회 전체가 행복할 수 있다고 말한다.

지난 수백 년 동안 삶과 죽음, 부자와 빈자, 정의와 불의 같은 인간 세상의 진지한 관심사는 개인의 책임 대 집단의 책임에 관한 논쟁으로 축소돼 왔다. 한쪽은 개인이 자신의 운명을 결정한다고 생각하고, 다른 한쪽은 사회적 힘(교육이나 정부와 같은)의 책임이 더 크다고 생각한다. 그러나 이 논쟁에 세 번째 요소가 빠져 있다. 바로 우리 자신과 다른 사람들과의 연결이야말로 가장 중요한 요소라는 것이다.

우리들 사이의 연결은 일상생활의 모든 측면에 영향을 미친다. 살인이나 장기 기증처럼 드물게 일어나는 사건들뿐만 아니라 우리가 무엇을 느낄지, 누구와 결혼할지, 병에 걸릴지 아닐지, 사고를 당하게 될지 아닐지, 돈을 얼마나 벌지 등은 모두 우리를 묶고 있는 관계들에 의해 좌우된다. 그 관계는 늘 존재하면서 우리의 선택과 행동, 생각, 감정, 심지어 욕망에까지 미묘하고도 극적인 영향력을 행사한다. 그리고 우리의 연결은 우리가 아는 사람에게서 끝나는 게 아니다. 우리의 사회적 지평선 너머에서 친구의 친구의 친구가 일으킨 반응이 연쇄적으로 우리에게까지 미칠 수 있다. 먼 나라에서 출발한 파도가 우리가 사는 해변에 도착하는 것처럼.

실제로 호모 에코노미쿠스(경제인)는 타인의 행복에 대한 관심 따위는 전혀 없는 잔인한 이전투구의 세계에서 살아간다. 여기에는 타인을 배려하는 이타심이 끼어들 여지가 없다. 그래서 우리는 대안을 제시하려고 한다. 호모 딕티우스('사람'을 뜻하는 라틴어 homo와 '그물'을 뜻하는 그리스어 dicty의 결합), 곧 '네트워크인'은 인간의 본성을 적절하게 표현한 개념이다. 우리는 다른 사람들과 연결돼 있기 때문에, 그리고 다른 사람들에게 관심을 갖도록 진화했기 때문에, 무엇을 할지 선택할 때 다른 사람들의 행복도 고려한다.

오늘날 우리 사회를 병들게 하는 수많은 문제들은 우리 모두가 서로 연결되어 있다는 사실을 망각한 데서 비롯되었다. 그물처럼 연결된 세상에서 나 혼자만 잘 살아서는 결코 행복할 수 없다. 사스 같은 전염병이 순식간에 전 세계에 퍼지듯 그리고 스웨터 소매

끝에서 풀려난 작은 털실 하나가 스웨터 전체를 풀어헤칠 수 있듯이 특정 계층의 불행이 우리 사회 전체로 파급되어 우리 모두를 불행하게 할 수 있다.

홍익대학교 사태를 보면서, 대학 초년생인 둘째 아이가 "왜 월급을 더 많이 받는 교수님이나 대학의 높은 분들이 자신들의 급여 인상분을 양보하여 급여를 덜 받는 청소·경비 노동자를 배려해주지 않나요?" 하고 볼멘소리를 했다. 나는 아직 냉엄한 사회 현실을 이해하지 못하는 순진한 생각이라며 웃어넘겼다. 그러자 아이는 서로를 배려하는 것이 그렇게 어려운 일이냐며 자신이 다니고 있는 대학의 사례를 이야기했다. 그 학교는 등록금 인상이 학생들에게 부담이 될 것을 우려하여 등록금을 동결하기로 했고 학교 측의 이러한 조치에 화답하여 경제적으로 여유가 있는 학생들이 자발적으로 등록금 이외에 5만 원, 10만 원, 30만 원, 50만 원을 선택하여 추가 납부했다고 한다. 대학 측의 일방적인 등록금 인상에 대해 학생들이 등록금 인상에 반대하며 학교 측과 투쟁하는 여타 대학들과는 다른 방식으로 문제를 해결한 이 대학의 사례가 신선하게 와 닿았다.

서로가 연결되어 있는 세상에서 이웃의 불행은 마치 전염병처럼 나의 불행 또는 나의 자녀들의 불행으로 이어질 수밖에 없다. 행복한 대한민국을 위해서는 이제부터라도 가진 사람들이 승자독식의 두꺼운 껍질을 깨고 우리 모두가 서로 연결되어 있음을 깨달

아야 한다. 이제부터라도 우리 모두 그동안 나만의 이익과 행복에
너무 몰입해 주변의 이웃, 나아가 사회 전체의 안녕과 행복에 무관
심하지 않았는지 다시금 되돌아보기를 소망한다.

『행복은 전염된다』 (니컬러스 크리스태키스 외 지음 / 김영사)

건강하고 아름다운
대한민국을 위하여

　자본주의, 즉 자유방임적 시장경제 사회에서는 개인의 창의적 노력과 근면, 부의 세습 등 다양한 이유로 빈부의 격차가 생길 수밖에 없다. 그리고 그 격차로 인해 부유층과 빈곤층의 계층 간 갈등은 필연적이다. 이러한 계층 간의 갈등을 해소하기 위해 초기 자본주의 국가들은 많은 시행착오를 경험하며 조세, 복지 제도 등 다양한 프로그램을 통해 부의 재분배를 시도해왔다. 그러나 국가가 아무리 이상적인 제도를 도입하여 시행한다 해도 여전히 빈부 격차는 존재하고 계층 간의 갈등을 해소할 수 없으며 일부 유럽 선진국들의 경우에서 보듯이 기업가들의 투자 의욕 감퇴로 인해 전체 파이가 줄어드는 부작용이 수반된다.

　우리나라 역시 최근 들어 빈익빈 부익부 현상이 심화되면서 저소득층의 불만의 목소리가 높아지고 있어 우리 사회의 불안 요소로 작용하고 있다. 정부가 분배에 아무리 역점을 둔다 하더라도 결코 계층 간의 갈등은 해소되지 않을 것이며 자칫 전체 파이가 줄어들 수도 있다. 그렇다면 과연 이러한 문제를 해결할 수 있는 해법은 어디서 찾을 수 있을까. 저널리스트인 이미숙은 그녀가 쓴 『존경받는 부자들』을 통해 가진 자들이 가난한 자들에게 선을 베풀고, 자신들의 공동체를 위해 헌신함으로써 다수집단으로부터 존경받을 수 있도록 노력하는 것이 진정한 해법이라고 말한다.

역사와 문화가 일천한 미국이 200여 년의 짧은 역사에도 불구하고 오늘날 세계 최강국으로 부상한 것은 부자는 부자대로, 서민은 서민대로 가진 것을 서로 나누고 기부하는 정신 덕분이라고 많은 사람들이 말한다. 연봉 3만 달러 안팎의 일반 시민은 매년 1,000달러 이상을 사회에 기부하고 부유층들도 5만 6,000여 개의 다양한 자선재단을 만들어 사회자선활동을 하고 있다. 이 재단들의 보유자산은 4,861억 달러에 이르고, 또한 미국에서 매년 걷히는 자선모금액은 2,000억 달러가 넘는 엄청난 액수다. 또한《뉴욕타임스》는 자선사업가의 활동에 대해서라면 주저 없이 1면에 기사를 게재한다. 그리고 공영라디오 NPR에서는 개별 프로그램을 시작할 때마다 "이 프로그램은 아넨버그재단, 존 D&캐서린 T 맥아더 재단, 포드재단의 지원으로 제작됐다."라는 내용을 어김없이 반복한다.

자선사업가는 한마디로 메마른 세상에 단비를 뿌려주는 레인메이커(rain maker)이다. 레인메이커는 말 그대로 비를 만드는 사람이다. 해가 쨍쨍 내리쬐는 더운 여름날, 한줄기 시원한 소나기가 그리워질 때, 아니면 계속되는 가뭄 속에서 땅이 타들어갈 때 가장 필요한 비를 만들고 비를 뿌려주는 존재다. 앤드류 카네기는 자신이 저술한 『부의 복음 Gospel of Wealth』에서 이렇게 말했다. "부자는 자신보다 가난한 사람들에게 교육적·문화적 기관을 제공해야 할 의무와 책임이 있다. 부자로 죽는 것은 부끄러워해야 할 일이다."

그동안 우리는 부유한 소수집단과 가난한 다수집단이 존재하는 제3세계처럼 스스로를 가진 자와 가지지 못한 자로 나누어 상대를 질시하고 무시해왔다. 그리고 한편으로 언론 역시 이러한 태도들을 부추기기라도 하듯 갈등과 반목의 소리는 대대적으로 보도하면서도 아름다운 자선과 나눔의 이야기를 적극적으로 알려야 하는 책임은 소홀히 해왔다.

언젠가 TV 프로에 참석했던 한 패널의 말을 듣고 마음이 몹시 언짢았다. 그분은 우리나라 부유층 소수집단의 예를 들며 외국인 투자기업의 임원들이 엄청난 스톡옵션을 챙겨 부자가 되었다고, 부자를 못마땅해하는 듯이 말했다. 외국인 투자기업이 엉터리가 아닌 다음에야 능력도 없는 사람에게 그와 같은 혜택을 주었을 리 없다. 그 임원의 능력을 평가하고 그만큼 줄 가치가 있다고 생각했기 때문에 주었을 것이고, 따라서 그 임원은 정당한 능력과 노력의 대가로 부자가 된 것이다. 무작정 부자를 질시하고 못마땅해하는 이런 태도는 결코 생산적이지 못하고 결국 우리 사회를 파멸로 이끌고 만다.

이 모든 것이 그동안 우리나라 부유층이 자기만을 생각하는 가진 자의 오만과 이기적인 태도로 인해 대다수 국민들로부터 존경을 받을 만한 행동을 하지 못했기 때문일 것이다. 카네기의 말처럼 부자로 죽는다는 것은 분명 불명예스러운 일이다. 조금이라도 여유가 있는 사람들은 도움을 필요로 하는 사람들의 형편을 이해하고 따뜻한 마음으로 그들을 돌보아야 한다. 그리고 가난한 사람들 역시 부자들이 부를 이룰 수 있었던 근검과 창의적 노력을 인정하고 그들이 주위를 위해 헌신할 때 아낌없는 존경과 박수를 보내야 한다. 그리고 언론들 역시 암울한 이야기를 내보내기보다는 우리 주변에서 일어나는 아름다운 나눔의 이야기를 적극적으로 알림으로써 보다 많은 사람들이 나눔에 동참할 수 있도록 이끌어야 한다.

다행스럽게도 우리 사회에서도 서서히 나눔의 문화가 확산되어 가고 있고 많은 사람들이 적극적으로 참여하고 있다. 가히 혁명이라고 할 수 있는 자선과 기부를 통한 사회 변화는 결코 미국에서만 가능한 일이 아니다. 우리도 분명 해낼 수 있다. 그렇게 하기 위해서는 먼저 미움과 불신을 벗어던져야 한다. 미움과 불신이라는 무거운 짐을 등에 걸머지고는 결코 우리가 당면한 어려운 현실을 극복해나갈 수 없다. 이제 우리는 미움과 불신을 벗어 버리고 서로에 대한 이해와 나눔을 통해 꿈과 사랑을 이야기해야 한다. 그리고 한 걸음 더 나아가 지금 계층 간의 갈등으로 고통을 겪고 있는 전 세계 수많은 나라들에 모범을 보여주고 희망의 빛을 전해주는 건강하고 아름다운 대한민국으로 거듭나야 한다.

『존경받는 부자들』 (이미숙 지음 / 김영사)

진정한 성공이란

　얼마 전 류현진의 소속팀인 LA다저스는 콜로라도 로키스와의 경기에서 8-0의 승리를 거뒀다. 이 경기에서 LA다저스의 특급 좌완투수 클레이튼 커쇼는 콜로라도 타선을 상대로 15탈삼진을 기록하며 무피안타 무사사구 무실점을 기록하며 노히트노런의 대기록을 달성했다. 그가 노히트노런을 기록하자 류현진은 손뼉을 치며 축하해줬다. 팀 동료인 라미네스의 실책으로 퍼펙트 게임을 놓쳤지만 커쇼는 오히려 라미네스를 위로해주는 훌륭한 인성의 소유자였다.

　그러나 우리에게 잘 알려지지 않은 그의 더욱 위대한 점은 오로지 자신의 성공과 꿈을 달성하기 위해 온 힘을 다하는 20대의 나이에 아내와 함께 봉사활동을 지속해오고 있다는 것이다. 많은 선수들이 시즌 후 달콤한 휴가를 즐기거나 다음 시즌을 준비하는 동안 그는 매년 아내와 함께 잠비아에서 봉사활동을 하면서 휴가를 즐기고 자기관리를 한다. 1988년생으로 올해 나이 26세에 불과한 커쇼가 자신의 직업과 인생에서 이처럼 가치 있는 삶을 사는 모습은 우리에게 많은 것을 생각하게 한다.

중학교 3학년 시절 TV에서 오프라 윈프리 쇼를 보는데 유독 내 시선을 끄는 장면이 있었다. 아프리카를 찾아간 오프라 윈프리의 모습이었다. 극심한 가난으로 기아에 허덕이는 아프리카 아이들을 오프라 윈프리가 무릎을 꿇고 포용하는 장면이었다. 그때 나는 심장이 멎을 것 같은 충격을 받았다. 아프리카의 절박한 상황에 비해 나는 정말 안전한 곳에 살고 있다는 사실을 절실히 느꼈다. 그 순간 내 안에서 뭔가 꿈틀거리기 시작했다. 하나님께서 다른 사람을 돕고 싶다는 열망을 내게 심어 주셨던 것이다. 그날 내 마음속에서는 번쩍하는 불빛이 일어났고, 그 불빛은 내 인생을 송두리째 바꾸어 놓았다.

그 후 고등학교 클래스메이트인 엘런과 결혼했다. 아내 엘런과 함께 잠비아 땅을 밟은 지 몇 분도 지나지 않아 엘런은 냥가어로 말하기 시작했다. 집에 있을 때는 벌레 한 마리도 못 잡던 엘런이 갑자기 지저분한 슬럼가도 마치 자기 집 드나들듯 아무렇지도 않게 활보했다. 내가 엘런과 함께 잠비아를 방문한 목적은 두 가지였다. 하나는 고아들을 위한 일일 캠프를 여는 일이고, 다른 하나는 잠비아 그린힐 학교에 아이들을 위한 교실을 짓는 일이었다. 나는 아이들 한 명 한 명에게 글러브를 끼는 방법과 사용법을 가르쳐 주었다. 아이들의 흥분된 표정을 보면서 내가 얼마나 야구를 사랑하는지 다시금 떠올렸다. 나는 하나님이 주신 선물을 이용해서 이 아이들과 소통할 수 있다는 사실을 깨달았다.

엘런이 아프리카 고아들을 위해 헌신하는 동안 나는 아이들에게 야구를 가르쳤다. 엘런의 열정과 나의 열정이 합쳐지면서 강력한 힘을 발휘했다. 그날 하나님은 우리 두 사람이 평생 해야 할 일이 무엇인지 힌트를 주셨다. 우리는 '어라이즈 아프리카(Arise Africa)'라는 복음 단체와 손잡고 커쇼의 도전(Kershaw's Challenge)이라는 잠비아 고아 후원 프로그램을 만들었다. 내가 시즌 중에 삼진을 하나 잡을 때마다 프로그램에 후원금이 적립된다. 앞으로 고아들에게 집과 쉼터가 되어 줄 수 있는 고아원을 설립하는 것이 우리의 목표다. 고맙게도 지금까지 많은 사람들이 우리의 노력에 동참해주었다. 아프리카에 도움의 손길이 필요하다는 인식이 널리 퍼지고, 거기에 동참하는 사람들이 늘어나는 모습을 보니 가슴이 벅차오른다. 엘런과 나는 지금 아프리카를 향한 큰 꿈을 공유하고 있다.

사실 커쇼가 봤던 오프라 윈프리 쇼를 수많은 사람들이 보았고 그런 비슷한 장면들을 우리 모두 여러 번 보았을 것이다. 그러나 대다수의 사람들이 연민을 느끼는 것에 그치고 오로지 극소수의 사람들만이 평생의 꿈으로 발전시킨다. 나보다 인생을 반밖에 살지 않은 젊은이의 원대한 꿈과 열정을 보면서 나의 지나온 삶을 되돌아본다. 나 역시 한때는 그러한 꿈을 가졌던 적이 있다. 그러나 당장 눈앞의 삶에 쫓겨 바쁘다는 핑계로 그 꿈을 잊고 살아왔다. 그저 교회에 정기적으로 헌금하는 것만으로 그 꿈을 대신하는 것으로 여겨왔다.

그러나 우리의 삶에서 진정한 성공 그리고 정말 의미 있고 가치 있는 삶이란 과연 어떤 것일까? 누군가를 도움으로써 용기와 희망을 주고 또한 그것을 통해 다른 사람들에게 선한 영향력을 끼치는 것이야말로 그러한 삶이 아닐까? 진정한 크리스천으로서의 삶을 살고 있는 커쇼는 겸손하게 말한다. "많은 사람이 나를 지켜보는데 그들에게 신앙을 대놓고 전할 수는 없습니다. 그저 크리스천이 어떻게 사는가를 보여주려고 노력할 뿐입니다."

자신의 삶을 통해 많은 사람들에게 선한 영향력을 끼치는 커쇼와 같은 사람들은 이 메마른 세상에 단비를 뿌려주는 레인메이커(rain maker)이다. 해가 쨍쨍 내리쬐는 더운 여름날 쏟아지는 한줄기 시원한 소나기처럼, 계속되는 가뭄으로 타들어가는 대지를 적셔 생명을 소생시키는 비처럼 이 세상을 아름답게 만드는 존재다. 커쇼의 삶을 통해 보다 많은 레인메이커들이 이 땅에 탄생하기를 기대해본다.

『커쇼의 어라이즈』 (클레이튼 커쇼 외 지음 / W미디어)

나 하나의 작은 행동이
세상을 바꾼다

　역사를 되돌아보면 한없이 나약해 보이는 개개인의 힘이 모여 결국 나라를 바꾸고 나아가 세상을 바꾸어왔고 그 변화의 시작은 지극히 사소한 것으로부터 비롯되었음을 보게 된다. 1955년 미국의 몽고메리 지역에 살던 로사 팍스는 자신이 앉아 있던 버스 좌석을 백인에게 양보하기를 거부함으로써 마틴 루터 킹의 인권운동을 촉발시켰고 결국 그녀의 작은 행동 하나는 미국을 그리고 나아가 세계를 변화시켰다. 이처럼 역사의 큰 물줄기는 집적된 개인들의 힘에 의해 이루어져왔다. 인터넷을 비롯한 통신 기술의 발달로 앞으로 개인들의 힘은 더욱 쉽고 빠르게 집중되어 사회를 바꾸고 나아가 세상을 바꾸는 데 더 큰 영향력을 발휘하게 될 것이다.

　우리나라 또한 역사적으로 수많은 민중운동이 있어왔고, 지금도 촛불시위를 비롯하여 크고 작은 문제가 있을 때마다 국민들이 다양한 시위에 참여하여 정부의 정책과 우리의 삶에 변화를 추구하고 있다. 여기서 우리가 한 가지 명심해야 할 것은 시위에 참여하는 개개인이 건강한 사회, 보다 살기 좋은 세상으로 바꾸기 위해 참여했던 원래의 목적과 사명을 잊지 않아야 한다는 것이다. 그리고 무엇보다도 그 바탕에 사회 구성원 모두에 대한 배려와 사랑이 깔려 있어야 한다. 나와 견해가 다르다고 하여 무조건 적대시하고 상대를 비난하거나 모욕을 주고 심지어는 폭력을 행사하는 일은 어떠한 경우에도 있어서는 안 된다. 과거처럼 자기 나라 대통령에 대해 모욕적인 인신공격을 서슴지 않는 행위, 특정 언론사에 광고를 게재한 기업들에 대해 사이버테러를 하는 행위, 개인들의 순수한 의도를 정치적으로 이용하는 행위, 이 모두는 세상을 바꾸는 개인들의 집적된 힘에 찬물을 끼얹는 행위이다.

시위에 참여했던 모든 사람들이 다시 광장에 모여 '서로 반갑게 인사하기', '쓰레기 내가 먼저 줍기', '어려운 이웃 돕기'를 외친다면 월드컵 4강 신화 때 광장의 모습만큼이나 가슴 벅차고 아름다울 것 같다는 생각이 든다. 세상을 변화시키는 것은 반드시 어렵거나 거창한 것들만이 아니다. 우리 주변에는 세상을 바꾸기 위해 할 수 있는 일들이 수없이 많다. 우리 사회를 진정으로 사랑하고 모든 사람들이 보다 더 행복해지기를 원한다면 내가 당장 시작할 수 있는 작은 일부터 찾아보는 것도 좋을 것 같다. 영국의 환경운동가 마이클 노튼이 지은 『세상을 바꾸려 태어난 나』라는 책을 보면 우리 개개인의 작은 행동 하나가 세상을 어떻게 바꿀 수 있는지를 엿볼 수 있다.

캐나다의 여섯 살 꼬마 라이언 헐잭은 유치원에서 선생님으로부터 아프리카 사람들이 깨끗한 식수를 얻지 못해 질병으로 고생하고 심지어 목숨을 잃기도 한다는 이야기를 들었다. 그런데 단돈 70달러만 있으면 한 마을에 우물을 파줄 수 있다는 것이다. 그 후 라이언은 4개월 동안 집과 동네 심부름을 하여 모은 70달러를 워터캔(WaterCan: 개발도상국에 물을 지원하는 캐나다의 비영리단체)에 기부했다. 그것을 시작으로 2001년에는 라이언우물재단이 설립되었다. 그가 15세가 된 2006년까지 라이언과 우물재단은 150만 달러 이상을 모금하여 12개국 43만여 명이 깨끗한 물을 마시게 할 수 있었다.

영국의 거리 곳곳은 쓰레기 천지다. 어떤 사람들은 거리가 지저분하다고 불평하거나 쓰레기를 버린 사람들을 욕하곤 한다. 의회로 전화를 걸어 쓰레기를 치워달라고 요구하는 사람들도 있다. 그러나 은퇴한 사회사업가 로빈 케반은 달랐다. 그는 은퇴 후에 영국의 아름다운 명소들을 지나면서 사방에 흩어진 쓰레기를 눈여겨보기 시작했다. 그는 다른 사람들에게 책임을 전가하지 않고 스스로 일을 하기로 결심했다. '일단 쓰레기를 치우면 사람들이 쓰레기 때문에 기분을 망치는 일은 없어지겠지.' 로빈은 이렇게 믿으며 쓰레기를 줍기 시작했다. 로빈은 매일 아침 집을 나서 묵묵히 동네의 쓰레기를 주웠다. 그리고 더욱 범위를 넓혀 동네 밖 교외지역 나아가 국립공원 주변 쓰레기도 부지런히 주웠다. 그의 활동이 신문에 보도되면서 그 소식이 사방에 퍼졌고 그는 일명 '쓰레기 줍는 롭'으로 유명해졌다. 그는 지금도 아름다운 곳들을 찾아가 쓰레기를 줍는다. 그리고 그의 활동범위는 네팔의 에베레스트 산까지 찾아갈 정도로 넓어졌다. 그는 큰 장애물도 가장 쉬운 해결방안이 있을 수 있고 예상을 뛰어넘는 결과를 낳을 수도 있다고 믿는다.

다행히 우리 사회에도 세상을 보다 따뜻하고 행복이 넘치는 곳으로 바꾸기 위해 노력하는 사람들의 모습을 자주 발견할 수 있다. 언론을 통해 소개된 불우이웃에게 도움의 손길이 쏟아지고 온 가족이 어려운 이웃을 찾아가 봉사하며 함께 온정을 나누기도 하고 직장에서도 모임을 만들어 다양한 봉사활동들을 펼치고 있다. 우리들이 살아가는 세상의 모습은 바로 우리들 자신에게 달려 있다. 세상의 변화는 나 한 사람의 작은 행동에서부터 시작된다는 것을 믿고, 사람들에 대한 배려와 사랑으로 나부터 시작할 수 있는 것들에 눈을 돌려보자.

『세상을 바꾸려 태어난 나』 (마이클 노튼 지음 / 명진출판)

딱 벽돌 두 장만 놓자

　얼마 전 가까이 지내는 출판사 대표들을 만났는데 모두들 얼굴 표정이 밝지 않았다. 매년 나오는 말이지만 '지금 출판계는 단군 이래 최대의 불황'이라는 말과 함께 우리나라 국민들이 책을 너무 안 읽는다고 한탄했다. 그러면서 어떻게 하면 국민들, 특히 젊은 층이 책을 읽게 할 수 있을까 하며 각종 아이디어를 쏟아냈다. 그 중에 한 명이 책을 읽는 것도 일종의 전염이니까 지하철이나 공공 장소에서 청년들이 책을 읽는 모습을 보여주면 사람들이 자극을 받아 책을 좀 가까이하지 않겠냐고 말했다. 그러고는 국내 출판인 들의 모임인 사단법인 한국출판인회의가 주체가 되어 이러한 독서 전파운동에 참여하는 대학생들에게 책을 보내주고 책을 읽는 모습을 휴대폰으로 촬영하여 출판인회의 사이트에 '인증 샷'을 올리는 사람에게 또다시 책을 보내주면 사회 전반적으로 책 읽는 분위기를 확산시킬 수 있지 않겠냐고 구체적인 방법까지 제안했다. 우리 사회에 독서 문화를 증진시키기 위해 그동안 많은 단체들이 나름 대로 다양한 시도를 해보았지만 그야말로 백약이 무효인 상태였던 지라 그나마 그런 방법이라도 해보면 조금 도움이 되지 않을까 하는 생각도 들었다.

집에 들어와 대학에 다니는 큰애에게 이런 독서전파운동을 하면 어떻겠냐고 물었더니 "그래서 학생들이 얻는 게 뭔데요?" 하고 되물었다. "책 읽으면 좋잖아. 책도 선물로 받고." 그러자 큰애는 "요즘 학생들은 스펙에 관심이 많으니까 스펙을 쌓는 데 도움이 되면 모를까, 그렇지 않으면 별로 하고 싶어 하지 않을걸요." 하고 시큰둥하게 대답했다. 순간 나는 '그럼 스펙에 도움이 되게 하면 되잖아. 어떻게 하면 책을 읽는 것이 스펙에 도움이 되게 할 수 있을까?' 하고 생각했다. 그러다가 '그래, 토익(TOEIC)처럼 책을 읽고 시험을 봐서 점수를 주면 되지 않을까?' 하는 데까지 생각이 미쳤다. "모두들 취직하려고 토익 공부도 하고 봉사활동도 그렇게 열심히 하는데 책을 읽고 독서능력 점수를 받으면 취업하는 데도 도움이 되지 않을까? 특히 요즘 많은 기업들이 변화와 혁신을 추구하며 그 일환으로 독서경영을 시행하고 있잖아. 그러니까 취업을 앞둔 대학생들에게 어쩌면 영어 실력보다 더 중요한 것이 독서라고 할 수 있지."

실제로 오늘날처럼 급격한 변화의 소용돌이에 놓여 있는 기업들은 판에 박힌 지식이나 영어실력이 있는 직원들보다는 번뜩이는 아이디어와 창의력이 있는 인재를 원한다. 그리고 아이디어와 창의력은 책을 통해 얻을 수 있다. 이처럼 독서를 통한 자기 계발과 창의력 함양이 절실히 요구되고 있음에도 불구하고 젊은이들은 안타깝게도 책으로부터 점점 더 멀어지고 있다. 결국 어떻게 해서든 젊은이들에게 책을 읽게 하려면 일종의 자격시험처럼 독서능력검정이 필요하겠다는 생각이 들었다.

그래서 마침내 회사 내에 한국독서능력검정위원회를 만들고 2013년 5월 제1회 한국독서능력검정시험을 실시하기로 마음먹었다. 이를 위해 독서경영으로 이름난 포스코에서 '포스코 패밀리 권장 도서'로 선정한 책, 삼성경제연구소(SERI) 추천 도서, 주요 대학 추천 도서, 그리고 유명 CEO의 추천 도서들 중 총 100권의 도서를 출제 대상 도서로 선정하고 각 권당 한 문제씩, 총 100문제를 출제해 독서능력검정을 실시하기로 결정했다. 우리나라 젊은이들이 조금이라도 책을 가까이하는 계기가 되었으면 좋겠다는 뜻을 품고 그동안 아무도 시도하지 않았던 전인미답의 경지에 도전한다는 마음으로 한동안 이 프로젝트에만 전념했다.

그러나 시간이 흐르면서 점점 걱정과 두려움이 밀려오기 시작했다. 잘 해낼 수 있을까? 괜한 짓으로 웃음거리가 되는 것은 아닐까? 과연 몇 사람이나 독서능력검정에 관심을 갖고 응시를 할 것인가. 걱정스러운 마음에 응시율을 높이기 위해 응시자 전원에게 책을 1권씩 선물하고 자격검정 시험임에도 불구하고 1~3등까지 상금을 지급하기로 결정했다. 그럼에도 몇 명이나 응시할지 불안은 가시지 않았다. 그리고 한편으로는 혹시라도 이 프로젝트가 좋은 성과를 내면 큰 기업이나 단체가 달려들어 괜히 헛고생만 하고 마는 것은 아닐까 하는 걱정도 생겼다. 바로 그때, 얼마 전에 시사주간지《시사IN》의 주진우 기자가 쓴 『주기자』에서 읽었던 한 구절이 생각났다.

"나는 사회가 나아지는 데 벽돌 두 장만 놓아야지, 이 생각밖에 없다. 딱 벽돌 두 장."

그 순간 마음이 편안해지면서 걱정과 두려움이 말끔히 사라졌다. 우리 사회에 의미 있는 일이라면 설령 실패한다고 하더라도 가치가 있는 일 아닌가. 그리고 내가 그 모든 것을 다 하려고 하지 말자. 내가 일단 시작한 일을 누군가가 더 잘할 수 있으면 그 또한 보람 있는 일 아닌가. '그래, 정말 우리 사회를 위해 벽돌 두 장만 쌓는다는 마음으로 해보자.'

어쩌면 우리 사회는 이처럼 벽돌 두 장만 놓는다는 마음으로 묵묵히 자신의 일을 하고 있는 수많은 사람들 덕분에 그래도 살 만한 세상이 되고 있는지 모른다. 거창하게 국가와 민족을 위한다고, 세상을 바꾸겠다고 외치기보다는 자기가 맡은 분야에서 딱 벽돌 두 장만 놓겠다는 마음이 모일 때 우리 사회는 모두가 협력하여 선을 이루는 아름다운 곳이 될 것이다.

『주기자』 (주진우 지음 / 푸른숲)

착한 책 세상을 꿈꾸며

얼마 전 지인의 소개로 사회복지운동 분야에서 오랫동안 활약해오고 있는 강세종 대표를 만났다. 강 대표는 우리 사회도 이제 많이 성숙해져 불우이웃 돕기, 해외구호활동 등에 많은 관심을 보이고 있지만 선진국에 비해 아직도 자원봉사와 기부문화가 활성화되고 있지 않다며 안타까워했다. 그러면서 아무래도 책을 읽는 사람들은 마음이 조금 더 따뜻할 것 아니냐며, 일반 독자들이 온라인서점에서 도서를 구매할 때 할인혜택과 마일리지를 받는데 독자들로 하여금 할인혜택은 그대로 받으면서 마일리지는 기부하도록 하는 캠페인을 벌이면 어떻겠냐는 의견을 제시했다.

나는 아주 좋은 생각이라고 동의하면서도 한편으로 독자들이 현금과도 같은 마일리지를 선뜻 내놓기는 쉽지 않을 거라는 생각이 들었다. 그래서 독자들에게 할인과 마일리지 혜택은 그대로 받도록 하고 대신 온라인서점들이 통상적으로 제휴사들에게 제공하는 구매연계수수료(도서 구매금액의 3% 정도)를 받아 사회복지단체에 해당 독자의 이름으로 기부하면 훨씬 더 효과가 클 것 같다고 말했다. 그렇게 하면 독자들은 기존의 혜택은 그대로 받으면서 온라인

서점에서 도서를 구매하는 행위만으로 기부에 동참할 수 있게 된다. 그리고 독자들은 자신이 기부하고 싶은 단체나 분야를 선택할 수 있도록 하고 해당 사회복지단체와 연계하여 그 독자에게 기부금 영수증을 발급해주도록 하면 독자들의 참여도도 높아질 것 같았다. 내 제안에 강 대표도 정말 좋은 방법이라며 기뻐했다. 강 대표와 나는 의기투합하여 곧바로 '착한 책 세상'이라는 법인을 세우고 사이트를 만들어 뜻을 같이할 온라인서점을 선정해 협의에 들어갔다.

많은 사람들이 나이가 들어가면서 세상을 보는 눈이 넓어지고 이익보다는 가치를 더 생각하며 따뜻한 마음을 갖게 되는 것 같다. 나 역시 연륜이 더해지면서 사람들에게 어떻게 하면 좀 더 좋은 영향을 끼치고 우리 사회에 기여할 수 있을까 생각하는 시간이 더 많아지는 것 같다. 오늘의 내가 있을 수 있는 것은 순전히 내가 아는 사람들 그리고 내가 알지 못하는 많은 사람들로부터 알게 모르게 받았던 도움과 선의가 나의 삶에 버팀목이 되어주었기 때문일 것이다. 그렇다면 내가 받았던 도움에 대해 보답을 하기 위해 이제부터 나 역시 다른 사람들의 삶에 버팀목이 되어주어야 하지 않을까. 복효근 시인의 「버팀목에 대하여」는 서로에게 버팀목이 되어주는 우리의 삶이야말로 자연의 순리임을 일깨워주고 있다.

〈버팀목에 대하여〉
태풍에 쓰러진 나무를 고쳐 심고

각목으로 버팀목을 세웠습니다
산 나무가 죽은 나무에 기대어 섰습니다
그렇듯 얼마간 죽음에 빚진 채 삶은
싹이 트고 다시
잔뿌리를 내립니다

꽃을 피우고 꽃잎 몇 개
뿌려주기도 하지만
버팀목은 이윽고 삭아 없어지고

큰바람 불어와도 나무는 눕지 않습니다
이제는
사라진 것이 나무를 버티고 있기 때문입니다

내가 허위허위 길 가다가
만져보면 죽은 아버지가 버팀목으로 만져지고
사라진 이웃들도 만져집니다

언젠가 누군가의 버팀목이 되기 위하여
나는 싹틔우고 꽃피우며
살아가는지도 모릅니다

시인이 노래한 것처럼 우리가 남을 위해 버팀목이 되는 것은 자연의 순리이고 이러한 순리에 따를 때 이 세상은 참으로 아름다운 곳이 될 것이다. 미약한 시작이지만 착한 책 세상이 우리 모두가 남을 배려하고 다른 사람들을 위해 기꺼이 버팀목이 되어주는 따듯한 세상을 꽃피우는 작은 씨앗이 되기를 진심으로 소망한다.

『어느 대나무의 고백』 (복효근 지음 / 문학의전당)

Part 2
행복은 스스로 만들어가는 것
- 행복 -

행복의 행(幸)은 '다행 행'으로 읽는다.

복(福)은 아예 '복 복'이라고 읽는다.

풀이되는 말과 풀이하는 말이 같은 셈이다.

이래서는 전혀 뜻풀이가 되지 않아

읽기만으로는 행복의 정체가 잡히지 않는다.

이렇게 풀리지 않는 것이 행복이다.

추상적이고 관념적이어서

꼬집어 말하기가 마땅치 않은 것,

그것이 바로 행복이다.

1만 명의 사람에게 1만 가지의 행복이 있을 수 있다.

나이가 든다는 것은
쇠퇴가 아니라 진보다

그동안 동네에서 자주 뵙던 할아버지 한 분이 어느 때부터인가 잘 보이지 않아 궁금했다. 마침 그분의 아내인 할머니를 길에서 만나 "할아버지를 요새 통 뵙지 못했는데 혹시 어디 편찮으신가요?" 하고 물었다. 그러자 할머니는 "아니에요" 하고 힘없이 대답하며 표정이 굳어졌다. 그로부터 얼마 후 산책길에 만난 옆집 아저씨가 내게 다가오더니 낮은 목소리로 말했다. "507호 할아버지가 여자가 생겨 집을 나가서는 할머니를 상대로 이혼소송을 했다네요." 그 말을 듣는 순간 점잖았던 할아버지의 얼굴이 떠오르며 요즘 우리 사회에 황혼이혼 사례가 급증하고 있다는 보도가 피부에 와 닿았다. 물론 옆집 아저씨의 말이 사실인지 아닌지, 그 노부부 사이에 어떤 일이 있었는지 알 수 없지만, 만에 하나 그것이 사실이라면 수십 년을 함께해온 부부로서의 삶이 너무도 허망한 것 아닌가 하는 안타까운 마음이 들었다.

일부 전문가들은 최근 황혼이혼이 증가하는 이유를 "평균수명이 연장되면서 보다 행복하고 건강한 노후를 보내기 위해 과거와는 달리 적극적인 태도를 갖기 때문"이라고 지적한다. 그러나 수십 년 동안 동고동락해온 배우자와 이혼을 하면 정말 더 행복하고 건강한 노후를 보낼 수 있을까? '100세 시대'로 불리는 오늘날 행복하고 건강하게 그리고 품위 있게 늙어간다는 것은 참으로 중요한 것 같다. 어떻게 하면 추하지 않고 멋있게 나이 들어갈 수 있을까. 하버드 의대 교수인 조지 베일런트는 그의 저서 『행복의 조건』을 통해 이러한 물음에 답하고 있다.

노년의 행복하고 건강한 삶은 사회적 성공이 아니라 50세 이전까지의 인간관계와 습관, 정신과 신체 건강에 의해 좌우된다. 일찍이 성인의 발달과정을 연구해온 사회과학자 에릭 에릭슨은 '성인의 발달은 쇠퇴가 아니라 진보' 라고 말한 바 있다. 다시 말해 50세 이후의 삶은 아래쪽으로 향하는 것이 아니라 바깥으로 뻗어나가는 길이며, 그것은 사회적 지평의 확장이다. 결국 성인의 성장발달은 30세에 멈추는 것이 아니라 삶이 멈출 때까지 진행되는 과정이다. 성공적인 삶을 위해서는 삶의 불연속성에 효과적으로 대처해야 하며 이를 위해서는 다음의 다섯 가지 요소가 중요하다. 첫 번째는 긍정적인 정신 건강, 두 번째는 성숙한 방어기제, 세 번째는 가장 중요한 요소라 할 수 있는 사랑이다. 그리고 네 번째는 성인이 평생 계속해서 변화하며 성장한다는 교훈이며, 다섯 번째는 인간이 잘했던 일보다는 잘못된 일에 의해 더 많은 영향을 받는다는 사실이다.

이 중 두 번째 요소인 '성숙한 방어기제'는 인간의 행복에 매우 중요한 역할을 수행한다. 성숙한 방어기제는 정신적인 회복탄

력성이자 고난에 대응하는 긍정적인 정서이다. 성숙한 방어기제는 이타주의, 유머, 승화, 억제 등의 형태로 나타난다. 이타주의는 다른 사람이 바라는 것을 베푸는 미덕으로 즐거움을 느끼는 과정이고, 유머는 지나치게 심각하지 않은 태도로서 고통을 웃음으로 변화시키는 과정이며, 승화는 갈등과 역경을 예술적 창조로 해소하는 과정이다. 그리고 억제는 밝은 면을 봄으로써 인내하는 과정을 뜻한다. 이러한 성숙한 방어기제를 적용하면 불행했던 과거와 절망적인 중년기를 보냈더라도 노년에 이르러 풍요로운 인간관계를 유지하며 행복하게 살 수 있다.

건강하고 행복한 삶을 위해서 가장 중요한 요소는 사랑이다. 행복은 사랑을 통해서만 온다. 더 이상은 없다. 사랑은 인간의 삶에서 기쁨과 성공을 안겨주는 가장 중요한 역할을 하며, 인생의 후반기에 잃어버린 사랑을 회복하는 것이 남은 인생을 행복하게 하는 요인이다. 행복한 노년을 위해서는 정신 건강과 신체 건강이 모두 필요하다. 자신과 자신의 인간관계를 돌보면서 사랑이 빈곤하지 않은 사람이 노년까지 행복하게 살 수 있는 것이다.

나 역시 최근 들어 나이가 들어간다는 것의 의미에 대해 자주 생각한다. 나이가 든다는 것은 결코 쇠퇴가 아니라 진보이자 성숙이며 나아가 지경을 넓혀 나가는 것이기에 '결코 추하게 늙지 말아야지, 품위 있게 나이 들어가야지' 하고 스스로에게 다짐한다.

15년 가까이 회사를 운영해오고 있는 지금 뒤돌아보면 젊었을 때는 어떻게든지 수익을 내고 돈을 버는 것이 삶의 주된 목적이었다. 그러나 이제는 사회에 첫발을 내딛는 젊은이들을 한 사람이라도 더 채용하여 그들이 가진 능력을 최대한 발휘할 수 있도록 돕고, 또한 협력업체를 비롯하여 주변 사람들에게 좋은 기회를 제공했을 때 돈으로는 따질 수 없는 뿌듯함을 느낀다. 사랑이란 무엇인가, 또한 성공이란 무엇인가? 심리상담가이자 정신과의사인 스캇 펙은 "사랑이란 자기 자신이나 다른 사람의 정신적 성장을 도와줄 목적으로 자신을 확대하려는 의지"라고 정의했다. 그리고 리더십 전문가인 존 맥스웰은 "성공이란 인생의 목적을 깨닫고, 최대의 잠재력을 발휘해 성장하며, 다른 사람에게 유익한 씨앗을 뿌리는 것"이라고 말했다. 진정한 사랑과 성공이란 바로 이런 것이 아닐까.

기나긴 인생을 살다 보면 때로는 걱정과 근심으로 불면의 밤을 지새우기도 하고 울컥하는 마음에 분통을 터트릴 때도 있다. 그러나 모든 게 마음먹기에 달려 있다고 했다. 사랑과 성공에 대한 위 두 사람의 정의를 마음에 담고 매사를 긍정적으로 생각하고, 고난을 성숙을 위한 연단의 과정으로 생각하며, 모든 사람들을 사랑으로 대한다면 우리는 훨씬 더 건강하고 행복하게 그리고 품위 있게 나이 들어갈 수 있을 것이다. 사람들은 세상을 떠날 때 자신이 잘한 일보다는 잘못한 일을 더 많이 생각한다고 한다. 세상을 떠나는 날 회한을 남기지 않도록 잘 살아가야겠다.

『행복의 조건』(조지 베일런트 지음 / 프런티어)

희망 건져 올리기

또다시 새해가 밝았다. 그러나 경기 침체의 여파로 많은 사람들이 희망과 기대보다는 두려움과 불안한 마음으로 새해를 맞고 있다. 상당수의 기업들이 자금 압박에 몰려 도산할 위기에 직면해 있고 규모가 큰 기업들도 감산과 함께 구조조정을 목전에 두고 있어 많은 개인과 기업들이 경제적으로 어려운 처지에 놓일 전망이다. 미래가 불확실한 상황에서 이제 개인과 기업 모두 생존을 위해 노력하지 않으면 안 된다. 그러나 아무리 우리가 노력해도 때로는 원하는 결과를 얻지 못하고 어려움에 처할 수 있다. 이럴 때 세상을 비관하고 좌절하기보다는 자신에게 다가온 현실을 담담하게 받아들이고 성숙한 마음으로 대처하는 것이 지혜로운 삶의 자세가 아닐까 싶다. 가난해져 조금 불편이야 하겠지만, 허리띠를 졸라매고 눈높이를 낮추면 우리의 삶이 결코 행복으로부터 멀어지는 것은 아니다.

1995년 철학과 교수직을 뒤로하고 전북 부안으로 낙향해 농사를 지으면서 '변산교육공동체'를 설립하여 대안교육을 하고 있는 윤구병 씨는 자신이 저술한 『가난하지만 행복하게』를 통해 우리에게 비록 가난하더라도 행복하게 살 수 있는 길을 보여주고 있다.

　　좀 더 가난하게 사는 길, 좀 더 힘들게 사는 길, 좀 더 불편하게 사는 길은 자연의 순리에 따르는 길이기도 합니다. 그것은 공생의 길입니다. 제가 가난하게 살면 그만큼 이웃이 가난을 덥니다. 제가 힘들게 일하면 그만큼 이웃의 이마에 흐르는 구슬땀이 걷힙니다. 제가 불편하게 사는 만큼 이웃이 편해집니다.

　　참 이상한 세상이 되어버렸습니다. 병자가 아닌 다음에야 몸 편하면 마음도 편하다는 게 말이 안 되는데 사람들은 자꾸만 몸을 아끼고 도사리는 것 같습니다. 저는 허겁지겁 차에 실려 발 동동 구를 때보다 느긋하게 걸을 때 마음 편한 경우가 훨씬 더 많습니다. 마음이 편해야 살맛이 나지 몸만 편하고 마음이 불편하면 무슨 살맛이 있겠어요? 힘들게 일하는 건 싫다고요? 지나치게 힘들면 그야 일할 맛이 가시지요. 그러나 과로가 아니라면 몸으로 때우는 게 얼마나 상큼한데요. 땀 흘려 일해보아야 바람이 얼마나 시원한지, 목구멍을 타고 내려가는 막걸리 맛이 얼마나 기가 막힌지 알 수 있습니다. 다 좋다 쳐도 가난은 지긋지긋하다고요? 강요된 가난은 그렇겠지요. 당장 끼니가 걱정되는 가난은 원수입니다. 그러나 스스로 선택하는 가난한 삶은 그렇지 않습니다. 가난은 나눔을 가르쳐줍니다. 잘 사는 길은 더불어 사는 길이고, 서로 나누며 더불어 사는 길만이 행복에 이르는 길입니다. 제가 말씀드리지 않았던가요? 지난 5년 동안이 제 삶에서 가장 행복한 때라고요.

성공지상주의, 물질만능주의의 세태에 휩쓸려 지나치게 경쟁에 매몰되다 보면 정신과 육체가 피폐해져 결코 우리가 진정으로 원하는 성공과 행복에 이를 수 없다. 자신이 현재 처한 상황에서 한 걸음 물러서서 진정 자신이 원하는 것이 무엇인가를 생각해본다면 부유하지 않더라도 우리는 행복한 삶을 영위해나갈 수 있다.

얼마 전 평소 존경하는 한 분을 만나 식사를 한 적이 있다. 그분은 최근에 증권업협회 회장직을 맡아달라는 요청을 받고 고심하다가 끝내 사양했다고 한다. 그분은 그 요청을 받고 자신이 어디까지 갈 것인가 그리고 자신이 앞으로 어떠한 삶을 살기를 원하는가를 스스로에게 물어보았다고 한다. 물론 그 자리가 명예롭고 많은 일을 할 수 있는 자리이기는 하지만 그 자리가 요구하는 일을 제대로 하기 위해서는 자신이 현재 하고 있는 일과 현재 누리고 있는 삶 그리고 가족과의 시간 등 많은 것을 희생해야만 한다는 것을 알고 있었기에 사양했다는 것이다. 우리 사회의 많은 사람들이 무조건 성공하고 보자, 끝까지 올라가고 보자는 식으로 삶을 살아간다. 그러다 보면 자칫 삶에서 소중한 것들을 너무 많이 희생해야만 하는 경우가 적지 않다. 나이가 들어가면서 '어느 수준에서 멈출 것인가, 그리고 내려놓을 것은 무엇인가, 또한 나에게 진정으로 소중한 것은 무엇인가'를 조금 더 진지하게 생각해봐야 할 것 같다.

요즘같이 어려운 시기에 불우이웃 성금이 더 많이 모이고 이웃을 배려하는 마음이 더 커지고 있는 것을 보면 윤구병 씨의 말대로 가난하게 사는 것이 공생의 길인 것 같다. 조금 가난해짐으로써 서로를 배려하는 마음이 커져 우리 사회가 보다 따뜻해질 수 있다면 가난은 축복이다.

'세상사 마음먹기에 달려 있다'고 한다. 하지만 막상 현실에 부닥치면 마음을 추스르기가 쉽지 않다. 그러나 세상적인 욕망과 물질로부터 한 걸음 물러나 번다한 것들을 내려놓고 대신 소중한 가족과 좀 더 많은 시간을 같이하고, 우리 주변과 이웃을 배려하는 마음을 잊지 않는다면 진정한 성공과 행복의 길로 나아갈 수 있다. 비록 외부적인 경제 환경으로 인해 생활이 어려워지거나 가난해진다 하더라도 마음먹기에 따라 얼마든지 행복할 수 있음을 잊지 말자.

『가난하지만 행복하게』 (윤구병 지음 / 휴머니스트)

삶은 고해다

    불황의 그늘이 점점 더 짙어지면서 많은 사람들이 삶의 고달픔을 온몸으로 느끼며 다가올 미래에 대해 점점 더 큰 불안을 느끼고 있다. 최근 생활고에 시달리던 30대 남자가 자신이 거주하던 고시원에 불을 지른 뒤 대피하는 사람들에게 마구잡이로 칼을 휘둘러 여섯 명의 목숨을 앗아갔다. 올 들어서만 4번째 발생한 전형적인 '묻지마 살인'이라고 한다. 그리고 유명 연예인과 사회 지도층 인사들을 비롯하여 많은 사람들이 끊임없이 이런저런 사연으로 고달픈 삶을 비관하여 자살로 생을 마감했다. 굳이 이와 같은 비극적인 삶의 모습이 아니더라도 누구에게나 삶은 참으로 고달프다. 비록 경기가 좋을 때라도 그리고 경제적으로 전혀 어려움이 없는 사람에게도 누구에게나 인생은 고해(苦海)라는 사실은 부정할 수 없는 진리다.

    유명한 정신과의사인 스캇 펙 박사는 그가 저술한 『아직도 가야 할 길』에서 인생이 고해임을 인정하는 순간 우리의 삶은 더 이상 고달프지 않다고 말하고 있다.

삶은 고해다. 이것은 삶의 진리 가운데 가장 위대한 진리다. 그러나 이러한 평범한 진리를 이해하고 받아들일 때 삶은 더 이상 고해가 아니다. 다시 말해, 삶이 고통스럽다는 것을 알게 되고, 그래서 이를 이해하고 수용하게 될 때, 삶은 더 이상 고통스럽지 않다. 왜냐하면 삶이 고해임을 받아들일 때 비로소 삶의 문제에 대해 그 해답을 스스로 내릴 수 있게 되기 때문이다.

대부분의 사람들은 삶이 어렵다는 이 쉬운 진리를 깨닫지 못하고 살아간다. 삶이란 대수롭지 않으며 쉬운 것이라고 생각한 나머지 살아가면서 부딪치게 되는 문제와 어려움이 가혹하다고 불평을 하게 된다. 사람들은 흔히 자신의 문제만 가장 특별하다고 믿으며, 왜 다른 사람들은 당하지 않는데 자신과 자신의 가족, 자신이 속해 있는 집단만 이같이 고통스런 문제를 안고 살아가야 하는지 분개한다. 누구나 한 번쯤은 이런 경험이 있을 것이다.

하지만 삶은 문제의 연속이다. 삶의 승패는 그 문제들을 얼마나 잘 해결해 나가는가에 달려 있다. 문제들은 우리에게 용기와 지혜를 요구할 뿐만 아니라, 없던 용기와 지혜를 만들어 내게까지 한다. 우리는 문제를 통해서만 지적으로나 영적으로 성장할 수 있다. 그러나 우리는 대부분 그렇게 현명하지 못하다. 정도의 차이는 있지만 대체로 고통을 두려워하고, 가능한 한 문제들을 피하려고 한다. 문제를 질질 끌면서 저절로 없어지기를 바라거나 문제를 무시하고 잊어버리려 하며 문제가 없는 것처럼 여기려 한다. 심지어 고통을 잊어버리기 위해 약물을 먹고 자신을 마비시키기도 한다.

우리 주변의 많은 사람들이 자신들에게 다가온 일시적인 고통
과 삶의 문제에 대해 적극적으로 해결하고 극복해나가려 하지 않
고 절망하고 포기해버리고 만다. 그러나 자신에게 다가온 절망적
인 상황이나 문제를 용기와 지혜로 극복하고 행복을 찾는 사람들
이 있다. 언젠가 인도네시아 자바섬의 활화산 가와이젠에서 유황
을 캐는 사람들의 이야기를 다룬 TV다큐멘터리를 본 적이 있다.

53세의 수무르 씨는 가와이젠에서 36년째 목숨을 걸고 유황을
캐고 있다. 그는 해가 뜨기도 전인 새벽 4시에 일어나 4km가 넘는
칠흑같이 어두운 산길을 걸어 유독성 연기가 분출되는 활화산으로
올라가 유황을 캐낸 뒤 100kg에 가까운 유황 덩어리를 어깨에 메
고 산길을 내려온다. 목숨을 건 이 위험한 작업의 대가로 그가 받
는 돈은 우리 돈 2,000원 남짓이다. 그는 이 돈으로 가족을 부양하
며 이 일을 할 수 있는 것만으로도 감사하며 행복해한다. 수무르
씨에게 가와이젠 화산이 목숨을 앗아갈 수 있는 위험한 땅이고 고
난의 땅인 동시에 가족의 행복을 지켜주는 축복의 땅이듯, 우리가
살아가는 이 세상 역시 위험과 고난으로 가득한 곳이지만 우리가
어떻게 대처하는가에 따라 축복의 땅이 될 수 있다. 고통과 고난은
가치중립적이다. 우리가 고통과 고난의 앞에 무너져 내릴 것인지
아니면 이를 정신적, 영적으로 더욱 성숙할 수 있는 소중한 기회로
삼을 것인지는 순전히 우리들 자신에게 달려 있다.

스캇 펙은 성격장애와 신경증을 이렇게 구분하고 있다. 성격장애자는 모든 문제를 자신의 탓이 아니라고 회피하며 모두 세상 탓이나 다른 사람의 탓으로 돌린다. 반면 신경증 환자는 모든 문제를 자신의 탓으로 돌린다. 고통스러운 문제나 고난이 다가왔을 때 세상 탓으로 돌리거나 자신의 탓으로 돌리는 것 모두 건강한 삶의 태도가 아니다. 문제가 생겼을 때 용기를 내 문제를 직시하고 지혜롭게 해답을 찾아나가는 것이야말로 성숙한 사람의 자세다.

대다수의 사람들이 안정을 추구하지만, 영적 성숙도가 높은 사람은 미래에 다가올 축복을 위해 현재의 고통에 처하는 모험을 과감하게 택한다고 한다. 우리 모두가 이처럼 고통을 기꺼이 감수하는 성숙한 삶의 자세를 지닐 수 있다면 우리가 사는 세상은 많은 어려움과 고난에도 불구하고 보다 건강하고 행복한 곳이 될 것이다. 수무르 씨가 유황을 캐러 가와이젠을 오르며 부르는 노래가 아직도 귓전에 맴돈다.

♬가진 것은 없어도 나의 행복 찾아서 오늘도 나는 떠나네. 모든 풍파 이기고 꿋꿋하게 살리라. 아무리 힘들어도♬

『아직도 가야 할 길』 (M. 스캇 펙 지음 / 율리시즈)

평온한 일상에 감사와 행복을!

가까이 지내는 친구가 종종 전화를 걸어 좋은 일 없냐고 묻는다. 그럴 때마다 나는 하루하루 별 탈 없이 무사히 지나가는 게 좋은 일이라고 대답하곤 한다. 어떻게 보면 매일 똑같이 반복되는 일상이 단조롭고 무미건조하게 느껴질 수도 있겠지만 한편으로는 평온한 일상이 참으로 소중하고 감사하게 가슴에 와 닿는다. 그렇다고 화나고 짜증 나는 일 그리고 걱정이나 두려움이 전혀 없는 것은 아니다. 인생은 고해(苦海)라고 했는데 어찌 하루하루가 늘 평안하고 기쁘기만 할까. 나 역시 오래전 죽음의 문턱까지도 가보았고 끝없는 절망의 나락에서 이 험한 세상을 헤쳐 나가지 못할 것 같은 두려움에 휩싸인 적도 있었다. 그런데 어느 때부턴가 하루하루가 감사하게 여겨지고 내게 주어진 것들이 하나하나 소중하게 느껴지면서 마음이 평온해졌다. 세상사 마음먹기에 달려 있다고 했는데 사람들은 가진 것보다 갖지 못한 것에 집착해 감사를 잃고 자신에게 다가온 삶을 살아낼 용기를 잃고는 스스로 고뇌의 늪으로 빠져든다.

우리는 이 세상 그 무엇보다도 소중한 많은 것들을 가지고 있으면서도 그 사실들을 종종 망각한다. 건강한 육체와 정신, 사랑스러운 가족, 내가 좋아하는 일을 할 수 있는 일터와 서로 돕는 동료들, 따뜻한 이웃 그리고 다정한 친구들. 이 모든 것들은 결코 돈으로 살 수 없는 소중한 것들인데도 우리는 종종 일시적인 욕심이나 감정을 억제하지 못해 서로에게 상처를 주고 스스로 평안을 잃고 만다.

친구는 수시로 골치 아픈 일들이 터지고 또 요즘처럼 변화무쌍한 시대에 어떻게 미래에 대한 불안과 두려움이 없을 수 있냐고 힐난한다. 물론 살아가는 동안 우리는 많은 문제에 직면하고 그로 인해 근심과 불안이 끊이지 않는다. 그러나 온 세상을 휩쓸어버릴 듯 세차게 몰아치는 비바람을 우리의 힘으로 그치게 할 수는 없다. 그저 묵묵히 견디는 수밖에. 그렇게 견디어내면 결국은 밝고 평온한 날이 오고야 만다는 믿음을 갖고. 당장 어떻게 될 것만 같았던 두려운 일이 실제로는 일어나지 않거나, 설령 일어나더라도 결국은 지나가 버려 이제는 그때의 두려움조차 희미한 경우도 많다. 나 역시 그러한 과정을 여러 번 거치면서 '이 또한 지나가리라'를 깊이 체험했기에 이제는 어려운 문제가 닥치더라도 훨씬 더 담담한 마음으로 견뎌낼 수 있을 것 같다.

황명환 목사가 저술한 『허무』에 소개된 미국의 신학자 라인홀드 니버의 '평안을 위한 기도(The serenity prayer)'는 우리가 감사를 잊거나 불안과 두려움에 사로잡힐 때 평온을 회복하는 데 많은 도움이 될 것 같다.

주님, 내가 변화시킬 수 없는 일들에 대해서는 받아들일 수 있는 평안을 주시고, 내가 변화시킬 수 있는 일에 대해서는 그것을 바꿀 수 있는 용기를 주시며, 이 두 가지 차이를 깨달아 알 수 있는 지혜를 허락해 주옵소서.

하루를 단위로 살아가게 하시고, 순간순간의 행복을 놓치지 않게 하옵소서. 역경을 평화를 위한 지름길로 받아들이게 하시고, 이 죄 많은 세상을 내가 원하는 대로가 아니라, 당신이 그러셨던 것처럼 있는 그대로 받아들이게 하옵소서.

내가 주님의 뜻에 복종한다면 주님은 모든 것이 협력하게 하셔서, 이 땅에서도 충분히 행복할 수 있고, 저 세상에서 주님과 함께 최고의 기쁨을 영원히 누리도록 하심을 믿게 하옵소서. 아멘.

사람들은 모두 행복을 원한다. 그리고 많은 사람들이 부자가 되어 원하는 것을 얻으면, 권력을 잡아 영향력을 행사하고 세상을 바꾸면, 그리고 인기와 명예를 누리게 되면 행복할 거라고 생각하고 진정으로 소중한 것들을 포기해가며 돈이나 명예, 권력을 추구한다. 그러나 그 모든 것들은 신기루일 뿐이다. 국가와 민족을 위한다고 외치고, 세상을 바꾸겠다고 외치기보다는 우선 나 자신을 하루하루의 일상에서 감사와 행복을 느낄 수 있는 사람으로 바꾸는 것이 진정 이 세상을 행복한 곳으로 만들 수 있는 길이다.

아침을 준비하며 콧노래를 흥얼거리는 아내, 휘파람을 불며 현관문을 열고 들어오는 아들, 상냥한 목소리로 고객에게 친절하게 응대하는 직원들, 그리고 아직 동도 트지 않은 어둠 속에서 쓰레기를 치우는 미화원들을 볼 때 감사와 행복의 파도가 잔잔하게 가슴으로 밀려온다.

『허무』 (황명환 지음 / 성안당)

산다는 것은 감사의 연속

얼마 전 세수를 하는데 갑자기 허리가 뜨끔했다. 그러고는 곧 허리가 뻐근해지더니 딱딱하게 굳어지는 것 같았다. 처음에는 그다지 통증이 없어 불편함을 느끼지 못했는데 시간이 흐를수록 거동이 불편해졌고 특히 앉아 있다 일어서거나 몸을 뒤척일 때 또는 재채기를 할 때마다 찌릿하고 날카로운 고통이 따랐다. 몸이 불편하다 보니 나 자신도 모르게 대수롭지 않은 일에도 목소리에 짜증이 묻어났다. 가까스로 회사 일을 마치고 집에 돌아와 소파에 앉아 있다가 몸을 조금 움직이는 순간 또다시 허리에 날카로운 통증이 엄습했다. 다행스럽게도 매번 통증은 1~2초 만에 짧게 끝나고 곧이어 언제 그랬냐는 듯싶게 편안해지곤 했다. 그 순간 문득 참 감사하다는 생각이 들었다. 우선은 다행스럽게도 매번 통증이 짧게 끝난다는 것이, 거동에 조금 불편이 따르기는 하지만 운전도 할 수 있고 회사 업무를 하거나 일상생활을 하는 데 거의 지장이 없다는 것이, 누운 자세에서는 통증이 없어 편안하게 잘 수 있다는 것이, 그리고 짧은 통증 뒤에 찾아오는 편안함이 참으로 감사하게 느껴졌다.

통증을 느꼈던 첫날에는 빨리 낫고 싶은 마음에 곧바로 한의원으로 달려가 침을 맞고 치료를 받았지만 별로 차도가 없었다. 허리에 통증이 올 때마다 진실로 감사하는 마음이 느껴진 탓에 오히려 그 통증을 통해 삶에 대해, 그리고 자신에게 주어진 것에 대해 감사하는 훈련을 하는 요량으로 더 이상 치료를 받지 않고 묵묵히 통증을 견뎌나갔다. 그러는 도중에 갑자기 삶을 산다는 것은 어쩌면 고통을 견디어나가는 것이 아닐까 하는 생각이 들었다. 이렇게 고통을 견뎌내는 훈련을 하다 보면 언젠가 더 큰 고통이 다가오더라도 조금은 더 담담한 마음으로 대할 수 있지 않을까. 수도승이나 고승들이 고행을 했던 것도 고통을 통해 삶의 의미를 깨닫고 지고(至高)의 행복에 이를 수 있다고 생각했기 때문이 아니었을까. 어차피 인생은 고해(苦海)이기에 이 세상 그 누구도 삶의 고통으로부터 자유로울 수 없다. 따라서 평범한 우리들에게 행복이란 결국 자신에게 다가온 고통을 어떻게 받아들이고 극복하는가에 달려 있지 않을까 하는 생각이 들었다.

시간이 지나면서 조금씩 통증에 익숙해진 탓인지 아니면 점차 허리가 낫고 있어서 그런지 다행스럽게도 통증이 줄어들고 거동 또한 조금씩 더 편안해졌다. 결국 이 고통은 조만간 사라지겠지만 삶을 살아가는 한 육체적으로든 정신적으로든 또 다른 고통이 찾아올 것이다. 고통은 우리가 생각지도 못했던 순간에 불현듯 다가온다. 그러나 고통은 우리 삶의 일부이기에 고통이 찾아오더라도 결코 스스로를 불행하다고 생각하거나 절망에 빠질 필요는 없다.

고통을 담담하게 받아들이고 그 속에서 감사를 발견할 때 우리는 고통을 통해 한층 더 성숙해지고 그 속에서 참된 행복을 발견할 수 있을 것이다. 어느 날 갑자기 다가온 암의 고통에서 행복을 발견한 중년 남성의 이야기를 담고 있는 『암이 가져다준 행복』은 삶이 감사의 연속임을 잘 보여주고 있다.

인생을 살다 보면 누구나 아픔을 겪는다. 어머니로서 겪는 출산의 고통에서부터 입학, 연애, 취업, 사업 등에 있어서의 실패, 이혼, 질병, 죽음에 이르기까지 다양하다. 나이가 들면 몸이 아프다. 이른바 '삼고(三苦)'에 시달려야 한다. 요즘엔 식생활이 변하고 사회생활에 따른 스트레스가 급증하면서 젊은이들도 속속 환자대열에 합류한다. 가벼운 질환이면 좋겠지만, 자칫 암(癌)이라도 걸리면 두려움이 엄습한다. 인생이 끝난 것 같고 삶에 대해 무기력해진다. 눈물을 흘리며 곰곰이 생각에 잠긴다. 그러고는 서서히 가치관이 변한다. 욕심이 사라지면서 넉넉함이 피어난다. 더불어 사는 삶에 눈을 뜨게 되는 것이다.

죽음에 당면한 사람들은 대부분 처음에는 필사적으로 죽음을 거부한다. 가야 한다는 것은 알고 있지만, 염라대왕이 싫다. 하지만, 이내 숙명으로 받아들이며 겸손해진다. 끝까지 저항하는 사람도 있지만, 불가항력이다. 내가 영생을 꿈꾸면 후손들 자리가 없어진다. 부질없는 노욕(老慾)이다. 그래서 의자를 비워줘야 한다. 그것이 변함없는 자연의 법칙이다.

이제 6개월에 걸친 병가(病暇)와 휴직기간을 마치고 회사에 복귀한다. 한때 당황스러웠고 암을 예방하지 못한 무식함에 회한(悔恨)도 많았다. 칼에 대한 공포도 두려웠고 내가 처한 현실이 꿈만 같았다. 하지만 담담히 받아들였다. 암과 친구가 되겠다는 마음가짐으로 그를 환영했다. 녀석과의 동행(同行)은 현재 진행형이다. 시간이 해결해주겠지…?

그동안 숲 속 오솔길을 걸으며 많은 걸 생각했다. 삶에 겸손해져야 했다. 못 봤던 책도 보면서 재충전 시간도 가졌다. 가족의 소중함을 새삼 느꼈다. 비록 현실은 감내하기 쉽지 않았지만, 반대급부도 얻었다. 책을 내는 과정도 암을 접하지 못했으면 감히 생각하지 못할 일이다. 인간은 아픈 만큼 성숙해지는가 보다. 나를 아는 모든 분들께 감사드린다.

지금 건강하게 가족들과 함께 하루하루 잘 지내고 있고 아침마다 설레는 가슴을 안고 일터로 나가 마음에 맞는 직원들과 함께 열심히 일할 수 있다. 물론 가끔 언짢은 일도 생기고 뜻하지 않은 피해도 입곤 한다. 하지만 이 또한 내 삶의 한 부분이고 행복을 가꾸어 나가는 과정의 일부이기에 담담한 마음으로 받아들일 수 있다. 정말 산다는 것은 감사의 연속이자 커다란 축복이다.

『암이 가져다준 행복』 (김종철 지음 / 매일경제신문사)

몸과 마음은 하나로 연결되어 있다

　우리나라는 지금 전 세계에서 유래를 찾기 어려울 정도로 급속하게 고령화가 진행되고 있다. 고령화는 국가의 생산력 저하, 소비경제 저하, 의료 및 복지비용의 증가, 빈부 격차 확대 등을 비롯해 수많은 사회 문제를 야기한다. OECD 회원국 중 한국은 65세 이상 노령인구와 전체 인구의 소득 빈곤율의 차이가 30.5%로 1위를 차지했고 노인자살률도 1위의 불명예를 얻었다. 지난 10년 사이에 노인 자살이 3배나 늘었고 65세 이상 자살률이 65세 미만 자살률보다 4배나 높았다.

　통계청이 발표한 '2009년 고령자 통계'에 따르면 자살의 이유는 질환·장애가 40.8%로 가장 큰 원인이었고 그다음으로는 경제적 어려움이 29.3%, 외로움과 가정불화가 각 14.2%, 10.4% 순이었다. 결국 늙어서 병들어 고생하는 것과 경제적 어려움 그리고 외로움 등이 많은 노인들을 자살로 몰아넣은 것이다. 인간으로 태어난 이상 어느 누구도 늙고 병들고 죽어가는 삶의 과정에서 벗어날 수 없다. 그러나 세상사 모두가 마음먹기에 달려 있다고 했다. 아무리 어려운 상황에 놓여 있더라도 마음먹기에 따라 우리의 삶은 얼마든지 달라지고 우리의 육체 또한 건강해질 수 있다. 하버드 대학의 심리학 교수인 엘렌 랭어가 저술한 『마음의 시계』는 다양한 실험을 통해 몸과 마음이 하나로 연결되어 있으며 마음을 통해 시간을 거꾸로 돌리는 일도 가능함을 보여주고 있다.

시계를 거꾸로 돌리거나 흘러가는 세월과 맞서 싸울 방법은 없다. 시간에 잠식당하면서 우리는 나이를 먹고 젊음의 활력은 추억이 될 뿐이다. 고질적인 병이 생겨 건강과 기력을 차츰 좀먹어 갈 때, 우리가 할 수 있는 최선은 기껏해야 품위를 잃지 않고 운명을 받아들이는 것이다. 일단 병이 찾아오면 우리는 현대 의학에 의지하며 끝까지 희망을 가지려 노력하지만, 시간의 행진을 막을 수는 없다. 하지만 혹시 가능할 수도 있지 않을까?

1970년대에 동료 주디스 로딘과 나는 요양원에 거주하는 노인들을 대상으로 스스로 결정을 더 많이 내리도록 장려하는 실험을 했다. 이를테면 방문객을 맞이할 장소라든지, 요양원에서 보여 주는 영화를 볼 것인지의 여부 등을 직접 결정하도록 하는 식이었다. 또한, 각자 돌볼 화분을 선택하고 그 화분을 방 어디에 둘 것인지, 물을 언제 얼마나 줄 것인지 스스로 결정하도록 했다. 우리의 의도는 요양원에 사는 노인들이 좀 더 의식을 집중해서 세상과 맞부딪치고 각자의 삶을 보다 충만하게 살도록 돕는 것이었다. 반면, 두 번째 집단인 대조군의 노인들은 그처럼 스스로 결정을 내리라는 권유를 받지 않았다. 그들에게도 화분이 지급되었지만 요양원

직원들이 돌볼 것이라고 이야기하였다. 1년 6개월 후 첫 번째 집단인 실험군 구성원들이 대조군보다 더 쾌활하고 활동적이며 건강한 것으로 확인되었다. 그리고 놀랍게도 적극적인 생활을 한 노인들의 사망률이 그렇지 않았던 대조군 구성원들 사망률의 절반에도 미치지 못할 만큼 낮았다.

결국 나는 선택의 힘이, 그리고 그 힘으로 인한 개인의 통제력 증가가 동일한 노인들에서 서로 다른 결과를 낳았다고 확신하게 되었다. '비물질적인 정신에서 물질적인 육체로 이어지는 연결 고리의 본질은 무엇일까?' 우리는 쥐를 보면 맥박이 빨라지고 피부에 땀이 배어 나오면서 공포의 징후를 나타낸다. 또, 소중한 사람을 잃는 상상을 하면 혈압이 상승한다. 이처럼 우리의 몸과 마음은 긴밀하게 연관되어 있음에도 불구하고 그 실체는 잘 알려져 있지 않다.

몇 년 후인 1979년 나는 또 한 가지 실험을 시도했다. 마음의 시계를 거꾸로 돌렸을 때 인간의 생리 상태에 어떤 효과가 나타나는지 알아보기 위한 실험이었다. 우선 실험참가자로 70대 후반에서 80대 초반의 남성 노인들 16명을 선정한 뒤 각각 8명의 실험군과 대조군으로 나눴다. 그리고 옛 수도원을 찾아 1959년의 모습으로 복원했다. 실험군 8명은 1주일 동안 마치 자신들이 20년 전인 1959년에 사는 것처럼 1959년에 일어났던 일들을 현재 시제로 이야기하고 행동하게 했으며 자기소개서에도 젊은 시절의 사진을 붙이게 했다.

1주일 뒤에 대조군 8명 역시 같은 수도원에서 1주일 동안 생활하게 했다. 그러나 대조군은 자기소개서에 나이가 든 지금의 사진을 붙이고 현재 시점에서 20년 전을 회상하며 말하고 행동하게 했다.

1주일간의 은둔 생활 뒤 각 그룹의 신체 지수를 검사한 결과 자신이 젊어진 것처럼 생활했던 실험군 8명은 키, 몸무게, 자세, 걸음걸이, 지능 등에서 대조군보다 크게 좋아졌고 1주일 전에 비해 훨씬 더 젊어 보였다. 결국 나는 마음이 육체를 지배하는 힘이 실로 엄청나다는 사실을 확인했다. 그리고 몸과 마음을 이분법적으로 나누는 것은 개념에 불과할 뿐, 둘을 분리해서 생각하지 않는 시각이 더 유용할 수 있음을 깨닫기 시작하였다. 정신과 육체를 본래대로 결합하여 다시 한 사람이 된다면 우리가 마음을 어디에 두든 몸도 따라가게 될 터였다. 다시 말해서, 마음이 진정 건강한 곳에 있다면 몸도 따를 것이므로, 우리는 마음을 변화시킴으로써 몸의 건강도 변화시킬 수 있다.

나이가 들면서 우리는 점차 자신이 쇠퇴해가고 있고 쓸모없는 인간이 되어가고 있다고 생각하기 쉽다. 특히 지병이 있다거나 중한 병이 있다는 의사의 진단을 받으면 마치 사망선고라도 받은 것처럼 지레 겁을 먹거나 자포자기하여 극단적인 선택으로 삶을 마감하는 경우도 많다. 그러나 이 책의 많은 실험에서 보듯이 우리 몸은 마음과 하나로 연결되어 있고 우리의 삶 자체 또한 마음먹기에 달려 있다. 따라서 아무리 중한 병에 걸렸더라도 그리고 현실이 아무리 절망적이라 하더라도 적극적이고 긍정적인 방향으로 마음을 돌린다면 우리의 삶은 분명 달라질 수 있다. 부디 우리 모두 마음의 시계를 거꾸로 돌려 젊고 건강한 삶을 살 수 있기를 소망한다.

『마음의 시계』 (엘렌 랭어 지음 / 사이언스북스)

행복은 스스로 만들어가는 것

　최근 기획재정부가 한국개발연구원(KDI)에 의뢰해 경제협력개발기구(OECD)와 G20 회원국 39개국을 대상으로 성장동력, 삶의 질, 환경, 인프라 등 4개 부문의 국가경쟁력 지표 순위를 매긴 결과, 한국의 '삶의 질'은 하위권인 27위로 나타났다. 이 보고서는 "지난 20년 동안 한국은 1인당 국민소득이 급격히 증가했는데도 삶의 질에 대한 만족도는 정체하고 있어 소득이 증가해도 행복이 정체되는 현상, 소위 '이스털린의 역설'이 적용되고 있다"고 지적하며 "성장과 사회통합, 성장과 환경의 조화를 이루는 발전전략을 모색해야 한다"고 주장했다.

　실제로 반값 등록금을 외치며 거리로 나선 대학생들, 취업난에 시달리는 젊은이들, 정리해고 철회를 외치며 투쟁하는 근로자들, 생활고로 인해 스스로 목숨을 끊는 가장들, 서울역 역사에서 내몰린 노숙자들 등 우리 사회에서 일어나고 있는 각종 사건들을 보면 이 보고서가 지적한 대로 우리의 삶의 질이 결코 높지 않다는 것을 피부로 느낄 수 있다. 현실이 이렇다 보니 숫자상으로는 국민소득 2만 불을 넘어섰다고 하나 양극화의 심화, 계층 간의 갈등 등으로 인해 국민들 개개인이 느끼는 행복지수는 전 세계에서 하위권을 맴돌 수밖에 없다.

전체 국민의 삶의 질을 높이고 행복지수를 높이기 위해서는 KDI가 지적한 대로 성장과 사회통합이 조화를 이룰 수 있도록 정부가 보다 적극적인 노력을 기울여야 한다. 그러나 정부의 이러한 의지가 현실화되고 제대로 된 성과를 내기 위해서는 상당한 시간이 소요되고, 또한 정부가 아무리 노력을 기울이고 사회 환경이 개선되고 소득이 높아지더라도 모든 사람들이 행복해질 수는 없다. 결국 행복은 각자 삶의 주인인 우리 스스로에게 달려 있다. 그렇다면 행복은 어떻게 오는가. 서강대학교 김열규 교수는 자신이 쓴 『행복』에서 행복은 스스로 가꾸어나가는 것이라고 말한다.

우리는 누구나 행복을 원한다. 그러기에 행복(幸福)은 삶의 지표이고 또 보람이다. 행복의 행(幸)은 '다행 행'으로 읽는다. 복(福)은 아예 '복 복'이라고 읽는다. 풀이되는 말과 풀이하는 말이 같은 셈이다. 이래서는 전혀 뜻풀이가 되지 않아 읽기만으로는 행복의 정체가 잡히지 않는다. 이렇게 풀리지 않는 것이 행복이다. 추상적이고 관념적이어서 꼬집어 말하기가 마땅치 않은 것, 그것이 바로 행복이다. 1만 명의 사람에게 1만 가지의 행복이 있을 수 있다.

우리는 기쁨이나 즐거움을 맛볼 때, 만족스러울 때, 보람을 느낄 때 그리고 무엇인가 마음에 들 때, 아니면 마음이 편할 때 흔히

'행복하다'고 말한다. 뿐만 아니다. 무엇인가 좋은 것이 듬뿍 주어졌을 때 우리는 행복을 실감한다. 그런데 참 묘하게도 다른 사람에게 잔뜩 베풀었을 때도 우리는 행복감에 젖는다. 이 모든 마음의 경지가 행복일 것 같다. 행복은 그렇게 알록달록하다. 단순하지가 않다. 인생이며 삶에 따라서 또 사람에 따라서 행복은 그 모양새며 무늬며 빛깔이며 가치를 달리한다. 사랑이며 정이 행복을 맺어주듯이 사업이 행복의 열매를 맺게 할 수도 있다. 어른들 같으면 직업이 그리고 일거리가 행복을 잉태하듯이 아이들에게는 운동이며 공부며 놀이가 행복감을 자아낼 것이다.

이 모든 상황은 행복의 텃밭이 마음임을 일러주는 것이다. 그러면서 삶의 고비마다, 삶의 국면마다, 삶의 정황마다 행복이 결실을 맺을 수 있음도 일러준다. 삶은 살기에 따라서, 어떻게 하느냐에 따라서 행복의 꽃동산이 될 수 있다. 그러니 말풀이로는 까다롭지만 실제 삶에서 행복은 또렷하고 알뜰하기 마련이다. 그렇다. 행복은 각자 하기 나름이다. 크게는 살기 나름이고 작게는 행동하기 나름이다. 행복을 말할 때마다 그것이 우리 하기 나름이라는 사실을 마음으로 다져두어야 할 것이다. 각자가 행복의 주인이고 또한 주체이다.

오늘날 우리의 삶은 경제적 풍요와 물자의 풍요에 얽혀 있다. 그것들에 매달려 있다. 우리는 그것에서 행복의 지표를 찾고자 한다. 이것이 바로 오늘날 사람들이 추구하는 행복의 첫째 몰골이다. 둘째 몰골은 더한층 딱하다. 행복이 선물이나 경품처럼 주어지기를 바란다. 그러다 보니 복이란 밖에서 주어지는 피동적인 것이 되고 말았다. 복지사회니, 복지국가니 하는 말들이 그걸 부채질하고, '복표福票'나 '복권福券'이란 말에 주목한다. 복표나 복권은 요행수를 노리는 것들이다. 이렇게 되면 복은 운수소관이 되고 만다. 요컨대 돈에 겹친 물질적 풍요와 피동적인 요행수, 그 둘에 오늘날 우리가 그렇게도 바라마지 않는 행복이 걸려 있는 것 같다. 그러나 그것은 행복이 아니라 타락일지도 모른다. 그러기에 우리는 바람직한 행복의 모습에 더한층 마음 써야 한다.

첫째, 행복의 궁극은 보람된 일의 성취에 있음을 알아야 한다. "아, 마침내 내가 해냈구나!" 바로 이 한마디에 행복이 있다. 둘째, 누구에게나 행복은 긍정적인 자아실현이자, 자기 실천이라는 것을 명심해야 한다. "야, 드디어 내가 여기에 이르렀구나!" 바로 이 한마디, 그 탄성에 우리의 행복이 있다. 셋째, 이처럼 일의 성취와 자아실현이 자기만족을 넘어 사회에 대한 베풂이 되고, 사회에 대한 사랑이 되어야 한다는 점을 깨달아야 한다. "아, 결국 내가 우리 사회에 쓸모 있는 사람이 되었구나!" 바로 이 한마디, 그 다짐으로 우리의 행복은 완성된다. 이 세 가지를 마음에 새기고 복을 쌓는다면 그것이야말로 행복을 스스로 만들고 창조하는 것이 된다.

탐욕은 결국 화를 부르고 행복을 앗아간다. 지금 내가 불행한 처지에 있다면 그것은 내가 스스로 불행의 늪으로 빠져 들었거나 불행하다고 생각하고 있기 때문이 아닐까? 행복은 결코 요행수로 하늘에서 떨어지는 것도, 국가가 주는 것도 아니다. 행복은 인생을 살아가는 동안 겪게 되는 수많은 일들을 어떻게 받아들이고 어떻게 행동하는가에 달려 있기에 우리 스스로 만들어가는 것이다.

『행복』(김열규 지음 / 비아북)

100세 시대, 건강한 취미를 갖자

요즘 나의 일상은 지극히 단조롭다. 아침에 출근해 몇 가지 일들을 처리하고 나면 주로 책상에 앉아 책을 보고 글을 쓰고 이런저런 생각을 하며 보낸다. 그러다 특별한 약속이 없으면 퇴근해 집으로 와서 저녁을 먹고 아내와 산책을 한 뒤 TV 드라마를 보다 잠자리에 든다. 어찌 보면 지극히 단조로운 일상인데 이 일상이 종종 감사하게 느껴진다. 그러다 문득 다른 사람들은 하루하루를 어떻게 보낼까 하는 생각이 들었다. 특히 내 또래의, 가까이 지내는 일부 출판사 사장들의 경우 특별한 일이 없으면 대개 오전이면 하루 업무를 마무리한다. 그리고 오후에는 필자나 지인들을 만나 이야기하고 나름대로 취미 생활을 즐기며 소일하는 것 같다.

동서고금, 남녀노소를 막론하고 일만 하며 사는 사람은 흔치 않다. 일을 하는 가운데 틈틈이 짬을 내 자기가 하고 싶은 놀이나 취미 등으로 시간을 보낸다. 사람마다 각기 취향이 다르기 때문에 여가를 어떻게 보내는가도 그야말로 천차만별이다. 언젠가 친구들과 만난 자리에서 한 친구가 '자유 시간이 6시간 정도 있을 때 뭘 가장 하고 싶냐'고 물었다. 골프를 치겠다, 예쁜 여자와 데이트를 하겠다, 포커 게임을 하겠다, 등산을 하겠다 등등 자신의 취향에 따라 다양한 대답이 나왔다.

인간은 본능적으로 즐거움을 추구한다. 고대로부터 인간은 놀이와 축제를 즐겨왔고 놀이를 통한 즐거움은 우리의 삶을 정겹고 풍요롭게 해주었다. 네덜란드의 문화사학자인 요한 호이징어는 이러한 인간의 존재에 대해 '호모 루덴스(homo ludens)'라고 규정했다. '놀이하는 인간'이란 뜻이다. 롯데월드나 디즈니월드와 같은 놀이시설에 수많은 인파가 몰리고, 음악 콘서트에 가서 열광하고, 영화와 연극을 보고, 드라마에 빠져든다. 예전에 TV 드라마는 주로 아줌마들의 전유물이었는데 요즘은 중년 남자들도 드라마에 심취해 소위 '드라저씨'라는 유행어마저 생겼다. 야구, 농구, 축구 등 각종 운동경기를 보며 목청 높여 함성을 지르기도 하고 바둑 또는 체스를 두거나 낚시와 등산으로 즐거움을 추구하는 사람들도 있다.

이처럼 각자가 갖고 즐기는 취미와 취향은 우리의 삶을 흥미롭고 윤택하게 해주는 윤활유이자 신이 우리에게 부여한 소중한 선물이다. 그러나 한편으로 취향은 양날의 칼과 같아 자칫하면 우리를 걷잡을 수 없는 파멸의 구렁텅이로 몰아넣기도 한다.

얼마 전 미국 사회를 발칵 뒤집어놓은 소위 '별들의 불륜'을 보면 삶의 윤활유인 취향이 때로는 얼마나 파국적인 결과로 이어지는지를 잘 보여준다. 이라크, 아프가니스탄의 전쟁 영웅으로 칭송받던 미국 중앙정보국(CIA) 국장인 데이비드 페트레이어스(60)가 불륜 사실이 드러나 결국 사임한 데 이어 차기 나토 사령관 내정자인 존 앨런 장군 역시 성추문의 여파로 내정 절차가 보류되었다고 한다. 존 앨런은 30대 유부녀와 2010년부터 무려 3만 페이지 분량의 이메일을 주고받았다. 이보다 앞서 2007년에는 아이다호 출신 상원의원인 래리 크레이그가 미니애폴리스 공항 남자화장실에서 한 남자를 상대로 성행위를 유발시키기 위한 수작을 걸다가 체포되어, 법원에서 스스로 유죄를 인정했다.

'취향'이란 뭔가를 하고 싶은 마음이 생기는 방향, 또는 그런 경향이라고 한다. 하고 싶은 마음이 생기면 우리는 그것을 행동으로 옮기게 된다. 그러나 그것이 부도덕한 일이거나 반사회적인 일, 또는 결과적으로 자신에게 해가 되는 일이라고 판단되면 대체로 이성으로 그것을 통제하려고 노력한다.

그러나 취향은 종종 윤리나 도덕 심지어는 이념이나 종교적 신앙마저 억누르고 우리의 마음과 행동을 지배한다. 위의 사례에서 보듯이 나이가 60인 CIA 국장이 37년간의 결혼생활을 배신하고 불륜을 저지를 만큼 때로는 취향이 이념보다 강하다. 취향을 통제하지 못해 비뚤어진 욕망은 그 자체로 허황된 것을 원하고 있기 때문에 충족된다고 해도 결코 기쁨이나 행복을 주지 못한다.

얼마 전 한 TV 프로그램에서 여성의 유혹에 넘어가 80억 원의 재산을 날리고 노숙자로 전락한 한 나이 든 남자의 이야기가 소개되었다. 반면에 다른 한 프로그램에서는 70세 전후의 노인들이 함께 합창단을 만들어 위문공연을 하기도 하고, 새로운 악기에 도전하여 연주회를 여는 모습을 보여주었다. 이제 과거 그 어느 시대보다 오래 살아야만 하는 우리에게 건전한 취향과 좋은 취미는 무엇보다 중요하다. 진정한 기쁨이나 행복은 일시적인 욕구의 충족이 아니라 건전한 사고와 취향 그리고 타인에 대한 배려와 감사에서 나온다. 이를 위해 어떤 취미와 취향을 갖고 가꾸어 나갈지는 우리들 자신의 선택에 달려 있다.

18세기 시작된 산업혁명 이후 인간의 수명은 획기적으로 늘어났다. 이제 '호모 헌드레드(Homo-hundred)'라는 인간 수명 100세의 꿈이 현실로 다가오고 있다. 그 결과 우리가 사는 인생을 '더 트리플 서티 라이프(The Triple Thirty Life)'라고 부른다. 이는 인생을 30년씩 3단계로 구분한 것이다. 첫 30년은 출생 후 부모님 슬하에서 자라면서 사회 진출을 위해 준비하는 시기, 두 번째 30년은 경제활동을 하며 가정을 이루고 자녀를 돌보는 시기, 마지막 30년은 과거에 없었던 인생의 새로운 기회이자 잊고 있었던 본인의 꿈을 성취시킬 수 있는 기간으로 노후생활을 의미한다.

100세 시대에 건전한 취향과 취미를 갖는 것은 풍요로운 삶을 위해 꼭 필요하다. 친구들과 함께 등산을 하거나 종종 만나 서로 살아가는 이야기도 하고, 아내와 함께 새로운 요리를 배우거나 악기를 배우는 것도 좋을 것 같다. 비뚤어진 취향이 우리의 몸과 행동을 지배하지 못하도록 미처 발견하지 못한 우리 자신의 건전한 취향을 찾아서 발전시켜보자.

『**퇴직 후 30년, 어떻게 보낼 것인가? 노향**』(홍성열 지음 / 글로벌문화원)

지혜로운 조삼모사(朝三暮四)

　오늘도 한발 늦었다. 가깝게 지내는 지인들과 식당이나 카페에서 밥을 먹거나 차를 마시고 나올 때마다 전쟁 아닌 전쟁을 한다. 서로 자기가 계산을 하겠다며 옥신각신하다가 이제는 식사가 나오기를 기다리는 동안 슬그머니 일어나 미리 돈을 내고 오기도 한다. 심지어는 식당에 들어가면서 먼저 계산을 하는 경우도 있다. 그러다 보니 과거 직장에 다닐 때 우스갯소리로 어떤 사람은 일부러 끈을 매는 구두를 신고 다닌다는 이야기를 들었던 기억이 났다. 동료들끼리 식사를 하러 갔을 때 보통 제일 먼저 카운터로 가는 사람이 밥값을 내다 보니 계산을 하지 않기 위해 일부러 구두끈을 매는 척하며 시간을 끌곤 한다는 것이다.

　그런데 어떤 방식이든 긴 시간을 놓고 보면 결과는 마찬가지다. 아무리 호인이라도 밥값이나 찻값을 매번 내지 않을 터이고 아무리 뻔뻔한 사람이라도 계속해서 얻어먹을 수는 없을 테니까, 약간의 오차는 있겠지만 서로 자기가 돈을 내겠다고 하는 것이나 서로 눈치를 보며 다른 사람이 먼저 계산해주기를 바라는 것이나 결과적으로는 서로 공평하게 내게 되는 셈이다. 다만 누가 먼저 내고 누가 나중에 내는가의 차이일 뿐 결국 조삼모사(朝三暮四)다.

《장자(莊子)》제물론(齊物論)에 보면, 송(宋)나라에 저공(狙公)이라는 사람이 있었다. 저(狙)란 원숭이를 뜻한다. 저공은 많은 원숭이를 기르고 있었는데 그는 가족의 양식까지 퍼다가 먹일 정도로 원숭이를 좋아했다. 그래서 원숭이들은 저공을 따랐고 마음까지 알았다고 한다. 그런데 워낙 많은 원숭이를 기르다 보니 먹이를 대는 일이 날로 어려워졌다. 그래서 저공은 원숭이에게 나누어 줄 먹이를 줄이기로 했다. 그러나 먹이를 줄이면 원숭이들이 자기를 싫어할 것 같아 그는 우선 원숭이들에게 이렇게 말했다. "너희들에게 나누어 주는 도토리를 앞으로는 '아침에 세 개, 저녁에 네 개(朝三暮四)'씩 줄 생각인데 어떠냐?" 그러자 원숭이들은 하나같이 화를 냈다. '아침에 도토리 세 개로는 배가 고프다'는 불만임을 안 저공은 '됐다' 싶어 이번에는 이렇게 말했다. "그럼, 아침에 네 개, 저녁에 세 개(朝四暮三)씩 주마." 그러자 원숭이들은 모두 기뻐했다고 한다.

이 이야기에서 보면 원숭이들이 매우 어리석은 것 같은데 사람들도 종종 원숭이처럼 굴 때가 있다. 어차피 손해의 총량은 같은데도 지금 당장 손해를 보고 싶어 하지는 않는다. 조삼모사와 같은 개념으로 '마시멜로 효과'라는 것이 있다.

스탠포드 대학의 심리학 교수 월터 미셸(W. Mischel)은 1966년에

네 살짜리 꼬마들 653명을 대상으로 흥미 있는 실험을 했다. 미셸 교수는 꼬마들에게 마시멜로 하나를 주면서 15분 동안 먹지 않고 참으면 두 개를 주겠다고 제안했다. 그 결과 절반의 아이들은 참지 못하고 마시멜로를 먹어버렸다. 15년 후 미셸 교수는 십 대가 된 그 아이들을 다시 만났고, 1981년 연구 결과를 발표했다. 한마디로 마시멜로를 먹지 않고 오래 참은 아이일수록 참지 못한 아이들보다 가정 및 학교 그리고 삶 전반에 걸쳐 훨씬 우수했고, 대학입학시험(SAT)에서도 같은 또래들에 비해 뛰어난 성취도를 보였다. 이후 계속적인 추적 연구를 통해 인내하지 못한 꼬마들이 비만, 약물 중독, 사회 부적응 등의 문제를 가진 어른으로 살고 있는 데 반해 인내력을 발휘한 꼬마들은 성공한 중년의 삶을 살고 있다고 보고했다.

그런데 꼬마들뿐만 아니라 어른들도 마시멜로의 유혹에 쉽게 넘어간다. 순간의 유혹에 눈이 멀어 검은돈을 받았다가 결국은 감옥으로 가는 공무원들, 당리당략과 사리사욕에 눈이 멀어 국민들은 안중에도 없는 파렴치한 정치꾼들, 이미 평생을 호의호식하며 살 수 있는 부를 쌓아놓고도 끝없는 탐욕의 노예가 되어 온갖 편법을 동원해 이익을 추구하다 소중한 목숨을 잃게 만든 악덕 기업가들, 이들 모두 지금 눈앞에 놓여 있는 달콤한 마시멜로가 자신을 파멸로 이끄는 독약일 수도 있음을 잊지 말아야 한다.

우리는 평생을 살아가는 동안 수많은 고난과 어려움에 직면한다. 어떤 고난은 자신 스스로 자초한 것일 수도 있고 어떤 것은 자신의 의지나 의도와는 전혀 상관없이 예기치 않게 일어나기도 한다. 사랑하는 사람과의 이별, 실직이나 사업상의 실패, 건강을 잃는 일 등등 고난은 다양한 모습과 강도로 우리에게 다가온다. 그러나 어쩌면 평생 동안 우리들 각자가 겪게 되는 고난과 어려움의 총량은 같을지도 모른다. 지금 당장의 어려움을 모면하기 위해 쉬운 길을 택한다면 그 어려움은 결국 나중으로 미뤄져 어떤 형태로든 다시 돌아오고, 반면에 지금 어려움을 견뎌 내고 극복하면 나중에 평탄한 길을 걷게 될 것이다. 따라서 지금 당장 현실이 어렵고 힘들더라도 너무 절망하지 말고, 또한 지금 모든 일이 순조로워 한없이 기쁘고 행복하더라도 지나치게 기뻐하지 말고 '이 또한 지나가리라'는 솔로몬의 고백을 상기할 필요가 있다. 아무리 힘든 고난도 아무리 가슴 벅찬 기쁨도 결국은 지나가고 만다.

　어차피 인생은 고통과 기쁨이 씨줄과 날줄이 되어 엮이는 것이다. 오로지 고난만 있는 삶도 없고 오로지 기쁨만 있는 삶도 없다. 따라서 고난이 다가오면 피하지 말고 그 고난의 의미를 생각하고 고난을 허락하신 절대자의 뜻을 생각함으로써 한 단계 성숙해지고 이를 통해 아침의 고난을 저녁의 축복으로 바꾸는 지혜를 발휘해야 한다.

『한자성어 · 고사명언구 대사전 23,000어』 (조기형 외 엮음 / 이담북스)

Part 3

근본적 오류의 공리(公理)
- 소통 -

열린사회는 '사람들이 다양한 견해와 이해를 가지며

누구도 궁극적인 진리를 가지고 있지 않다'는

인식에 토대를 두고

서로의 주장과 견해를 존중하여

완벽할 수는 없지만

보다 나은 상태를 향해

한 걸음 한 걸음 나아가는 사회이다.

근본적 오류의 공리(公理)

　　TV 토론이나 청문회 등을 보다가 어떤 때는 지극히 답답함을 느낀다. 참석자 모두 자신의 주장은 100% 옳고, 상대편의 주장은 일고의 가치도 없는 것으로 몰아붙여 서로 얼굴만 붉히다가 결국 아무런 합의나 해법에 이르지 못한 채 비생산적인 논쟁으로 끝나고 만다. 현상에 대한 이해 부족 또는 왜곡된 사실의 입수 등으로 인해 우리 자신이 알고 있는 지식이나 정보가 정확한 것이 아닐 수 있음에도 불구하고, 우리는 이를 인정하지 않고 자신이 알고 있는 것은 무조건 옳다는 식으로 주장한다. 이렇게 해서는 결코 토론을 통해 좋은 해결책을 찾을 수 없다. 언제든지 자신의 주장이 틀릴 수도 있다는 사실을 인정하고 상대의 말을 경청한다면 토론이라는 효과적인 검증과정을 통해 우리는 보다 개선된 방향으로 나아갈 수 있을 것이다.

　　수년 전 투자의 귀재로 불리는 조지 소로스의 저서인 『열린사회 프로젝트(Open Society Project)』와 『미국 지상주의의 거품(The Bubble of American Supremacy)』을 번역한 적이 있었는데 번역을 하면서 느낀 것은 경제학을 공부한 사람답게 그의 사고가 모든 가능성을 고려하는, 지극히 합리적이라는 것이었다. 따라서 그는 자신의 주장이 틀릴 수도 있고 상대방의 주장이 옳을 수도 있음을 늘 염두에 두고 있다고 했다.

우선 소로스는 무엇보다도 현실 세계에 대한 우리 자신의 이해에 근본적으로 오류가 있다고 주장한다. 소로스가 주장하는 '근본적 오류의 공리(postulate of radical fallibility)'는 "과학적 지식조차도 궁극적인 진리가 될 수는 없다"는 칼 포퍼의 주장을 한 단계 뛰어넘는 더욱 급진적인 가설로, "우리는 모두, 비록 정도와 특성에 차이는 있겠지만 어떤 부분에선가는 분명 잘못을 저지르게 된다"는 것이다. 결국 우리는 스스로 진리라고 믿고 주장하는 것들이 결코 진리가 아닐 수도 있다는 사실을 받아들일 수 있어야 한다. 그래야만 자신의 주장을 상대에게 강요하는 우를 피할 수 있다. 조지 소로스가 자신의 저술과 적극적인 활동을 통해 미국 지상(至上)주의자들과 부시 대통령을 비난했던 것도 바로 이러한 맥락에서 엿볼 수 있다. 소로스는 부시 행정부의 핵심세력들이 바로 이러한 우를 범하고 있다고 주장했다.

네오콘으로 알려진 미국 신보수주의자들이 무장하고 있는 미국지상주의는 미국의 이익을 위해 자신들의 주장이 진리임을 확신하고 이를 국민들에게 그리고 전 세계에 따르도록 강요하고 있다. 우리 모두가 안고 있는 '근본적 오류'나 '인간적 불확실성'을 고려하지 않은 채 자신들의 주장을 진리로 강요하는 이들의 태도는 분명 우리 인류가 지금까지 지향해온 열린사회의 흐름에 역행하는 것이다. 열린사회는 '사람들이 다양한 견해와 이해를 가지며 누구도 궁극적인 진리를 가지고 있지 않다'는 인식에 토대를 두고 서로의 주장과 견해를 존중하여 완벽할 수는 없지만 보다 나은 상태를 향해 한 걸음 한 걸음 나아가는 사회이다.

인간 사회는 시장근본주의자들이 주장하듯이 스스로 완전균형을 이루는 사회가 아니다. 시장은 균형을 통해 자원의 최적배분을 가져다주지만 평화 유지, 환경 보호 등과 같은 공동의 이익을 돌보도록 구상되어 있지는 않다. 이러한 공동의 이익은 정치적 결정을 필요로 하지만 '근본적 오류'로 인해 그 결정들은 잘못된 것이기 쉽다. 따라서 그 결정들을 수정할 기구가 있어야 한다. 그리고 그 기구 역시 완벽할 수 없기 때문에 또다시 그 기구들을 수정할 기구가 있어야 한다. 그리고 이것은 무한히 반복될 것이다.

곤혹스러운 것은 이에 대한 해법이 없다는 것이다. 궁극적인 해법을 발견했다고 주장하는 사람들은 분명 잘못된 것이다. 그들은 다른 대안들을 억압하고 그 밖에 열린사회가 소중하게 생각하는 것들 ─생각, 표현 그리고 선택의 자유─ 을 파괴함으로써 자신들의 견해를 강요하는 것이다. 물론 자유의 한계가 정확히 어디까지인지는 추상적으로 결정할 수 없다. 그 한계는 열린사회에 사는 사람들에 의해 결정되어야 한다. 따라서 열린사회가 추종해야 할 유일한 사회적 조직 모델은 존재하지 않는다. 다만 현상에 대한 우리

자신의 이해나 지식이 잘못된 것일 수도 있음을 인식하고 서로의
주장을 넓은 마음으로 받아들일 때 우리 사회는 보다 더 열린사회
를 향해 나아갈 수 있을 것이다.

『열린사회 프로젝트』(조지 소로스 지음 / 홍익출판사)

좋은 사람, 나쁜 사람

　오래전 KBS 1TV에서 방영하는 〈TV 책을 말하다〉 코너에 도서 선정위원 및 패널로 참여한 적이 있었다. 새해에 소개할 책에 대해 이야기하던 중 담당 PD가 장정일의 『삼국지』를 소개하면 어떻겠냐고 말했다. 나는 이문열, 황석영 씨가 쓴 작품들을 비롯해 이미 여러 종류의 삼국지들이 많이 나와 있는데 굳이 삼국지를 다룰 필요가 있겠냐며 반대의사를 표명했다. 그러나 우여곡절 끝에 장정일의 삼국지가 1월 둘째 주 테마북으로 결정되었다. 나는 여전히 못마땅한 마음으로 그날 장정일 씨가 TV에 나와 자신이 삼국지를 쓰게 된 배경과 동기 그리고 작품의 특성을 이야기하는 것을 지켜보았다. 그는 등장인물을 좋은 사람과 나쁜 사람의 이분법적 사고에서 기술했던 기존의 삼국지와는 달리 한 인물에는 좋은 면도 있고 나쁜 면도 있다는 시각에서 접근했다고 말했다. 예를 들어 기존에 포악스럽고 탐욕스러운 인물의 대표격으로 그려졌던 동탁에게도 분명 본받을 만한 점이 있었다는 것이다. 사실 그때만 해도 나는 그의 말을 귓등으로 흘려들으며 그저 그럴듯한 포장이라고 생각했다.

그러나 최근 1년여 넘게 작업해오던 『섀클턴 평전』의 번역을 마쳤을 때 문득 장정일의 말이 떠올랐다. 나는 우연치 않게 지난 4년 동안 극지방 탐험가 어니스트 섀클턴을 다룬 책을 3권이나 번역하게 되었다. 1914년 12월 섀클턴은 인류 최초의 남극대륙 횡단이라는 원대한 목표를 세우고 장도에 올랐다. 하지만 남극대륙에 도달하기도 전에 탐험선 인듀어런스호가 얼음에 갇혀 침몰하고 만다. 그러자 섀클턴은 남극대륙 횡단이라는 원래의 목표를 버리고 전 대원을 무사귀환시킨다는 새로운 목표를 세웠다. 그리고 수많은 위기와 역경을 극복한 끝에 마침내 단 한 명의 희생자도 없이 전 대원 무사귀환을 이루어냈다.

　　첫 번째 책 『섀클턴의 파워 리더십』은 주로 수많은 위기와 고난을 극복한 섀클턴의 탁월한 리더십에 초점을 맞추고 있다. 이 책을 번역하고 난 후 섀클턴은 나의 삶에 커다란 영향을 미쳤고 때마침 창업 이후 어려운 단계를 통과하고 있던 나에게 존경하는 리더, 역경의 리더십의 화신으로서 훌륭한 역할 모델이 되었다. 두 번째 책 『어니스트 섀클턴 자서전, SOUTH』는 섀클턴이 자신의 남극대륙 탐험 일정을 보다 상세하게 기술한 책이다. 이 책을 번역한 후 나는 섀클턴의 인품과 탁월한 리더십에 한층 매료되었고 그를 더욱 존경하게 되었다.

　　세 번째 책인 『섀클턴 평전』은 전기작가인 롤랜드 헌트포드가 객관적인 시각으로 섀클턴에 관한 거의 모든 것을 기술한 책이라고 할 수 있다. 앞의 두 권의 책이 주로 섀클턴의 탁월한 리더십과 그가 이루어낸 성과 그리고 위기극복 과정에 초점을 맞춘 반면 세 번째 책은 섀클턴의 탁월한 면뿐만 아니라 비열하고 무책임하기까지 한 지극히 인간적인 약점들까지도 상세하게 기록하고 있었다. 섀클턴은 위기 상황에서 자신의 안위를 희생하며 대원들을 돌보고, 아무리 커다란 고난에 직면해도 결코 좌절하지 않는 낙천적 태도를 견지하는 등 완벽한 리더십을 갖춘 영웅이었다.

그러나 세 번째 책에 묘사된 그의 모습은 결코 탁월한 리더도, 영웅도 아니었다. 경제적 어려움에서 벗어나기 위해 늘 일확천금을 꿈꾸었고, 어려운 상황에서도 자신을 뒷바라지해주었던 아내를 배신하고 다른 여자와 애정행각을 벌였으며, 물건을 외상으로 구입한 뒤 대금을 결제하지 않고 탐험을 떠나버리기도 하고, 아내로 하여금 옛 연인으로부터 돈을 빌리도록 등을 떠밀기도 했다. 그는 또한 남의 계획을 몰래 가로채기도 하였으며, 친구의 호의를 순수하게 받아들이지 않고 자신의 아내에게 흑심을 품고 있는 것으로 의심하기도 했다. 결국 그는 한편으로는 영웅적인 리더였지만 다른 한편으로는 보통 사람 수준에도 못 미치는 지극히 무책임하고 비도덕적인 인물이었다.

세 번째 책을 번역하고 난 후 섀클턴에 대한 나의 생각은 크게 변했다. 물론 그의 탁월한 위기극복 리더십은 아직도 존경하고 본받고 싶지만 보통의 삶에서는 그 역시 나와 마찬가지로 많은 단점과 약점을 지닌 인간이었다. 내가 그동안 전폭적이고 무조건적인 신뢰와 존경의 대상으로 여겼던 섀클턴 역시 여러 면에서 부족함이 많은 인간이었다는 생각과 함께 결국 모든 인간은 결코 절대적으로 믿고 신뢰할 수 있는 대상이 아니라는 깨달음을 갖게 되었다. 결국 장정일의 말처럼 완벽하게 좋은 사람도, 그리고 철저하게 나쁜 사람도 없는 것 같다. 다만 우리 모두 때로는 좋은 면을, 그리고 때로는 나쁜 면을 지닌 불완전한 존재인 것이다.

그럼에도 불구하고 우리는 어떤 사람이든 좋은 면과 나쁜 면을 동시에 가지고 있다는 이 평범한 진리를 일상생활에서 자주 잊고 산다. 그리하여 사람의 단면만을 보고 그를 세상에서 가장 훌륭한 사람으로 떠받들다가 미처 알지 못했던 다른 면이 드러나면 배신감마저 느끼고 완전히 등을 돌리기도 한다. 세상의 여론 또한 마찬가지이다.

어차피 어떤 사람에 대해 완전히 알 수도 없는 상황에서 섣불리 판단했다가는 실망하거나 낭패 보기 십상이다. 차라리 우리 모두가 부족한 인간이라는 점을 깊이 인식한다면 어떤 사람에 대해 과도한 기대를 하지도 않게 될 것이고 도저히 상종 못할 사람이라는 극단적인 평가도 피할 수 있게 될 것이다.

따라서 어떤 사람에 대해 우리가 알고 있는 것이 100% 진실이 아닐 수도 있으며 모든 사람들에게 좋은 면과 나쁜 면이 있을 수 있다는 점을 항상 염두에 두어야 한다. 그리하여 상대를 섣불리 판단해 욕하고 비난하기보다는 가급적 따뜻한 시선으로 바라보고 격려해주며, 신뢰해왔던 사람이 실망스러운 모습을 보일 때도 배신감을 느끼고 등을 돌리기보다는 나 역시도 그럴 수 있지 않을까 하는 너그러운 마음으로 이해하면 우리 사회는 보다 아름다운 세상이 되지 않을까 생각한다.

『섀클턴 평전』 (롤랜드 헌트포드 지음 / 뜨인돌)

'상대방'의 입장이 된다는 것

언젠가 한 TV 드라마에서 건설업체 대표가 물리력을 동원하여 재개발지역을 강제철거하면서 "우리나라 인구가 500만, 다시 말해 일반 서민들은 모두 없어지고 상위 10%만 있으면 좋겠다."고 말하는 섬뜩한 장면을 본 적이 있다(물론 드라마니까 그랬겠지만). 다수의 구성원들로 이루어진 사회에서 사람들은 가진 자와 못 가진 자, 정상인과 장애인, 외국인과 내국인, 피부색 등 다양한 기준들에 의해 서로를 구분 짓고, 상대를 차별하고 무시한다. 그리고 서로가 자신들의 권리를 지키기 위해 또는 이해관계 충돌로 인해 크고 작은 다툼과 갈등, 그로 인한 분열은 필연적일 수밖에 없다. 심지어는 몇 명되지 않는 조직이나 가정 내에서조차도 다툼과 갈등은 다반사다.

아마도 이러한 분열과 갈등은 그 저변에 너와 나 그리고 자신과 다른 존재, 즉 타자(他者)라는 이분법적 사고가 자리하고 있기 때문일 것이다. 동서고금을 막론하고 많은 성현들은 부디 상대방의 입장에서 생각하도록 역지사지(易地思之), Put yourself in other's shoes 등을 당부해왔다. 상대방의 입장이 되어, 너와 나가 아니라 하나로 결합된 '우리'를 생각할 때 우리는 분열과 갈등을 극복하고 화합과 평화의 장으로 나아갈 수 있다. 그러나 상대방의 입장이 된다는 것은 결코 쉬운 일이 아니다. 아니, 어쩌면 아무리 선하고 성스러운 인물이라 할지라도 진실로 타자가 되어 그가 처한 입장이 된다는 것은 현실적으로 불가능한 일인지도 모르겠다.

그럼에도 불구하고 이 불가능에 가까운 일을 실행에 옮김으로써 철저한 타자가 되어 너와 나가 아니라 모두가 '우리'임을 온몸으로 체험한 인물이 있다. 『블랙 라이크 미』의 주인공이자 저자인 존 하워드 그리핀이다.

원래 백인이었던 그는 흑인이 되었다. 피부과전문의의 협조를 받아, 색소 변화를 일으키는 약을 먹고 강한 자외선에 온몸을 쪼였다. 이 과정에서 심한 고통을 겪었지만 그는 마침내 '해냈다'. 마지막 마무리로 머리를 삭발하자 정말 중년의 중후한 흑인이 되었다. 그러나 막상 거울을 들여다본 순간 그는 예상치 못했던 반감을 느꼈다. 그가 거울 속에서 본 것은 웬 낯선 남자의 얼굴이었다. 대머리에 인상이 사나운 시커먼 흑인이 거울 속에서 그를 쳐다보고 있었다. 오랫동안 머리로 합리화시켜온 감정적 편견이 고스란히 드러나는 순간이었다. 그랬다. 거울 속의 낯선 사람은 다름 아닌 '타자'였다. 이는 모든 문화가 자기와 다른 문화의 얼굴 위에 덧씌우는, 틀에 박힌 사고방식의 무서운 가면이었다.

"그 후 나는 극단적인 차별에 노출되었고, 때로는 인종차별의

100

노골적인 '증오의 시선'을 받아야 했다. 인종차별이 개인의 자질이나 특성을 바탕으로 한 것이 아니라 오로지 피부색을 근거로 한 것임이 입증된 것이다. 그리고 또 한 가지 분명한 진실이 있다. 깊은 본질에서 보았을 때 인간성은 다르지 않다는 점이다. 본질적으로 다른 인간 종족은 존재하지 않는다. 우리가 다른 사람의 입장이 되어 우리의 반응 태도를 볼 수만 있다면 우리는 차별이 얼마나 불공평하고 모순덩어리인지, 모든 편견이 얼마나 비극적이고 비인간적인 행위인지 깨달을 것이다.

나는 흑인으로 살면서 과거의 묵은 상처가 치유되고 모든 감정적 편견이 깨끗이 씻겨나간 것을 깨닫고는 너무 고마운 마음이 들었다. 7주간 흑인 가정에 머무는 동안, 39년을 살아오면서 머리로만 알던 것을 난생처음으로 감정적인 차원에서 경험했기 때문이다. 가족 안에서 모든 인간은 사랑하고, 아파하고, 자신과 자기 아이들을 위한 인간적 꿈을 이루기 위해 노력하고, 그저 존재하고, 필연적으로 죽는, 이 모든 동일한 근본 문제에 똑같이 부딪힌다. 오랫동안 내 안에 들어 있던 감정의 찌꺼기들, 편견, 부정, 수치심, 죄의식은 '타자'가 결코 다른 사람이 아니라는 사실을 깨달음으로써 모두 씻겨나갔다.

실제로 우리와 그들, 나와 너라는 이분법은 존재하지 않는다. 오로지 보편적인 '우리'만이 있을 뿐이다. 연민을 느끼고 모두를 위한 평등한 정의를 추구할 줄 아는 능력으로 한데 결합된 인간 가족만이 있을 뿐이다. 그러니 무고한 사람이 고생하는 것을 보고 어떻게 인권 옹호자가 되지 않을 수 있겠는가? '나처럼 검은' 사람이란 바로 우리와 같은 인간을 의미한다. 문화의 감옥 문을 열 수 있는 열쇠는 오로지 이것뿐이다."

아직도 우리 사회에는 빈부 차별, 지역 차별, 장애인 차별, 외국인노동자 차별 등 수많은 차별이 존재하고 이로 인해 갈등과 분열이 끊이지 않고 있다. 인종차별이 극에 달했던 1950~1960년대에 스스로 흑인이 된 백인 존 하워드 그리핀을 통해 우리 사회의 모든 구성원이 '타자'가 결코 다른 사람이 아니라는 사실을 깨닫고 앞으로는 더욱더 상대방의 입장이 되어보는 마음을 가질 수 있으면 좋겠다.

『블랙 라이크 미』 (존 하워드 그리핀 지음 / 살림)

현명한 선택을 위하여

　우리는 삶 속에서 수없이 많은 선택에 직면한다. 매일 점심으로 무엇을 먹을 것인가에서부터 조직의 사활이 걸린 중대한 전략적 결정에 이르기까지 크고 작은 선택 앞에서 우리는 고민하고 갈등한다. 특히 인간의 욕망은 무한한데 그것을 충족시켜주는 자원이나 수단은 한정되어 있기 때문에 선택의 문제에 직면하고 고심하는 과정이 바로 '경제하는' 과정이며 이 선택의 문제를 연구 대상으로 삼고 있는 것이 경제학이다. 경제학은 '인간은 합리적 선택을 통해 만족(효용)을 극대화시키려 한다.'는 기본 가정을 전제로 하고 있다.

　실제로 우리는 살아가면서 최선의 선택을 통해 만족을 극대화하기 위해 고심한다. 그러나 선택을 통해 만족을 극대화한다는 것은 현실적으로 매우 어려운 일이며 이에 따르는 심리적 부담감 또한 매우 크다. 따라서 단순히 만족을 극대화하는 선택이 결코 현명한 선택이라고 할 수 없을 것이다. 저명한 심리학자이자 사회행동학 교수인 배리 슈워츠는 그의 저서 『선택의 심리학』에서 우리가 현명한 선택을 할 수 있도록 매우 유용한 조언을 제공하고 있다.

• 최상의 것이 아닌 충분히 좋은 것에 만족하라

모든 구매나 선택이 반드시 최고이기를 고집하는 '만족극대화자'는 무엇이 최고인지 알기 위해 모든 대안들을 확인해야만 한다. 예를 들어 만족극대화자는 모든 스웨터를 보아야만 자신이 가장 좋은 스웨터를 찾았다고 확신할 수 있으며 모든 가격을 확인해야만 가장 좋은 가격으로 구매한다는 것을 알 수 있다. 대안들의 수가 늘어나면서 그의 심리적 부담은 한층 더 커지고 결정을 한 후에도 온갖 후회에 사로잡힌다. 이에 비해 '만족자'는 자신의 기준에 맞는 '충분히 좋은 것'을 선택할 때 만족하며 더 좋은 것이 있을 수도 있다는 가능성에 대해 미련을 갖지 않고, 이미 내린 결정에 대해 후회하지 않는다.

• 적절한 기대 수준을 유지하라

인간의 욕망은 끝이 없다. 따라서 물질적 풍요와 쾌락에 탐닉하게 되면 매번 더 강도가 높은 쾌락을 추구하게 되며 그때마다 쾌락의 기대치가 계속 높아지고 결국 우리의 삶은 변질되고 만다. 우리는 더 높은 것을 가지기보다 우리의 기대를 통제할 때 삶의 질을 높일 수 있다. 이를 위해서는 적절한 규범이나 제약 등이 도움이 될 수도 있다. 적절한 수준의 기대를 유지함으로써 우리는 많은 경험을 신선한 자극으로 받아들일 수 있고, 전체적인 만족도를 높일 수 있다. 당신이 아무리 여유가 있다 해도, 좋은 포도주는 특별한 경우를 위해 아껴두라. 당신이 좋아하는 예쁜 실크 블라우스는 특별한 날에만 입으라. 이것은 금욕의 연습처럼 보일 수도 있지만, 오히려 계속해서 즐거움을 경험할 수 있는 방법이다. 아무리 좋은 포도주, 아무리 좋은 옷이라도 진력이 나 전혀 즐겁지 않다면 무슨 소용이 있겠는가?

• 우리가 선택한 것에 대해 늘 감사하는 마음을 가져라

모든 선택에는 기회비용 -즉 포기한 다른 대안이 제공했을 기회- 이 따른다. 놓친 고기가 더 커 보인다는 말처럼 이러한 기회비용을 크게 생각할수록 우리가 선택한 것에서 얻는 만족은 줄어든다. 특히 다양한 대안들이 존재할 때 선택한 것에 대한 우리의 만족은 더욱 줄어들고 심지어는 불행해지기까지 한다. 우리가 한 선택의 좋은 점에 더 자주 감사하고, 나쁜 점에 덜 실망하려 애쓸 때 더 만족할 수 있다. 이렇게 함으로써 현재의 삶에 점점 더 좋은 기분을 느낄 수 있고, 세상이 제시하는 '새롭고 더 좋은' 것들의 유혹을 덜 받게 된다. 그리고 매일매일 감사할 것이 아주 많다는 점을 깨닫게 될 것이다.

성경에서 인간에 관한 이야기 역시 선택으로 시작하고 있다. 하나님은 인간에게 스스로 선택할 수 있는 자유의지를 선물로 주셨다. 그리고 선택에 직면한 인간은 사탄의 유혹에 넘어가 선악과를 따 먹기로 선택했고 그 결과는 인류에 원죄를 초래하고 말았다. 선악과야말로 우리가 매일매일 그리고 매 순간 선과 악 사이에서 수많은 선택에 직면하는 현실을 상징적으로 보여주고 있다.

오늘날 넘쳐나는 물질적 풍요와 함께 온갖 세속적인 탐욕과 거짓 그리고 유혹의 덫이 우리를 노린다. 아마도 대다수 사람들은 절제와 진실 대신 탐욕과 거짓을 선택했을 때 그 결과가 어떠할지를 짐작할 수 있을 것이다. 그럼에도 불구하고 우리는 순간적으로 유혹을 이겨내지 못하고 덫에 발을 들이밀어 결국 파멸의 길에 이르고 만다.

특히 다양성과 함께 포스트모던의 상대주의적 가치관이 팽배해 있는 오늘날은 선과 진리의 기준마저 모호해져 우리의 선택을 더욱 어렵게 하고 있다. 신호등이 고장 난 도로를 상상해보자. 게다가 목적지로 안내해줄 지도도 없다. 이때 멈춰야 할지 가야 할지 그리고 어느 쪽 길을 선택해야 할지 등등 그야말로 불필요한 수많은 선택과 혼돈에 직면하고 만다. 우리의 삶도 마찬가지이다. 세상의 유혹으로부터 우리를 지키기 위해서는, 즉 매 순간 탐욕과 거짓 대신 절제와 진실을 선택하기 위해서는 우리를 악 대신 선으로 이끌어줄 절대적인 진리와 기준이 필요하다.

물건을 하나 사기 위해서도 우리는 소비자보고서를 살펴보거나 주변 사람들에게 자문을 구하는 등 후회 없는 선택을 하기 위해 노력한다. 그러나 정작 무엇보다도 중요한 우리 자신의 삶, 즉 어떠한 삶을 살 것인지, 어떠한 삶의 목표를 추구할 것인지에 대해서는 관심을 기울이지 않는다. 신호등과 지도가 선택의 수고를 덜어주듯이 우리가 선택한 절대적 기준이나 진리는 우리의 삶을 안전하고, 만족할 수 있는 길로 안내해줄 것이다. 다행스럽게도 그 절대적 기준과 진리는 우리 앞에 놓여 있고 우리가 그것을 선택하기만 하면 된다.

『선택의 심리학』 (배리 슈워츠 지음 / 웅진지식하우스)

성숙한 놀이 문화를 위하여

　　인간은 본능적으로 즐거움을 추구한다. 고대로부터 인간은 놀이와 축제를 즐겨왔고 놀이를 통한 즐거움은 우리의 삶을 정겹고 풍요롭게 해주었다. 그러나 문명의 발달과 함께 놀이와 즐거움의 문화가 쾌락을 추구하는 본능에 의해 압도되고 있다. 쾌락을 추구하는 본능은 이러한 문화뿐만 아니라 윤리나 도덕 심지어는 이념이나 종교적 신앙마저 억누르고 우리의 마음과 행동을 지배한다. 실제로 오늘날 청소년들에서부터 성인들에 이르기까지 많은 사람들이 감각적인 쾌락에 탐닉하고 나쁜 습관이나 약물 등에 중독되어 있다. 게임에 중독된 청소년들은 PC방 등에서 몇 날 밤을 꼬박 새우고, 수많은 성인들이 다양한 도박에 중독되거나 불야성을 이룬 환락가에서 온갖 쾌락에 중독되어 자신들의 소중한 삶을 낭비하고 있다. 쾌락에 대한 중독은 마약처럼 빠져들면 빠져들수록 보다 강도 높은 쾌락을 찾게 되고 결국은 우리의 삶을 파멸로 이끌고 만다.

　　중독의 치명적 폐해를 잘 보여주는 사례가 있다. 꽁꽁 얼어붙은 북극에 사는 에스키모인들은 아주 간단한 방법으로 늑대를 잡는다. 면도칼처럼 날카로운 칼날에 피를 흠뻑 묻힌 다음 그 칼을 얼린 뒤 날카로운 칼날이 위쪽을 향하게 하여 얼어붙은 땅속에 칼의 손잡이를 박아놓는다. 그러면 피 냄새를 맡은 늑대들이 와서 칼날을 핥고, 얼어서 무감각해진 늑대의 혓바닥은 어느새 날카로운 칼끝을 핥게 된다. 피를 흘리기 시작한 늑대는 자신의 피에 끌려 더욱더 빠른 속도로 계속해서 칼날을 핥다가 결국 죽음에 이르고 만다. 남녀노소를 가리지 않고 우리 사회의 많은 사람들이 지금 여러 가지 형태의 중독의 덫에 빠져 단 한 번뿐인 자신의 소중한 삶을 망치고, 가정을 파탄에 이르게 하고 나아가 우리 사회에 불안하고 어두운 죄악의 그림자를 드리우고 있다. 지금 당장 눈앞의 돈벌이를 위해 이러한 쾌락을 생산하는 기업이나 사람들도 결국은 부메랑이 되어 돌아오는 그 쾌락의 덫을 피할 수 없을 것이다.

세계적인 사회비평가 제러미 리프킨은 그의 저서 『소유의 종말』에서 순수한 놀이는 인간이 누리는 자유의 가장 높은 수준의 표현형식이며 문화 경제의 시대인 21세기에는 놀이가 점점 중요해진다고 강조하고 있다.

경제는 거대한 공장에서 거대한 극장으로 탈바꿈하고 있다. 제조업 중심의 자본주의에서는 산출량이 중요하지만 문화 중심의 자본주의에서는 연기가 중요하다. 새로운 시대의 주역은 '근면'이 아니라 '창조'이며 사업은 일보다는 유희에 가까워진다. 업무환경은 실 체험의 마케팅과 문화적 연기를 중시하는 유희환경으로 서서히 탈바꿈하고 있다. 기업은 예술적 창조성을 유도할 수 있는 여유로운 분위기를 조성하기 위하여 '놀기 좋은' 온갖 종류의 혁신적 제도를 도입하고 있다.

산업 경제에서 일이 중요했던 것처럼 문화 경제에서는 놀이가 점점 중요해진다. 그리고 성숙한 놀이는 수동적 오락과는 달리 언제나 문화 영역에서 일어난다. 사람들이 친목, 시민 활동, 교회, 예술, 운동, 사회 정의, 환경 조직 같은 다양한 활동에 자발적으로 참여할 때 그들은 성숙한 놀이의 진수를 보여준다. 그들의 사회적 교류는 사회적 신뢰의 섬을 곳곳에 만들고 풍성한 사회 자본을 끌어낸다. 성숙한 놀이는 사람들을 공동체로 끌어 모은다. 그것은 가장 친밀하면서도 가장 섬세한 인간 교류의 형식이다. 성숙한 놀이는 정치적 성격을 띠었건 상업적 성격을 띠었건 제도화된 권력의 무분별한 횡포에 저항하는 힘이다.

리프킨이 지적하고 있듯이 이제 세계는 과거의 물질 경제의 시대에서 체험 경제의 시대로 전환하고 있다. 이와 함께 놀이와 즐거움은 분명 우리 시대의 키워드이며 우리의 생활 전반에 걸쳐 중요한 영향을 미칠 것이다. 게임, 도박, 음란, 그 밖의 감각적이고 수동적인 쾌락들 역시 놀이임에는 틀림이 없다. 그러나 그러한 것들은 자신의 피가 묻어 있는 날카로운 칼날처럼 우리의 영혼을 파괴하고 사회에 불안과 죄악을 확대 재생산하는 저급한 놀이다. 사람들과의 교류를 통한 정겨움, 어려운 이웃을 배려하는 따뜻함, 땀 흘려 얻는 신선한 쾌감, 보다 나은 공동체를 만들어 나갈 때 얻는 성취감과 보람 등을 추구하는 것이야말로 진정한 즐거움이고 성숙한 놀이이다. 이러한 성숙한 놀이는 우리의 영혼을 살찌우고 나아가 사회의 부정부패와 어두운 그늘을 모두 걷어낼 것이다. 우리 모두가 감각적인 쾌락의 추구가 아니라 성숙한 놀이 문화를 만들어나가기 위해 노력할 때 우리 사회는 더욱 즐겁고 풍요로워질 것이다.

『소유의 종말』 (제러미 리프킨 지음 / 민음사)

큰 그림 그리기

크고 작은 조직을 막론하고 부하직원들의 실수로 인해 어떤 문제가 발생했을 때 눈살을 찌푸리며 소리를 지르는 상사들을 자주 볼 수 있다. 왜 그러한 실수가 일어났는지 그 원인을 파악하고 어떻게 하면 그러한 실수의 재발을 막을 수 있는지에 대해 생각하기보다는 실수 자체에 초점을 맞추어 직원들을 야단치고 화를 낸다. 직원들을 야단치는 이유는 실수에 대한 처벌의 성격도 있지만 다시는 그러한 실수가 재발되지 않도록 하기 위함일 것이다. 그러나 내가 경험한 바로는 직원들도 그렇고 자식들도 마찬가지로 실수나 문제에만 초점을 맞추어서는 결코 상황을 개선할 수 없고 그들의 행동도 나아지지 않는 것 같다. 김홍식이 쓴 『청춘수업』이라는 책을 보면 문제에만 초점을 맞추는 것은 결코 해결책이 될 수 없음을 구체적으로 보여주고 있다.

기계 부속품을 만들기 위해서는 철판을 둥그렇게 산소 용접기로 잘라낸 후 고르게 펴기 위해 두드린다. 그런데 자르기 전엔 평평하던 철판이 둥그렇게 잘라낸 후에는 가운데가 불룩하게 올라온다. 올라온 부분을 들어가게 하려고 발로 밟고 망치로 계속 두드려도 들어가기는커녕 점점 더 불룩하게 올라오기만 한다. 이럴 때는 가운데가 아니라 가장자리를 골고루 두들겨야 한다. 가운데가 올라왔다는 건 그 부분이 늘어났거나 주변이 오그라들었다는 것이다. 철판은 때릴수록 늘어나는 성질을 가졌기 때문에, 늘어난 데를 때리면 더 늘어나니까 점점 더 올라오는 것이다. 이때 가운데만 빼고 주변을 두드리면서 가장자리와 균형을 맞추다 보면 자연히 가운데가 들어가게 되어 있다. 판금에서는 절대 올라온 부분을 두드리는 게 아니다!

우리는 문제가 발생하면 문제를 해결하기 위한 첫 단계로 우선 문제를 두드리기에 급급하다. 또 누가 문제를 일으켰는가를 따져 묻는다. 그리고 심하면 책임을 지고 물러나게도 한다. 그러나 똑같은 문제는 그 후에도 계속 발생한다. 때로 문제를 해결하기 위해서는 문제를 직접 두드려서는 안 되는 경우도 있다. 문제의 원인이 주변 환경에 있는데도 환경을 바꿀 생각은 하지 못하고 문제가 일어난 곳만 두드리게 되는데, 그러면 문제는 전혀 해결되지 않고 점점 더 심각해질뿐더러, 새로운 문제가 계속 일어난다.

의사들은 배가 아파서 온 환자에게 배 아픈 것보다는 평소에 무엇을 먹는지, 식습관은 어떤지 물어본다. 환자들은 당장 아픈 것을 낫게 해주기를 바라지만 의사는 더 이상 아프지 않게 해주기 위해 원인을 알아내려고 하는 것이다. 우리에게 발생되는 문제들은 통증과 같다. 어딘가 원인이 있기 때문에 통증이 생기는 것이다. 그러므로 원인은 두고 문제만 치료한다면 조만간 더 큰 문제를 만나게 될 것은 자명한 일이다. "누가 이랬어?"는 문제를 푸는 공식이 아니다. "왜 이렇게 되었지?"라는 말이 문제를 풀기 위한 첫 번째 공식이다. 문제가 발생하면 사람을 책망하기보다 원인을 찾아내고, 환경을 살펴보자. 무리 없이 자연스럽게 문제가 풀리는 것을 보게 될 것이다.

눈앞의 현상에 지나치게 집착하다 보면 큰 그림을 보지 못한다. 개인이든 조직이든 자신의 사리사욕보다는 주변을 먼저 살피고 공익을 우선적으로 생각해야 한다. 우리 사회에서 벌어지고 있는 다양한 문제들은 공익 또는 전체의 이익보다는 서로 자신의 이익을 먼저 생각하기 때문이고 이로 인해 갈등의 골이 더욱 깊어가고 있다. 한미 FTA를 둘러싼 갈등, 노사 간의 갈등 등 오늘날 우리 사회에서 표출되고 있는 갖가지 문제에 대해 우리 모두가 외부적으로 나타난 현상이 아니라 그 이면과 주변을 살피고 보다 큰 그림을 본다면 원만한 해결책을 찾을 수 있다. 기업 역시 고객을 행복하게 하고 사회의 한 구성원으로서 사회적 책임을 다한다는 장기적 차원의 큰 그림을 그려나간다면 지속가능한 발전을 이루어나갈 수 있다. 근시안적인 시각으로 돈벌이에 급급하여 이것저것 가리지 않고 온당치 못한 방법으로 고객을 기만하는 기업들은 결국 고객으로부터 외면을 당하고 시장에서 퇴출되고 만다.

선거를 치를 때마다 내로라하는 후보들이 치열한 각축 속에 진흙탕 싸움을 벌인다. 후보들은 저마다 자신이야말로 우리나라의 희망찬 미래를 열어갈 최적임자라고 강조하며 열변을 토한다. 그러나 진정 우리나라의 미래를 생각한다면 자신이 아닌 다른 후보자가 더 적임자일 수도 있고 자신이 당선되지 않는 게 자신을 위해서나 우리나라를 위해 더욱 바람직한 일일 수도 있음을 생각해야 한다. 실제로 당선되었던 국회의원, 자치단체장, 대통령들 중 국민들에게 실망을 안겨주고 그 자신도 차라리 당선되지 않았더라면 좋았을 텐데 하고 후회하는 사람들도 많을 것이다. 부디 선거에 임하는 모든 후보자들이 선거를 자신의 영달을 위한 수단으로 보지 않고, 우리나라의 번영과 행복이라는 더 큰 그림을 위해 자신을 냉철히 살펴보기를 당부한다.

『청춘수업』 (김홍식 지음 / 꽃삽)

일본의 깨달음을 소망하며

　최근 들어 일본의 혐한(嫌韓) 시위가 그 도를 넘어서고 있다. 한국과 한국인에 대한 욕설과 광기가 가득한 혐한 시위는 지난 4년간 총 349건으로 나흘에 한 번꼴로 이어지고 있다고 한다. 특히 극단적인 혐한 주장을 펴고 있는 일본의 극우단체 재특회[재일(在日) 특권을 허용하지 않는 시민 모임]는 온갖 악성 루머로 일본인들을 선동하고 있고, 재특회 회장 사쿠라이 마코토는 일본의 젊은 극우들에게 '영웅'으로 부각되고 있다.

　일본의 혐한 시위를 보면서 참 이해할 수 없다는 생각이 들었다. 도대체 이들은 왜, 그리고 어떤 근거를 가지고 한국을 그토록 싫어하는 것일까? 일찍부터 선진문물을 그들에게 전해주었던 우리 한민족의 은혜를 원수로 갚았던 그들이 아니었던가. 왜구들의 준동을 비롯하여 임진왜란, 동학농민군의 탄압, 관동대지진 조선인 대학살 등을 통해 한민족을 약탈하고 살육했으며 끝내는 나라마저 빼앗았다. 더욱이 우리는 그런 그들에게 커다란 선물까지 안겨주었다.

1950년 일본은 태평양 전쟁의 패전으로 온 나라가 잿더미가 되어 끼니 걱정과 물자 부족 그리고 극심한 인플레이션에 시달리고 있었다. 길거리마다 배급을 타려는 사람들로 장사진을 이루고, 거리에는 실업자가 넘쳐났다. 그런데 1950년 6월 26일 새벽, 일본 수상 관저에서 잠결에 수화기를 들었던 당시 수상 기시 노부스케가 갑자기 벌떡 일어나 앞뜰로 뛰쳐나가 황성을 향해 목이 터져라 외쳤다. "천황폐하, 신의 선물이 내렸습니다. 조선반도에서 전쟁이 터졌습니다. 덴노헤이카 반자이(천황폐하 만세)!" 그리고 일본 경제는 기적처럼 소생했다. 멈췄던 공장들이 다시 힘차게 돌아가고, 소니와 도요타 자동차가 세계적인 기업으로 발돋움할 수 있었던 천재일우의 기회였다.

최근 언론 보도에 따르면 일본인들의 상당수가 혐한 서적을 읽고 난 후 한국을 싫어하게 되었다고 한다. 이러한 역사를 조금이라도 알고 제대로 된 역사 인식을 가졌다면 일본인들이 한국을 싫어해야 할 이유가 없다. 그런데 혐한 서적들은 도대체 어떤 근거를 가지고 한국을 싫어하도록 일본인들을 선동한단 말인가?

일본의 혐한 시위를 생각할 때마다 나는 베트남을 떠올린다. 1964년 월남전이 발발하자 미국의 요청으로 우리나라는 월남에 군대를 파병했다. 1965년부터 1973년까지 8년 동안 총 31만여 명의 병력이 파견되었고 그로 인해 벌어들인 달러와 미국의 지원은 1970년대 한국의 고도 경제성장에 큰 도움이 되었다. 그러나 그로 인해 얼마나 많은 베트남 국민들이 희생당했을지 생각하면 가슴이 먹먹해지고 왠지 베트남 사람들에게 미안한 마음이 들곤 한다. 다행히도 베트남과의 수교 이후 정부 및 민간차원에서 베트남과 우호 협력 관계가 이루어지고, 다양한 봉사활동도 펼쳐지고 있어 서로에게 아픈 역사의 상처를 조금씩이나마 치유해나가고 있는 것 같아 마음이 한결 편안하다.

일본이 올바른 역사 인식을 갖고 진정으로 역사를 두려워한다면 이제부터라도 자신들의 과오를 뉘우치고 진정한 화해와 상생의 길로 나서야 한다. 진실을 외면하고 역사를 왜곡할수록 일본은 세계로부터 고립되고 결국은 혹독한 대가를 치르게 될 것이다.

최근 지인들과의 독서 모임에서 일본의 역사 인식에 대해 이야기할 기회가 있었는데 한 사람이 이렇게 말했다. "일본이 저렇게 역사를 왜곡하고 망언을 일삼는 게 우리한테는 오히려 다행스러운 일이다. 동아시아에서 한국, 중국, 일본 세 나라가 각축을 벌이고 있는데 지금 일본은 중국과도 원한을 쌓아가고 전 세계로부터 비난을 받으며 스스로 무덤을 파고 있으니 우리가 너무 열 받을 필요 없다. 만일 일본이 독일처럼 제대로 된 역사 인식을 갖고 과거의 잘못을 진심으로 반성하고 전 세계 사람들의 마음을 얻는다면 오히려 우리에게는 위기가 될 수도 있다." 그러자 모인 사람들 모두 정말 그렇겠다며 한바탕 웃었다. 나 역시 그의 말에 공감하며 고개를 끄덕였다. 그러나 한편으로는 일본의 잘못된 역사 인식이 결국은 스스로의 무덤을 파는 결과를 낳는다 하더라도 그동안 또 얼마나 많은 사람들에게 상처를 줄 것인가 그리고 또다시 선량한 일본인들이 어려움을 당할 수도 있다고 생각하니 씁쓸한 기분이 들었다.

'역사로부터 배우지 못하면 역사는 되풀이될 뿐이다'라고 했다. 이는 일본뿐만 아니라 우리에게도 해당되는 말이다. 우리도 다시는 나라를 빼앗기거나 남을 핍박하는 잘못된 역사가 되풀이되지 않도록 노력해야 한다. 그렇게 하기 위해서는 우리 모두에게 무엇보다도 사랑이 필요하다. 식민지 백성의 무력함을 뼈저리게 고통스러워했던 시인 윤동주는 그의 시 「서시」에서 일제의 식민 통치로부터 해방된 독립국가에서 '자유'를 누리며 평등하게 사랑을 나누는 세상을 간절히 염원했다. 그리고 이러한 염원을 안은 채 29세의 꽃다운 나이에 차가운 형무소에서 생을 마감했다.

죽는 날까지 하늘을 우러러
한 점 부끄럼이 없기를,
잎새에 이는 바람에도
나는 괴로워했다.
별을 노래하는 마음으로
모든 죽어가는 것을 사랑해야지
그리고 나한테 주어진 길을
걸어가야겠다.
오늘밤에도 별이 바람에 스치운다.

일본은 오늘날 세계가 상생과 화합, 평등과 사랑의 시대를 열어 가고 있음을 깨달아야 한다. 과거처럼 패권주의와 힘으로는 문제를 해결할 수 없다. 서로를 증오하고 서로에게 상처를 입히기보다는 서로를 존중하고 사랑하며 협력하는 가운데 진정한 세계 평화와 발전이 있음을 부디 이제부터라도 가슴에 새기기를 바란다.

『하늘을 우러러 한 점 부끄럼이 없기를』 (윤동주 지음 / 비타민북)

'노(No)'라고 말할 수 있는 기업문화

　최근 대한항공의 '땅콩 회항' 사건을 두고 사건의 당사자인 조현아 부사장과 대한항공을 성토하는 목소리가 높다. 물론 이 사건의 발단인 조현아 부사장의 행동은 어떤 설명으로도 이해하기 어렵고 비난받아 마땅하다. 그러나 이 사건을 단순히 감정적으로 대응하기보다는 냉철하게 살펴볼 필요가 있을 것 같다. 이 사건에 등장하는 인물은 3명이다. 땅콩을 봉지째 서비스한 승무원을 지적하고 기장에게 회항하라고 지시한 조현아 부사장, 상사인 부사장의 지시를 충실히 이행한 기장, 그리고 리턴한 비행기에서 내린 사무장. 언론과 대다수 사람들은 이 세 명 중 가장 비난을 받아야 할 사람으로 조현아 부사장을 지목하고 '갑질', '재벌 3세의 무분별한 횡포' 등을 운운하며 강하게 질타하고 있다. 그러나 한편으로 생각하면 가장 비난받아야 할 사람은 바로 기장이 아닐까 싶다. 더 나아가 이러한 사태는 근본적으로 대한항공을 비롯한 소위 대기업의 경직된 기업문화에서 기인한 것으로 보인다.

　'국토부 운항기술 기준' 및 항공법에 따르면 기장은 비행기 문이 닫힌 시점부터 탑승 중인 모든 승무원, 승객 또는 화물의 안전에 대한 책임을 갖는다고 명시되어 있다. 그렇다면 기장은 부사장이 아니라 세상 그 누가 어떤 명령을 하더라도 자신의 판단에 따라 최대한 승객의 안전과 편의를 위해 행동해야 한다. 그럼에도 불구하고 기장은 정말 어처구니없는 이유로 부사장의 지시에 따라 이륙을 위해 활주로로 향하던 항공기를 되돌려 램프로 돌아왔다. 그리고 그 결과는 엄청난 파장을 몰고 왔다.

그렇다면 기장은 왜 조부사장의 지시에 대해 강력하게 자신의 주장을 피력하지 않았던 것일까? 그것은 아마도 상명하복이 철칙처럼 여겨지고 있는 대기업의 기업문화 때문일 것이다. 실제로 말콤 글래드웰은 그의 저서 『아웃라이어』에서 1997년 탑승객 288명의 목숨을 앗아간 대한항공 801편의 괌 추락 사건의 원인이 '경직된 커뮤니케이션 문화'와 '상사의 기분을 해치지 않으려는 완곡어법과 태도' 때문이라고 지적하고 있다.

'권력 간격 지수'는 특정 문화가 위계질서와 권위를 얼마나 존중하는지 나타내는데 대한항공 801편의 사고는 이를 단적으로 보여주고 있다. 비행기 기체에 이상이 있음을 발견한 부기장이 이를 기장에게 제대로 알리지 못해 어이없게 사고가 났던 것이다. 부기장이 상사인 기장에게 명확하게 '노(No)'라고 말했어야 하는 상황에서 부기장은 권위에 대한 두려움 때문에 이를 기장에게 제대로 전달하지 못했던 것이다.

기업문화가 이처럼 경직되게 된 책임은 과연 누구에게 있을까. 물론 가장 큰 책임은 기업의 최고경영자에게 있다. 조직 전체에 자유로운 의견 개진과 원활한 소통이 이루어지기 위해서는 무엇보다도 최고경영자가 열린 마음을 갖고 그러한 문화가 정착될 수 있도록 노력해야 한다. 그러나 한편으로 기업의 구성원들 또한 자신이 맡은 분야에 대한 책임감과 정확한 업무 지식을 토대로 자신의 의견을 기탄없이 펼쳐야 한다. 설령 상사가 잘못된 판단을 내릴 경우 사표를 쓰는 한이 있더라도 잘못을 지적해야 한다. 물론 몇 번 이야기해봤지만 무시되거나 불만분자로 낙인이 찍혀 이런저런 불이익을 당한 경험이 있다 보니 자연스레 입을 닫고 상사의 말에 무조건 수긍하고, 지시에 복종하게 되었을 것이다. 그러나 상사들 중에는 자신의 결정에 대해 아랫사람이 무조건 'Yes' 하기보다는 솔직하게 의견을 말해주기를 기대하는 사람들도 많다.

나 역시 15년 전 대한항공에 근무한 적이 있다. 당시 우리 부서에서 추진하고 있던 프로젝트에 대해 부서장과 담당 임원이 조양호 회장의 결재를 받기 위해 회장실에 올라갔다. 잠시 후 회장 비서실에서 나를 호출했다. 올라가 보니 담당 임원과 부장의 보고를 받은 회장이 역정을 내며 프로젝트 관련 상대 파트너가 제시한 조건이 마음에 들지 않으니 당장 파트너를 교체하라고 소리쳤다. 회장의 역정에 담당 임원과 부장은 어찌할 바를 모르고 묵묵부답이었다. 당시 차장이었던 나 또한, 회사생활 12년 만에 처음으로 회장 앞에서 이야기를 한다고 생각하니 속으로 무척 떨렸다. 하지만 차분하게 앞뒤 상황을 설명하고 지금 파트너를 바꾸면 발생할 수 있는 문제점에 대해 지적했다. 회장은 잠시 생각하더니 그러면 원래대로 진행하라고 말하며 담당 임원에게 그런 사정을 왜 사전에 이야기하지 않았냐고 질책했다.

사실 직장생활에서 생사여탈권을 쥐고 있는 상사 또는 오너 일가의 지시에 대해 입바른 소리를 하기란 결코 쉬운 일이 아니다. 그러나 예로부터 기개 있는 선비들은 목숨을 걸고 왕에게 충언과 직언을 아끼지 않았고, 그들의 이름은 오랫동안 우리의 사표(師表)로 기억되고 있다. 가정이지만, 만일 조부사장의 회항 지시를 받은 기장이 이는 항공법을 위반하는 행위임을 조부사장에게 알리고 절대로 지시에 따를 수 없다고 했다면 결과가 어떻게 됐을까? 아마도 항공기는 예정대로 이륙해 제시간에 인천공항에 도착했을 것이고, 언론의 주목을 받을 만한 일은 일어나지 않았을 것이다. 물론 이로 인해 해당 기장은 부사장의 지시를 이행하지 않았다고 하여 징계를 받았을지도 모른다. 그러나 그 기장은 적어도 기장으로서 마땅히 해야 할 책임을 다했다는 긍지를 가질 수 있을 것이고, 진정한 기장으로서 동료들에게 기억되고 자녀들에게도 자랑스러운 아빠가 되었을 것이다. 어쩌면 지금 조부사장은 당시 기장이 기장으로서 책임을 다해 자신을 말려주지 않은 것을 못내 아쉬워하고 있을지도 모른다. 그리고 자신의 지시를 거역한 기장에 대해 조부사장은 그 자리에서는 화를 냈겠지만 한국에 돌아와서는 기장에게 징계 대신 오히려 고마워했을지도 모를 일이다.

부디 이번 사건을 계기로 우리나라 기업들이 이제부터라도 열린 기업문화를 조성하기 위해 노력하기를 진심으로 소망한다. 이를 위해 최고경영자는 열린 마음으로 직원들의 말에 귀를 기울이고, 직원들 또한 자신의 업무에 긍지와 책임감을 가지고 상사에게 할 말은 한다는 자세를 가져야 한다.

『아웃라이어』 (말콤 글래드웰 지음 / 김영사)

소통을 위해서는 나와 상대방의 생각의 차이를 이해
해야 한다. 서로의 차이를 이해하고 공감하기 위해서는 상
대방의 말에 귀를 기울이는 경청(傾聽)의 자세가 무엇보
다도 중요하다. 상대방의 말을 왜곡하지 않고 있는 그대
로 받아들이기 위해서는 자신의 편견과 고집을 잠시 접
어두어야 한다.

Part 4

진정한 성공은
유익한 씨앗을 뿌리는 것
- 성공 -

성공이란

인생의 목적을 깨닫는 것,

최대의 잠재력을 발휘해 성장하는 것,

그리고 다른 사람에게

유익한 씨앗을 뿌리는 것이다.

진정한 성공은 다른 사람에게
유익한 씨앗을 뿌리는 것

오늘날 많은 사람들이 성공을 갈망하며 때로는 자신에게 가장 소중한 가치들마저 뒤로한 채 성공을 향해 질주한다. 그들은 성공을 "어떤 종착지나 목표 지점에 도달하는 것"이라고 생각한다. 그러나 목표지점에 도달하고 나서도 스스로 성공했다고 느끼지 못하는 경우가 많다. 반면 어떤 사람들은 성공이란 "행복한 삶을 영위하는 것"이라고 말하기도 한다. 그러나 우리가 느끼는 행복의 감정도 상황과 기분에 따라 순간순간 바뀌곤 한다. 그런 점에서 행복 역시 우리가 추구하는 성공의 목표가 될 수 없다.

그렇다면 과연 성공이란 무엇일까? 세계적인 베스트셀러 작가이며, 리더십 및 자기계발 분야의 전문가인 존 맥스웰은 그의 저서 『나의 성공 지도』에서 "성공이란 자신의 인생 목적을 향해 끊임없이 나아가는 여행"이라고 정의하고 있다.

"성공이란 인생의 목적을 깨닫는 것, 최대의 잠재력을 발휘해 성장하는 것, 그리고 다른 사람에게 유익한 씨앗을 뿌리는 것이다."

• 인생의 목적 깨닫기: 심리학자 빅토르 프랭클은, "사람은 누구나 인생에서 맡아야 할 고유한 소명 또는 임무가 있다. 그리고 어떤 구체적인 임무를 달성해야 한다. 그렇기 때문에 어떤 사람도 다른 사람에 의해 대체되지 못하며 그 인생이 반복될 수도 없다."라고 했다. 사람은 누구나 이 땅에 태어난 목적을 깨달아야 한다.

• 잠재력을 향하여 성장하기: 성공을 가늠하는 단 하나의 진정한 척도는 자신이 이룰 수 있는 가능성을 얼마나 이루었는가에 있다. 바꿔 말하면 성공은 잠재력을 얼마나 발휘하였는가에 달려 있다. 흔히 잠재력은 신이 우리에게 준 선물이며, 그 잠재력으로 우리가 성취한 것이 우리가 신에게 바치는 선물이다.

• 다른 사람에게 유익한 씨앗 뿌리기: 인생 목적을 깨닫고, 잠재력을 최대한 이루기 위해 성장할 때 우리는 성공의 길에 들어선 것이다. 하지만 성공 여행에서 필요한 본질적인 것이 한 가지 더 있다. 그것은 바로 다른 사람들을 돕는 것, 즉 다른 사람에게 유익한 씨앗을 뿌리는 것이다. 이것이 없으면 우리의 여행은 외롭고 피상적인 경험으로 끝나고 말 것이다.

성공에 관한 그림은 사람마다 다르므로 성공 여행이 사람마다 똑같지는 않을 것이다. 하지만 여행의 기본 원칙은 같다. 자신의 목적을 깨닫고 잠재력을 최대로 발휘해 성장하고, 다른 사람에게 유익한 씨앗을 뿌리는 것이다. 우리가 어디에 있든 이 원칙을 지켜

나갈 때 우리는 비로소 성공적인 삶을 이루어나갈 수 있을 것이다.

이러한 성공의 원칙을 염두에 두고 우리 주변의 사람들을 살펴보면 대체로 세 부류로 나눌 수 있을 것 같다. 첫째, 인생의 목적을 깨닫지 못한 채 자신의 잠재력을 극대화할 수 있는 열정도 꺼져버려 그저 아무 일도 일어나지 않기만을 바라면서 하루하루 살아가는 사람들. 둘째, 세상 사람들이 성공이라고 여기는 부와 권력 그리고 명성을 얻었지만 무엇인가 부족하다고 느끼는 사람들. 이들은 겉으로 보기에는 행복해 보일지 모르지만 표면적이고 가식적인 것일 뿐, 내면의 불안이나 고통을 일시적으로 가리고 있는 것이다. 셋째, 인생의 진정한 목적을 깨닫고, 자신의 잠재력을 최대한 발휘하며 세상과 다른 사람들의 삶에 진정한 가치를 더하는 사람들. 이들은 다른 사람들에게 정신적·물질적으로 유익한 씨앗을 뿌려 우리가 사는 세상을 더욱 풍요롭고 살기 좋은 곳으로 만든다. 다른 사람을 위해 유익한 씨앗을 뿌린다는 것, 즉 다른 사람에게 무엇인가를 베푼다는 것은 결국 자신의 기쁨을 키우는 것이며 성공적인 삶을 위한 가장 효과적이고도 유일한 길이다.

다른 사람을 위해 유익한 씨앗을 뿌리는 것을 결코 어렵게 생각할 필요는 없을 것 같다. 우선 자기가 쉽게 할 수 있는 일부터 하나씩 해나가는 것이 성공을 위한 여정의 첫걸음이 아닌가 싶다. 언젠가 한 원로 여배우의 이야기를 신문기사에서 읽은 적이 있다. 그분은 자신이 골프를 칠 수 있는 여건에 감사하며 한편으로는 어려운 처지에 있는 주변 사람들에게 죄스러운 마음이 들어 골프를 나갈 때마다 만 원짜리 한 장씩을 모으기 시작했다고 한다. 그리고 그 사랑의 씨앗은 훗날 '행복한 나눔'이라는 가게로 꽃을 피웠다.

나는 지금 어떠한 삶을 살고 있는가? 나는 어떤 성공 지도를 가지고 있는가? 하루하루의 삶에 지쳐 인생의 목적과 꿈은 잊고 있지 않은가? 세상의 부와 권력, 명성은 얻었지만 뭔가 텅 빈 것 같은 허무를 느끼고 있지는 않은가? 우리는 분명 이 세상에 태어난 목적이 있다. 우리 모두가 그 목적을 깨닫고, 사람들에게 유익한 씨앗을 뿌리려고 노력할 때 우리 자신과 이 세상은 보다 풍요롭고 아름다워질 것이다.

『나의 성공 지도』 (존 맥스웰 지음 / 청림출판)

상실과 고통,
저주인가 축복인가?

　얼마 전 TV에서 장애아들의 놀라운 천재적 재능을 소재로 한 프로그램을 본 적이 있다. 어떤 아이는 악보를 보지 않고도 베토벤의 월광 소나타를 완벽하게 연주해냈고 어떤 아이는 천재적 화가의 재능을 발휘하기도 했다. 흔히 '저능아'라고 불리기도 하는 장애아들이 어떻게 그토록 놀라운 재능을 발휘할 수 있는 것일까? 의학적으로 발달장애나 자폐증 등 뇌기능 장애를 가진 이들이 그 장애와 대조되는 천재성을 나타내는 현상을 '서번트 신드롬(savant syndrome)'이라고 한다. 대체로 장애아들이 좌뇌에 손상을 입어 그로 인해 우뇌를 많이 사용하게 됨으로써 천재적 재능을 발휘하게 된다고 한다. 그런데 모든 장애아들이 천재적 재능을 보이는 것은 아니다. 중요한 것은 장애아들이 상실에서 오는 결핍을 의식적 또는 무의식적으로 놀라운 창조적 에너지로 승화시킬 수 있느냐에 달려 있다.

　스위스의 내과의사 폴 트루니에는 자신의 저서 『고통보다 깊은 ― 고통에 대한 창조적 반응과 온전한 성숙』에서 이렇게 주장한다. "고통이나 상실 자체는 우리에게 저주도 축복도 아닌 중립적인 것이다. 다만 그 고통에 어떻게 반응하는가에 따라 우리의 삶은 창조적으로 혹은 파괴적으로 나아간다."

트루니에가 이 책에서 인용하고 있는 제네바의 의사인 렌취니크 박사는 세계사의 흐름에 지대한 영향을 미친 정치가들은 대부분 고아이거나 결손 가정에서 자라났음을 밝히고 있다. 알렉산더 대왕에서부터 카이사르, 조지 워싱턴, 링컨, 나폴레옹, 히틀러 등 300여 명에 이르는 거물들이 어린 시절 심각한 상실감과 좌절감으로 고통을 받았고, 이들은 자신이 겪은 고통에 대한 반대급부로 권력을 추구했다는 것이다. 그리고 정신분석학자 앙드레 에이날은 더 나아가 '상실(deprivation)'이라는 새로운 개념을 도입했다. '고아'라는 상태는 우리가 직면하게 되는 수많은 상실 중의 하나일 뿐이며, 역사적으로 위대한 정치가, 종교 지도자, 철학자, 과학자, 작가, 예술가들은 대부분 보통 사람들보다 훨씬 더 크고 다양한 상실을 경험했다는 사실로 볼 때, 이들은 상실에서 오는 고통을 창조적 에너지로 승화시켰음을 말해준다고 설명한다. 에이날의 말대로라면, 결국 우리에게 주어지는 모든 상실과 고통은 우리 자신 안에 내재된 창조성을 캐내기 위한 특별한 기회라고 말할 수 있다.

상실과 고통을 창조적 에너지로 승화시키기 위해서는 어떻게 해야 할까? 무엇보다 먼저 자신에게 주어진 고통과 상실을 수용해야 한다. 이를 위해서는 자신의 고통에 대해 분노를 분출하는 과정을 거쳐야만 한다. 분노는 더 완전한 수용으로 나아가는 단계이다. 이 과정에서 우리는 단순히 고통을 받아들이는 것이 아니라 고통 안으로 들어가 그것을 뚫고 나갈 수 있다.

어느 날 갑자기 퇴직을 맞게 된 사람은 커다란 상실감에 직면한다. 그리고 퇴직과 함께 소득, 명예, 지위, 그에 수반되는 모든 사회적 관계도 잃게 된다. 배우자를 잃는 것, 사고나 심각한 질병, 실패나 배신과 같은 상실을 겪고 나면 그때부터 삶은 더 이상 예전과 같지 않을 것이다. 그러나 이런 시련 앞에 결코 체념하지 말고 삶의 새로운 단계를 직접 건설해야 한다. "고통 안으로 들어가는 것"은 완전히 참여하는 것이자 현 순간을 회피하지 않고 살아내는 것이다. 그것은 가치관의 변화, 새로운 영감의 추구를 함축하고 있다.

　다음으로 우리는 용기를 가져야 한다. 용기는 용기 있는 사람들을 접촉할 때 되살아난다. 우리는 나보다 더 큰 상실과 고통을 가진 사람이 보여주는 용기를 존경한다. 용기는 가르쳐서 생기는 것이 아니고 전염되는 것이다. 우리는 심각한 장애를 가진 사람들에게서 뿜어져 나오는 놀라운 기쁨을 볼 때 그 기쁨이 전염되는 것을 느낀다. 버스 안에서 목격하는 건강한 사람들의 침울한 분위기와 대비되는 그 기쁨. 그것은 그들의 삶이 끊임없이 용기를 소모하도록 요구하기 때문이다. 용기는 그들의 마음에 스며들어 기쁨을 발산한다. 그것은 운명에 맞서 승리한 기쁨이다. 단 하루의 승리가 아니라 매일의 승리이며, 소유한 것에서라기보다는 고통에 맞서 용기 있게 투쟁한 데서 나오는 기쁨이다. 시련의 시기에 왜 용기가 필요한가? 그것은 절망하기보다 용감하게 맞설 때 고통이 훨씬 덜하기 때문이다.

전화선의 결함으로 잡음이 생기면 의사소통이 방해를 받아 상대방이 말한 내용을 알아듣기 어렵다. 생명체에도 DNA 정보 전달 과정에서 다양한 인자들에 의해 오류가 발생하는데 이 인자들을 '잡음인자(noise)'라고 부른다. 원래 유전자들이 보내는 유전 암호는 어떠한 변화과정에도 영향 받지 않고 그대로 보전되지만 잡음인자는 이러한 불변의 과정에 우발적 변화를 가져온다. DNA 복제 과정에서 나타나는 이러한 우발적 오류는 정보 전달 과정에 새로운 요소를 끌어들이고 그리하여 정보를 풍성하게 만든다. 결국 잡음인자야말로 두꺼운 일상성의 껍질을 깨고 풍요로운 정보를 통해 인간과 세상을 더욱 다양하고 다채롭게 만들어주는 요소가 되는 것이다. 이 잡음과 상실 사이에는 놀라운 유사성이 있다. 죽음, 사고, 질병, 실패, 사랑의 슬픔, 신체장애, 노화, 이러한 상실은 잡음이 정보를 파괴할 때처럼 우리에게 심각한 영향을 미친다. 그렇다면 상실은 파괴인가 창조인가? 결국 창조를 일으키는 것은 잡음 자체가 아니라 잡음에 대한 주체의 반응이다.

이처럼 유전 암호 전달 과정에서 발생한 잡음으로 인해 장애를 안게 된 아이가 주체적으로 반응함으로써 창조적 재능을 발휘하듯이, 우리 역시 인생을 살아가는 동안 직면하게 되는 다양한 잡음에 대해 창조적 에너지를 발산함으로써 우리의 삶을 보다 풍요롭게 만들어나갈 수 있다.

『고통보다 깊은』 (폴 투르니에 지음 / IVP)

'변즉생 불변즉사,
變則生 不變則死'

오늘날 세상은 놀라운 속도로 변하고 있어 어제 우리가 알았던 사실과 정보가 더 이상 참이 아닌 경우가 많다. 이처럼 빠른 변화의 흐름에 대처하려면 우리들 역시 빠르게 변화해야만 한다. 그러나 많은 사람들이 변화하기를 기피하고 심지어는 두려워하기까지 한다. 사람들이 변화를 기피하고 두려워하는 가장 큰 이유는 무엇일까? 그것은 변화에는 반드시 고통이 따르기 때문일 것이다. 변화를 요구하는 상황에 직면했을 때 우리가 선택할 수 있는 길은 두 가지다. 변화의 요구를 무시하고 현실에 안주하거나 아니면 지금 당장은 고통스럽더라도 적극적으로 변화에 임하여 새로운 세계로 나아가는 것이다.

오늘날과 같은 빠른 변화의 세상은 불연속성의 개념이 지배하는 세상이다. 따라서 어제까지 성공을 가져다주었던 법칙이나 행동이 더 이상 성공을 보장해주지 않는다. 이것은 곧 그동안 익숙했던 관행이나 전통의 연속성으로부터 벗어나 새로운 것을 추구해야 한다는 것을 의미한다. 개인이든 기업이든 국가든 이러한 불연속성의 개념을 받아들이고 과거의 것을 창조적으로 파괴함으로써 스스로를 적극적으로 변화시켜 나가야만 지속적으로 성장해 나갈 수 있다. 슘페터는 일찍이 "창조적 파괴 과정이야말로 자본주의의 현실이자 자본주의가 존재하는 기반이며 자본주의자들이 관심을 기울여야 할 대상이다"라고 강조한 바 있다. 그러나 어쩌면 자본주의뿐만 아니라 세상만물이 창조적 파괴를 통해 새로운 생명을 얻는 것 같다. 조봉희 목사의 『부흥을 넘어 변화로』를 보면 자기 변화의 과정을 거쳐 새롭게 태어나는 솔개의 이야기가 나온다. 처절한 고통을 수반하는 창조적 파괴의 과정을 스스로 치러내는 솔개의 이야기는 우리에게 커다란 가르침을 주고 있다.

집 청소기 안에 쌓이는 먼지의 80퍼센트가 사람의 몸에서 떨어진 죽은 세포라고 합니다. 뱀이 허물을 벗듯이 사람도 매일 허물을 벗고 있는 것입니다. 하지만 이러한 몸의 변화를 통해서 인간은 생명을 유지하고 있습니다. 인체의 모든 세포조직은 5년마다 완전히 새롭게 다른 세포로 바뀝니다. 변화는 우주 가운데 살아 있는 모든 생명체에 동일하게 적용되는 원리입니다. '변즉생 불변즉사(變則生 不變則死)'라는 말이 있습니다. 변화하면 살고 변화하지 않으면 죽는다는 뜻입니다. 과감하게 변화하면 장수하며 완전히 새로운 세계를 접할 수 있습니다.

그 좋은 예가 솔개의 자기 변화입니다. 솔개는 가장 장수하는 조류로 알려져 있습니다. 최고 70년의 수명을 누릴 수 있는데 이렇게 장수하려면 약 40년 정도 되었을 때 매우 고통스럽고 중요한 결심을 해야만 합니다. 솔개는 40년 정도를 살게 되면 발톱이 노화하여 사냥감을 효과적으로 잡아챌 수 없게 됩니다. 부리도 길게 자라고 구부러져 가슴에 닿을 정도가 되고, 깃털이 짙고 두껍게 자라 날개가 무거워져 하늘로 날아오르기가 나날이 힘들게 됩니다. 이 상황에 직면한 솔개에게는 두 가지 선택이 있을 뿐입니다. 그대로 죽을 날을 기다리든가, 아니면 약 반년에 걸친 매우 고통스런 갱생 과정을 수행해야 합니다. 갱생의 길을 선택한 솔개는 먼저 산 정상 부근으로 높이 날아올라 그곳에 둥지를 짓고 머물며 고통스런 수행을 시작합니다. 먼저 부리로 바위를 쪼아 부리가 깨지고 빠지게 만듭니다. 그러면 서서히 새로운 부리가 돋아나고, 그 새로 돋은 부리로 발톱을 하나하나 뽑아냅니다. 새로운 발톱이 돋아나면 이번에는 날개의 깃털을 하나하나 뽑아냅니다. 이렇게 약 반년이 지나면 묵은 털이 뽑히고 새 깃털이 돋아나 솔개는 완전히 새로운 모습으로 변신하게 됩니다. 그리고 다시 힘차게 하늘로 날아올라 30년의 수명을 더 누리게 된다는 것입니다. 이 얼마나 놀라운 일입니까? 변화하지 못하면 40년으로 수명이 끝나고, 변화를 시도하면 70년 동안 장수하게 됩니다. 이것은 인간의 삶에도 어김없이 적용되는 진리입니다.

변화란 '성장' 또는 '여태껏 잘못해 오던 일을 바로잡는 일'을 의미한다. 나 역시 최근에 커다란 변화의 물결에 직면했다. 그리하여 그동안 익숙했던 과거의 관행에서 벗어나 새롭게 변신하기로 결심하고, 새롭게 태어난 솔개처럼 다시 힘차게 하늘로 날아오르기 위해 고통스럽지만 철저한 창조적 파괴의 과정을 거치고 있다. 일찍이 찰스 고우는 이렇게 말한 바 있다. "삶의 두 가지 중요한 법칙은 성장과 소멸이다. 성장하기를 멈출 때 우리는 죽기 시작한다. 이것은 사람, 사업, 국가 등 어디에나 적용되는 법칙이다." 현재 어려움에 직면한 많은 개인, 기업 그리고 국가 역시 고통이 수반되는 변화의 과정을 게을리했기 때문일 것이다. 이제부터라도 철저한 자기 변화를 추진해 나간다면 새로운 모습으로 변해 있는 자신을 발견할 수 있게 될 것이다. 우리 사회의 모든 사람들이 창조적 파괴를 통해 새롭게 태어나 하늘 높이 비상할 수 있기를 진심으로 소망한다.

『부흥을 넘어 변화로』(조봉희 지음 / 베드로서원)

실패를 딛고 일어서기

이란에 있는 테헤란 왕궁에 가면 세계에서 가장 아름다운 모자이크 작품을 볼 수 있다고 한다. 그 모자이크는 벽에서 다이아몬드처럼 강렬한 빛을 반사한다. 이 왕궁의 건축가는 처음 디자인할 때 벽에 큰 거울을 붙이려고 계획했고, 파리에 가서 큰 거울을 주문해 들여왔다. 그런데 도착한 상자를 열어 보았더니 거울이 온통 산산조각이 나 있었다. 파리에서 테헤란까지 수송을 담당했던 책임자는 어쩔 줄 몰라 쩔쩔매며 건축가에게 사과했다. 그런데 화를 낼 줄 알았던 건축가는 뜻밖에도 깨진 거울 조각을 아주 작게 부수더니 하나하나 벽에 붙이기 시작했다. 그러자 거울 조각은 찬란한 은빛으로 반짝이는 모자이크로 되살아났다. 그렇게 해서 깨진 거울 조각은 세계에서 가장 아름다운 모자이크 작품으로 탈바꿈한 것이다.

새해가 되면 대다수의 사람들이 새해 첫날 원대한 포부와 함께 희망찬 계획을 세우고 힘차게 출발한다. 그러나 얼마 지나지 않아 뜻밖의 장애물을 만나 힘든 시련과 실패에 직면하기도 한다. 하지만 이러한 시련과 실패가 결코 우리의 꿈과 포부를 빼앗아 가지는 못한다는 것이다. 처음에 품었던 포부와 열정이 살아 있는 한 깨진 거울이 아름다운 모자이크로 재탄생하듯이 장애물들은 우리의 삶을 더욱 아름답고 풍요롭게 만드는 훌륭한 재료가 될 수 있다. 하버드 대학 교환교수를 지낸 중국인 작가 허우수성(侯書生)은『하버드에서 배우는 인생철학』에서 다음과 같이 적고 있습니다.

실패로 인해 금전상의 손해를 볼 수도 있고 고생하며 가꾼 성과를 잃어버릴 수도 있다. 하지만 당신은 이를 통해 경험을 쌓고 다시는 같은 실수를 되풀이하지 않을 지혜를 얻게 된다. 실패를 겪었을 때 사람들은 대체로 세 부류로 나뉜다.

첫 번째 부류는 실패의 충격을 받고 그대로 무너져 버리는 사람들이다. 이들은 한 번의 실패로 다시는 일어서지 못하는 나약한 사람들로서 용기도 지혜도 갖추지 못한 이들이다. 두 번째 부류는 실패에 부딪히고도 스스로 반성하거나 실패를 경험으로 이끌어내지 못한 채 혈기만 믿고 무조건 앞으로 나아가는 사람들이다. 이런 사람들은 많은 공을 들이고도 성과는 적다. 그들이 어쩌다 성공을 거둔다 하더라도 그것은 아주 잠시뿐이다. 용기는 있으나 지혜는 없는 사람들이다. 마지막 세 번째 부류는 실패에 부딪히더라도 재빨리 상황을 살펴 자신을 돌아본 후 능력이 갖추어지면 알맞은 시기에 새롭게 출발하는 사람들이다. 이런 사람들은 지혜와 용기 모두를 갖추고 있으며, 성공은 항상 이들에게 먼저 다가오는 법이다.

연이은 실패로 일이 풀리지 않는다 하더라도 당신은 영원히 사라지지 않는 두 가지의 가치를 얻을 수 있다. 그것은 바로 영혼의 힘과 그것을 사용할 수 있는 자유이다. 따라서 시도하는 일마다 성공하지 못하는 사람들에 대한 처방은 바로 여러 번의 실패를 진지하게 생각해 보라는 것이다. 호된 실패 후 진지한 반성을 통해 실패의 원인을 찾아낸다면 다음번에는 이를 거울로 삼을 수 있다. 물론 상처가 나았다고 해서 고통을 잊어서는 안 된다. 어떤 사람은 선혈이 낭자한데도 고통을 느끼지 못하는 경우가 있다. 그런 경우엔 상처가 커지고 출혈이 심해져 결국 다시 일어설 힘까지 모두 잃고 만다.

인생을 살아가다 보면 누구나 뜻하지 않은 재앙이나 실패에 부딪히는 경우가 많다. 더욱이 오늘날과 같은 극심한 경쟁사회에서는 다른 사람의 모함이나 공격으로 인해 커다란 시련에 직면하기도 한다. 이때 많은 사람들은 스스로를 책망하며 깊은 절망의 늪으로 빠져들고 만다. 우리 주변에는 절망의 늪에서 헤어나지 못하고 극단적인 선택으로 생을 마감하는 사람들이 많다. 절망은 이처럼 우리를 끝없는 파멸의 타락으로 떨어뜨린다. 그러나 다른 한편에는 실수나 실패를 딛고 새롭게 태어나 보다 값진 삶을 살아 낸 사람들이 많이 있다. 우리는 그런 사람들을 오래오래 기억하며 삶의 모델로 삼게 된다. 나는 어느 쪽일까?

지금 당면한 시련이나 어려움으로 인해 당장은 참담하고 아무런 희망도 없어 보일지도 모른다. 그러나 깨진 거울 조각으로 원래의 거울보다 더 아름다운 모자이크를 만들어낸 건축가처럼 우리는 실패로 인해 산산조각 난 것처럼 보이는 삶의 파편들을 모아 당초 계획했던 것보다 더욱 아름다운 삶을 이루어 나갈 수 있다. 부디 이 세상 모든 사람들이 어려운 가운데도 희망을 키워나갈 수 있기를 소망한다.

『하버드에서 배우는 인생철학』(허우수성 지음 / 일빛)

늪에서 빠져나오자

　인생을 살다 보면 누구나 한 번쯤은 나쁜 습관에 중독되거나 잘못된 인연으로 인해 오랫동안 불행과 고뇌의 늪에서 헤어나지 못할 때가 있다. 기업의 경우도 마찬가지다. 잘못된 선택으로 또는 어설프게 뛰어든 사업에 발목이 잡혀 마치 늪에 빠진 것처럼 허우적거리다가 끝내는 침몰하게 된다. 개인이나 기업을 막론하고 늪에 빠졌을 때 나타나는 공통된 특징은 우선 이성이 마비되어 자신이 처한 현실을 냉철하게 판단하지 못한다는 것이다. 그러다 보니 자신이 늪에 빠져 있다는 사실을 모르고 절대로 인정하려고 하지도 않는다. 그러고는 지푸라기라도 잡는 심정으로 마구잡이로 주변 사람들을 붙잡아 결국은 그들마저도 늪 속으로 끌어들이고 만다. 그들은 조금만 더 하면, 주변 사람들이 조금만 도와주면 성공할 수 있다고 생각한다. 물론 늪에 빠진 것과 같은 절망적인 상황에 몰려서도 끝까지 포기하지 않음으로써 성공을 쟁취할 수도 있다.

　여기에서 중요한 것은 자신이 처한 상황이 혹시 늪은 아닌지 냉철하게 생각해봐야 한다는 것이다. 그것이 늪이라고 판단되면 모든 것을 버리고 빠져나와야 한다. 늪에서 빠져나오려면 아무리 아까운 것이라도 버려야 한다. 물론 오랫동안 공을 들이고 많은 자원과 시간을 투자해온 것을 버리기는 결코 쉽지 않을 것이다. 그러나 아무리 공을 들이고 많은 자원을 투자했더라도 회수가 불가능하다면 버리는 수밖에 없다. 이처럼 이미 투입되었지만 더 이상 회수가 불가능한 비용을 경제학에서는 '매몰비용'이라고 한다. 말 그대로 그것은 매몰된 것이다. 그동안 쏟은 노력과 자원이 아까워서 버리지 못하고 어떻게 해보려고 했다가는 마치 블랙홀처럼 자신이 가지고 있는 것은 물론, 주변 사람들마저 빨아들이고 말 것이다.

최근 보도에 따르면 우리나라 편의점 2만 9천여 개 중 절반 이상이 하루 매출 100만 원도 올리지 못하는데, 인건비와 임대료를 제외하고 가맹점주가 챙기는 순수익이 월 40만 원도 채 안 된다고 한다. 사정이 이렇다 보니 안타깝게도 편의점 주인들이 잇따라 목숨을 끊고 있다. 가맹점주들 대부분은 열심히 하면 먹고살 수는 있을 거라는 생각으로 편의점을 시작했을 것이다. 그러나 시간이 흐를수록 상황은 악화되었고, 온 가족이 편의점에 달라붙어 창고 바닥에 종이 박스를 깔고 새우잠을 자면서까지 버텼지만 결국은 문을 닫고 목숨까지 버리는 상황에 이르고야 말았다. 물론 본사에서 감당하기 어려운 위약금을 물리는 바람에 중간에 포기하기는 결코 쉽지 않은 일이다. 그러나 조금만 더 일찍 그리고 냉철하게 판단했더라면 그 늪에서 빠져나올 수 있지 않았을까 하는 안타까움이 든다. 애초에 방향이 틀렸다면 열심히 할수록 목표로부터 더욱 멀어질 뿐이다.

'자동차광'이라고 불릴 만큼 자동차에 관심이 많았던 삼성그룹의 이건희 회장 역시 잘못된 선택으로 늪에 빠진 적이 있다. 삼성의 자동차사업은 거대한 늪처럼 삼성의 모든 것을 빨아들이기 시작했다. 안간힘을 써보았지만 삼성으로서도 역부족이었다. 결국 4조 3천억 원의 빚을 진 상태에서 삼성은 그룹 역사상 최초로 법정관리를 신청했다. 그리고 마침내 이건희 회장은 자신이 그토록 갈망했던 자동차사업에 진출한 지 4년 만에 자동차사업을 포기함으로써 그 늪에서 빠져나왔다.

나 역시 젊은 시절에 어설프게 배운 선물옵션 지식으로 근거 없는 자신감에 사로잡혀 선물옵션에 손을 댔다가 바닥없는 늪에 빠진 적이 있었다. 그 당시에는 그게 늪이라는 생각을 할 여유조차 없었다. 일확천금에 눈이 어두워 한 번만, 한 방만 터지면 된다는 생각뿐이었다. 마침내 모든 것을 잃고 난 뒤에야 그것이 늪이었다는 것을 깨달았다. 그런데 그 절망적인 상황에서 그것이 늪이었다는 것을 깨닫자 발밑이 단단해졌다. 그리고 늪에서 벗어나 새로운 시작을 할 수 있었다.

우리는 아무리 어렵더라도 끝까지 포기하지 않고 최선을 다하면 반드시 성공에 도달할 수 있다고 생각하고, 또한 어려움에 처한 사람들을 그렇게 격려하곤 한다. 그러나 포기하지 않고 최선을 다하기 전에, 과연 그것이 끝까지 해볼 만한 가치가 있는 것인지, 끝까지 해보면 성공할 가능성이 있는 것인지, 내가 살아가는 목적이

146

무엇인지에 대한 냉철한 판단이 선행되어야 한다. 늪에 빠져 있는 상태에서는 아무것도 할 수 없다. 그때는 판을 깨뜨려야만 그 늪에서 벗어날 수 있다.

물론 판을 깨뜨리는 것은 결코 쉬운 일이 아니다. 금단현상에 따르는 고통, 실패를 인정하는 데서 오는 열패감, 주변 사람들의 경멸에 찬 시선, 앞으로 살아내야 할 삶에 대한 두려움, 이 모든 것이 결단을 가로막는다. 그러나 과감하게 판을 깨는 결단만이 늪에서 벗어날 수 있는 유일한 길이다. 판을 깨면 새로운 삶이 시작될 수 있다. 얼마 전에도 유명 PD 사업가가 늪에 빠져 스스로 자신의 목숨을 버렸다. 이러한 극단의 선택에 이르지 않기 위해 지금 당장 과감한 결단을 내려야만 한다.

『내 인생의 작전타임』 (정은일 지음 / 함께)

걱정하면 지고,
설레면 이긴다

　나는 가족들과 종종 드라마를 보곤 한다. 그런데 얼마 전에 본 한 드라마에서 주인공의 대사 한 마디가 가슴 깊이 다가왔다. "걱정하면 지고, 설레면 이긴다." 이 말이야말로 요즈음 내 마음 상태를 가장 잘 표현하고 있다는 생각이 들었다. 지난해부터 〈한국독서능력검정〉을 비롯해 〈얼리버드 이벤트〉 등 남들이 시도하지 않았던 새로운 일들을 시작하면서 사실 걱정도 많았다. 또한 여러 가지 예상되는 문제점들을 떠올리며 어떻게 해결해야 할지 고민이 되어 불면의 밤을 보낸 날도 많았다. 그런데 시간이 흐르면서 점차 성과가 나타나기 시작하자 어느 순간부터 마음속에 걱정 대신 설렘이 일기 시작했다. 그러다 보니 아침에 출근할 때마다 기대와 설렘으로 가슴이 벅차오르는 것을 느낀다. '오늘은 독서능력검정과 얼리버드 도서를 몇 명이나 신청할까.' '어떤 출판사들이 어떤 책을 얼리버드 대상 도서로 신청해올까.'

　그리고 무엇보다도 이러한 일들을 통해 많은 사람들에게 독서에 대한 관심을 불러일으키고, 매달 좋은 책을 회원들에게 선물함으로써 사람들을 행복하게 할 수 있다는 사실에 가슴이 뿌듯해지며 행복감이 밀려왔다. 사람들을 행복하게 한다는 것은 참으로 가슴 설레는 일이다. 물론 일을 해나가다 보면 어려움에 직면하기도 하고 때로는 걱정이 앞서기도 한다. 그러나 다른 사람들을 행복하게 만드는 일을 하며 평생을 살아가고 싶다는 소망이 있다면 설렘으로 두려움과 걱정을 이겨낼 수 있을 것 같다.

그렇다면 어떻게 해야 순간순간 다가오는 걱정을 물리치고 설렘으로 가득 채울 수 있을까. 내가 최근 경험한 바에 따르면 그것은 끊임없이 생각하는 것이다. 어려운 상황에 직면할 때마다 계속해서 새로운 아이디어를 생각해내고, 실현가능성과 효과 및 문제점들을 하나하나 면밀히 점검한 뒤 실행에 옮기는 것이다. 물론 그 바탕에는 다른 사람들을 행복하게 해주고 싶다는 소망이 자리하고 있다. 세계 최고의 리더십 전문가인 존 맥스웰은 그의 저서 『사람은 무엇으로 성장하는가』에서 이렇게 적고 있다.

신기하게도 우리가 다른 사람의 욕구와 필요에 초점을 맞추면, 우리의 욕구와 필요도 더 많이 채워진다. 반대로 자기가 가진 것을 나누지 않고 쌓아두려고만 하면, 자기만의 세상에 홀로 덩그러니 남게 되고 갈수록 만족도 줄어든다. 이미 너그럽게 베풀고 있는 사람도 한층 더 많이 베풀 수 있다. 이를 위해서는 더 성장하고 발전하는 사람이 되어야 한다. 나아가 다른 사람의 가치를 높이기 위해 의도적으로 노력해야 한다.

세상에 혼자의 힘으로 성공하는 사람은 아무도 없다. 만약 우리가 희생하지 않고도 성공했다면 그건 우리보다 앞서 희생한 사람이 있었기 때문이다. 만약 우리가 희생하고도 성공을 누리지 못한다면 뒤에 오는 사람이 우리의 희생에서 성공을 거둬들일 것이다. 내가 지금 누리고 있는 많은 것은 누군가가 내 대신 대가를 지불했기 때문이다. 따라서 나 또한 누군가가 더욱 성장하고 행복할 수 있도록 해야 한다.

소설가 로버트 루이스 스티븐슨은 "하루의 성공을 판단하는 기준은 무엇을 거둬들였느냐가 아니라 무엇을 뿌렸느냐다."라고 말했다. 하루뿐 아니라 평생도 그렇게 평가해야 한다. 그런데 안타깝게도 많은 사람들이 뿌리지는 않고 많이 거두기를 바란다. 씨를 뿌리기만 하면 열매는 저절로 열린다. 다른 사람의 삶에 변화를 일으키겠다는 의도를 품고 살아가면 인생이 가득 찬다. 절대로 텅 비는 법이 없다.

이제 며칠 후면 사옥을 옮기게 된다. 지금 있는 곳에서 길 하나를 건너 예쁜 카페들과 식당들이 늘어서 있는 곳으로 이사를 간다. 늘 어떻게 하면 우리의 고객들에게 더 많은 행복을 전할 수 있을까 고민해오고 있던 터라 예쁜 카페와 식당들을 보자 갑자기 아이디어가 떠올랐다. 이 카페나 식당들 중에서 분위기 있고 친절하며 음식이 맛있는 20개 업소를 '북코스모스 멤버스 카페 또는 식당'으로 선정해 북코스모스 회원들이 방문할 때마다 10% 할인을 해주도록 하면 좋을 것 같았다. 전국적인 명소가 되어가고 있는 홍대 앞 카페 동네를 북코스모스 회원들에게 홍보해주니까 카페들도 좋아할 거고, 회원들은 북코스모스가 추천하는 카페나 식당이니까 안심하고 이용할 수 있고 또한 10% 할인도 받을 수 있으니까 행복해하지 않을까. 그리고 카페를 찾은 고객들에게 북코스모스가 제공하는 얼리버드 선정 도서를 정가에 상관없이 5,000원에 구매할 수 있도록 하면 모두가 행복해질 것 같다.

이렇게 아이디어가 떠오를 때마다 곧바로 실행에 옮겨 새로운 사업을 벌이다 보니 신규로 직원이 필요해 얼마 전 채용 공고를 내고 면접을 보았다. 여러 명의 지원자 중 한 명이 "인생을 살아가면서 어떤 일을 하고 싶냐"는 나의 질문에 "사람들을 행복하게 해주는 일을 하고 싶다"고 대답했다. 그 대답을 듣는 순간 지금 내가 새롭게 시도하고 있는 일에 딱 맞는 '삶의 자세'를 가진 인재라는 생각이 들어 조금도 망설이지 않고 채용을 결정했다. 그리고 본인이 원하는 대로 정말 마음껏 사람들을 행복하게 해보라고 일을 맡겨볼 생각이다.

요즈음 불황의 골이 깊어지다 보니 음식점에 가 봐도 예전 같지가 않다. 점심시간에 줄을 서서 기다려야만 했던 식당의 테이블들이 반도 차지 않은 경우가 허다하다. 많은 사람들이 이런저런 걱정으로 뜬눈으로 밤을 지새우는 힘들고 어려운 시기다. 그러나 걱정하면 지고, 설레면 이긴다. 설렘을 가질 수 있는 방법은 사람들을 행복하게 하겠다는 마음을 가지고 끊임없이 새로운 아이디어를 내고 실행에 옮기는 것이다. 문제가 생기면 생각하고 다시 도전하고… 실패하더라도 또 생각하고 또다시 도전하고… 내일에 대한 설렘을 가지고…….

『사람은 무엇으로 성장하는가』 (존 맥스웰 지음 / 비즈니스북스)

독수리 날개 쳐 올라가듯

　인생을 살아가다 보면 참으로 많은 훼방꾼들을 만난다. 작은 일을 침소봉대하여 악의적으로 소문을 퍼뜨리는 사람, 아예 의도적으로 시비를 걸어오는 사람, 당장 눈앞에서는 간이라도 빼 줄 것처럼 온갖 선심을 베푸는 척하다가도 돌아서면 헐뜯고 비방하는 야누스 같은 사람도 있다. 특히 공공에 노출되어 있는 연예인들을 비롯해 유명인들의 경우 조그만 꼬투리라도 잡아 흠집을 내고자 하는 훼방꾼들로 인해 회복하기 힘든 마음의 상처를 입는 경우도 적지 않다. 나 역시 최근에 뜻하지 않은 사건에 휘말려 몇몇 사람으로부터 큰 상처를 받았고 그로 인해 한동안 격한 감정에 휩싸이기도 했다. 그러던 중 『긍정의 힘』의 저자 조엘 오스틴의 후속작 『잘되는 나』를 읽다가 다음 글을 대하고 문득 나 자신이 독수리였음을 깨닫게 되었다.

　독수리에게는 골치 아픈 상대가 몇몇 있는데 그중에 하나가 까마귀다. 독수리가 날아오르면 으레 까마귀가 그 뒤를 쫓아가며 성가시게 굴기 시작한다. 독수리는 몸집은 까마귀보다 훨씬 크지만 기동력은 떨어진다. 독수리가 골치 아픈 까마귀를 떼어내기 위해 쓰는 방법은 간단하다. 2미터가 넘는 날개를 쫙 편 채 기류를 타고 높이 날아오르는 것이다. 그렇게 독수리는 어떤 새도 살 수 없는 고도까지 이른다. 그 높이에서 까마귀는 숨조차 쉴 수 없다. 드문 일이기는 하지만 제트기가 다니는 6,000미터 상공에서 독수리가 발견된 적도 있다고 한다.

같은 이치로 우리도 골칫거리들에게서 벗어나려면 더 높이 올라가야 한다. 상대방과 같은 수준으로 낮아지는 것은 해결책이 아니다. 말다툼을 벌이지 말고, 되갚아 주려고 하지도 말아야 한다. 어차피 까마귀는 독수리를 이길 수 없다. 독수리가 닭들과 어울려 모이를 쪼아 먹는 것을 본 적이 있는가? 아니다. 독수리는 끝없이 높은 곳, 그러니까 하나님과 가까운 곳에 산다. 폭풍이 몰려오면 독수리는 날개를 조금 더 펴 폭풍 위로 날아오른다. 바람 한 점 불지 않는 곳까지 날아오른다. 그래서 독수리는 폭풍을 걱정하지 않는다. 삶이 힘겨워지고 일이 뜻대로 풀리지 않아도 까마귀나 닭처럼 굴지 마라. 하나님이 우리를 독수리로 창조하셨으니 그에 걸맞게 날개를 쫙 펴고 하나님이 원하시는 삶의 수준까지 날아오르라. 우리는 높이 비상해야 할 존재다.

스스로 독수리라는 생각이 들자 담대한 마음이 들고 오히려 지금 벌어진 상황을 즐거운 마음으로 받아들이게 되었다. 그리고 앞으로 벌어질 일들에 대해 내 자신이 어떻게 대응하게 될지 기대가 되며 가슴 벅찬 희망과 용기가 솟아오름을 느꼈다.

인생을 살다 보면 누구나 칠흑같이 어두운 고난의 터널을 지나야 할 때가 있다. 그 어두움 속에서는 순간적으로 진실도 통하지 않고 진정성도 받아들여지지 않는다. 그러나 아무리 긴 터널이라도 언젠가는 끝나게 마련이고 터널의 끝에는 밝은 빛이 있듯이 진실과 진정성은 결국 세상에 드러나게 된다. 지금 당장 훼방꾼들이 아무리 성가시게 굴어도 내가 하늘을 우러러 한 점 부끄러움이 없다면 그들은 결코 나를 해칠 수 없다. 훼방꾼들로 인해 잠시 고난이 오더라도 거기에 굴하지 않고 내가 가야 할 길을 한 걸음 한 걸음 묵묵히 걸어갈 때 고난은 머지않아 그 무엇과도 바꿀 수 없는 커다란 축복으로 변할 것이다. 훼방꾼들은 그 축복을 더 크고 극적인 것으로 만들어주기 위해 사용된 도구일 뿐이다.

대통령 선거를 치를 때마다 대선 후보자들은 국민들의 마음을 얻기 위해 사력을 다한다. 그런데 앞으로 5년간 우리나라를 이끌어나갈 리더가 되겠다는 후보들이 미래에 대한 비전 제시보다는 어떻게든 상대의 흠을 찾아내 끝까지 물고 늘어지고, 공격을 받은 상대방 역시 똑같은 방법으로 되받아치는 진흙탕 싸움을 벌이곤 한다. 물론 진실을 왜곡하고 작은 일을 침소봉대하여 악의적으로 비방하는 사람들에 대해 치솟는 분노와 지금 당장 상대의 비방에 대해 일일이 대응하지 않으면 마치 그것을 인정하는 것처럼 여겨져 대사를 그르칠지도 모른다는 두려움으로 인해 담대하게 평정심을 유지하는 것이 참으로 어려울 것이다. 또한 일일이 해명하고 상대에게 똑같은 방법으로 역공을 펼쳐야 한다고 소리치는 주변 참모들의 주청을 외면하는 것 역시 결코 쉽지 않은 일이다.

그러나 국민들은 성가시게 구는 까마귀를 아랑곳하지 않는 독수리와 같은 담대한 리더를 원한다. 대선 후보로 나선 사람들 중 한 사람은 필시 앞으로 우리나라를 5년 동안 이끌어갈 리더로 선택받게 될 것이다. 까마귀와 같은 훼방꾼을 상대하느라 힘을 다 소진해버려 정작 하늘 높이 솟아올라야 할 때 솟구쳐 오르지 못하는 우를 범해서는 안 된다. 국민들은 얼마 전까지 까마귀와 싸우고 닭과 함께 모이를 쪼던 독수리가 하늘 높이 비상할 것이라고 생각하지 않을 것이다. 커다란 날개를 활짝 펴서 온 국민을 태우고 하늘 높이 비상하는 독수리를 상상하며 누가 그런 독수리인가를 생각할 것이다. 부디 우리나라의 모든 리더들이 독수리 날개 쳐 올라가듯 하늘 높이 날아오르기를 소망한다.

『잘되는 나』 (조엘 오스틴 지음 / 두란노)

부자는 부단한 노력의 결실

우리나라의 경우 예나 지금이나 다른 어느 나라보다도 부자들에 대한 부정적 인식이 특히 강하다. 언젠가 전국경제인연합회가 중고등학교 경제·사회과 담당 교사 172명을 대상으로 설문조사를 실시한 결과에 따르면 일선 교사 10명 중 3명 이상이 부자에 대한 막연한 부정적 인식을 갖고 있는 것으로 나타났다. 즉 대상자들 중 31.1%가 "부자이면서 마음이 착한 사람은 거의 없다"고 응답했으며 "우리나라 부자들은 대부분 열심히 일한 결과 돈을 모은 사람들이다"는 항목에 대해서는 43.4%가 "동의하지 않는다"고 응답해 부자들에 대한 부정적 인식이 적잖은 것으로 나타났다. 이와 함께 기업에 대해서도 좋지 않게 생각하는 반 기업 정서가 높게 형성돼 있는 것으로 조사됐다. 부자들에 대한 일선 교사들의 이러한 부정적 인식이 그들이 가르치는 학생들에게 그대로 전파된다면 참으로 안타까운 일이다.

물론 부자들 중에는 부모를 잘 만나서 또는 남을 착취하여 부자가 된 사람들도 있을 것이다. 그러나 한편으로 상당수의 부자들은 분명 보통 사람들이 갖지 못한 덕목을 가졌기 때문에 부를 이룰 수 있었다. 그들은 무엇보다도 성실한 자세와 신용으로 사람들의 마음을 얻었다. 보통 사람들이 현실에 안주할 때 과감하게 모험을 택하는 용기를 냈고, 어려운 현실과 절망의 순간에도 끝까지 포기하지 않고 매달리는 인내를 가졌다. 그리고 열심히 공부하고 연구하여 창의적 사고로 새로운 아이디어를 도출해내고 새로운 상품을 만들어냈다. 또한 당장 눈앞의 즐거움이나 쾌락보다는 미래를 대비하여 돈을 저축하고 그렇게 모은 종잣돈으로 보다 높은 수익을 올릴 수 있는 방법을 연구하고 모색하여 돈을 증식시켜 나갔다. 그리고 무엇보다도 그들은 인생을 무작정 막연하게 산 것이 아니라 자신의 인생목표를 세우고 끊임없이 그 계획들을 점검하며 한 걸음 한 걸음 목표를 향해 나아갔다. 물론 예기치 않은 행운으로 부자가 된 사람들도 있을 것이다. 그러나 그러한 행운도 결국 그들의 노력이 만들어낸 것이며 행운이 다가왔을 때 평소의 준비에 의한 직관과 노력에 의해 그것을 놓치지 않았기 때문에 부를 이룰 수 있었다. 부자가 될 것인가 가난한 사람이 될 것인가는 자기 자신에게 달려 있는 것이고 결국 인생에서 모든 책임은 자신에게 있는 것이다.

만약 오늘 모든 사람들의 전 재산을 몰수하고, 각자에게 3백만 원씩 공평하게 나눠준다고 가정하면 어떤 일이 벌어질까? 벌써 저녁 무렵이면 여러 가지 이유로 일부 사람들 주머니에서 빠져나온 2백만 원 정도는 다른 사람들 주머니에 들어가 있을 것이다. 그리고 몇 주만 지나면, 다시 부자와 가난한 사람이 생겨날 것이다. 전문가들의 연구에 따르면, 돈의 분포가 이전과 같은 상태로 되돌아가는 데는 1년 정도밖에 걸리지 않는다고 한다. 독일의 투자전문가인 보도 섀퍼는 그의 저서 『보도 섀퍼의 돈』에서 이를 구체적으로 보여주고 있다.

헤로도토스 같은 고대 그리스 역사가들이 전하는 바에 의하면, 바빌로니아를 둘러싼 거대한 성벽은 높이가 50m, 길이가 18km나 되었고, 너비는 말 여섯 마리가 나란히 달릴 수 있는 규모였다고 한다. 물론 이런 성벽은 모두 노예들에 의해 건설되었다. 당시 노예생활이 얼마나 힘들었을지 상상이 되는가? 태양이 내리쬐는 뙤약볕 아래서 벽돌을 나르던 노예들의 평균 생존기간이 3년에 불과했다. 노예들이 지쳐 쓰러지면 감독관의 채찍이 여지없이 날아들고, 그래도 일어나지 않으면 작업장에서 밀쳐서 아래쪽 바위 위로 떨어뜨렸다. 그리고 밤이 되면 시체를 거두어다 버렸다. 바빌로니아 사람들은 이런 광경을 매일같이 목격하며 살았을 것이다. 그런데 흥미로운 것은 성벽에서 일하는 노예의 2/3가 전쟁에서 패해 노예가 된 사람들이 아니라, 빚 때문에 자유를 잃은 바빌로니아 사람들이었다는 사실이다.

이렇게 되면 당연히 의문이 생긴다. 도대체 이 사람들은 얼마나 어리석기에 그런 끔찍한 광경을 매일 자기 눈으로 보면서, 어떻게 자기 자신을 담보로 빚을 얻어 쓸 수 있었느냐는 점이다. 대답은 간단하다. 그것은 우리 인간의 뇌가 당장 기쁨을 누리고, 당장 고통을 피하려 하기 때문이다. 노예로 전락함으로써 맞게 되는 미래의 더 큰 고통과 자유의 상실보다 '지금 당장'의 쾌락이나 기쁨을 더 크게 생각하고 있는 것이다.

부자들 중 많은 사람들이 자신의 인생에 대해 스스로 책임의식을 갖고 성실하게 노력하고 연구하여 부를 이룩했다. 이러한 노력들이 결실을 이루어 부자가 된 사람들이 왜 비난받아야 하는가? 자신들이 노력한 대가로 비싼 자동차를 타고 좋은 집에 산다고 왜 비난받아야 하는가? 오늘날과 같은 급격한 변화의 소용돌이 속에서 자신이 맡은 기업의 생존을 위해 수많은 밤을 뜬눈으로 지새우는 기업가들, 그리고 그러한 노력을 통해 고용을 창출하고 고액의 세금을 납부하여 국가를 운영할 수 있게 해주는 기업가들이 왜 비난받아야 하는가? 물론 부자들이 착한 마음으로 주변의 가난한 사람들을 돕고 함께 더불어 가는 사람이면 더 이상 바랄 나위가 없을 것이다. 그리고 부자들 중 상당수는 그러한 태도를 가지고 있다. 그 때문에 부자가 될 수 있었던 것이다. 물론 모든 부자들이 다 그렇다고 말할 수는 없겠지만 타인에 대한 배려를 하지 않고 오로지 자기 이익만 생각하는 수전노 같은 부자는 소수에 불과하다. 오늘날과 같은 네트워크 시대, 그리고 변화무쌍한 시대에 그러한 마음을 가진 부자는 부를 결코 오래 유지할 수 없으며 진정한 부자도 아니다.

중국의 경제 개혁을 이끌어 낸 덩샤오핑은 그의 남방순시에서 "부자가 되는 것은 영광스러운 일이다."라고 선언했다. 부자들이 구세군의 자선냄비에 돈을 넣지 않는다고 그들에게 곱지 않은 시선을 보낼 필요는 없다. 그들은 이미 막대한 금액의 세금 납부와 고용창출을 통해 보다 많은 사람들에게 커다란 도움을 주고 있다. 부자들을 막연히 질시하고 그들에 대해 부정적으로 생각할 것이 아니라 박수를 보내고 그들의 노력과 성실성, 인내심과 창의력을 존경해야 한다. 그리하여 그들이 우리 사회를 위해 보다 큰일을 할 수 있도록 격려해야 한다. 그리고 무엇보다도 우리들 또한 부자들의 삶의 원칙과 철학을 배워 스스로 자신의 삶에 대해 책임의식을 가지고 모두 부자가 될 수 있도록 힘써야 한다.

『보도 섀퍼의 돈』(보도 섀퍼 지음 / 북플러스)

하루의 성공을 판단하는 기준은
무엇을 거둬들였냐가 아니라
무엇을 뿌렸느냐다.

Part 5

창의와 혁신만이 살길이다
- 창의 -

한 나라의 경제발전은 그 나라가 가진 것을
어떻게 활용하느냐에 따라 결정된다.
혁신, 기업가 정신 그리고 신용이 중요하며
그중에서도 특히 끊임없는 혁신이야말로
자본주의의 가장 큰 특징이자,
창조적 파괴의 원동력이다.

평평한 세상에서는
달라져야 한다

수년 전 삼성전자가 합작 파트너인 독일 질트로니크 사(社)와 함께 싱가포르에 최초로 반도체 공장을 짓기로 결정했다는 뉴스를 접했을 때 참으로 답답하고도 안타까운 마음이 들었던 적이 있다. 당초 삼성전자는 이 공장을 한국에 세울 계획이었으나 질트로니크의 강력한 반대에 부딪혀 무산되었다고 한다. 질트로니크가 반대한 이유는 한국의 열악한 투자환경, 즉 강경노조를 비롯한 한국의 반(反)기업 정서와 외국기업 홀대 정책 등이 걸림돌로 지적되었기 때문이라고 한다.

그리고 한편으로 싱가포르 정부와 싱가포르 공무원들이 보여준 적극적인 자세 또한 공장 유치에 큰 역할을 했다고 한다. 싱가포르 정부는 이 합작법인을 자국에 유치하기 위해 15년간 법인세 면제, 2,700만 달러의 정부 보조금 지원 및 연리 2%의 저금리로 4억 달러의 장기 융자, 저렴한 임대료로 공장 용지 60년 동안 임대 등 각종 파격적인 혜택을 제공했고 싱가포르의 공무원들은 헌신적인 자세로 업무처리에 임했다.

오늘날과 같은 글로벌 경제에서는 국가 역시 기업과 마찬가지로 치열한 생존경쟁에 직면해 있고 오로지 새로운 가치 창출을 통한 고용 증대와 국부 증대만이 국민의 행복과 안위를 보장할 수 있다. 우리는 1997년 외환위기를 통해 국가가 경쟁력과 부를 상실할 때 국민들이 어떠한 고통을 겪게 되는지 뼈저리게 경험했고 그 상흔은 아직도 우리 사회 곳곳에 남아 있다. 새로운 가치 창출과 고용 증대를 위해서는 기업가들이 창의적 사고를 갖고 자유롭게 이윤 추구활동을 할 수 있어야 한다.

오늘날 세계는 그야말로 평평해지고 있다. 자본은 가장 수익성 높은 투자처를 찾아 이동하고 인도의 실리콘밸리라고 할 수 있는 방갈로르의 여공이 하버드 대학 졸업생의 일자리를 빼앗고 중국의 노동자들이 미국인들의 일자리를 대신하는 것이 오늘의 현실이다. 《뉴욕타임스》의 칼럼니스트 토머스 L. 프리드먼은 그의 저서 『세계는 평평하다』에서 세계는 지금 놀라운 속도로 평평해지고 있으며 개인이든 기업이든 국가든 시장에서 일어난 급격한 변화를 따라가지 못하면 도태될 수밖에 없다고 경고하고 있다.

오늘날 세계는 평평해졌고 글로벌 경쟁무대에서는 개인이든 기업이든 국가든 모두가 동일한 조건하에서 경쟁한다. 나는 흥분과 두려움을 동시에 느낀다. 평평해진다는 건 지구상의 모든 지적 자산을 하나의 네트워크에 연결해 상상할 수 없을 정도의 번영과 혁신이 가능한 시대를 열 수 있기 때문이다.

세계가 평평해지고 그에 따른 압박감과 이전 시대와의 단절, 그리고 이에 따른 기회 등으로 사람들이 미래에 대해 불안감을 느끼는 것은 당연하다. 그런데 세계가 평평해지고 있는 지금의 변화에는 이전의 변화와 질적으로 다른 것이 있다. 그 속도와 범위 말이다. 지금 세계가 평평해지는 과정이 놀라운 속도로 진행되면서 지구상의 모든 인류에게 동시에, 직간접적으로 영향을 미치고 있다. 지난 수십 년간 세계가 평평해짐에 따라 시장에서 일어난 급격한 변화를 따라가지 못한 하이테크 기업들의 경험은 이러한 변화에 직면한 모든 비즈니스, 제도, 국민, 국가에게 하나의 경고가 될 수 있다. 그들이 변화를 따라잡지 못한 까닭은 리더십, 유연성, 변화된 환경에 적응할 수 있는 상상력이 부족했기 때문이다. 그들이 어리석거나 이를 깨닫지 못했기 때문이 아니라 변화의 속도가 그들을 압도했기 때문이다. 그러므로 우리 시대의 가장 큰 과제는 이러한 변화에 압도당하거나 뒤처지지 않도록 소화해내는 것이다.

지금 치열한 생존경쟁의 현장에서 전 세계 기업들을 상대로 매일매일 피말리는 사투를 벌이고 있는 기업들에 대한 우리의 시선은 차갑기 그지없다. 그와 함께 수많은 장애물과 갖가지 규제와 제약이 따른다. 대화와 타협보다는 마치 투쟁 자체가 목적인 듯 강경 일변도의 강성노조, 권위주의와 복지부동으로 일관하는 공직자들, 대기업에 대한 국민들의 곱지 않은 시선, 이것은 마치 그라운드에선 선수들에게 다리에 모래주머니를 차고, 맞지도 않는 운동화를 신고 뛰라고 하는 것과 같다. 그리고 치열한 경쟁 속에서 어렵사리

승리를 거두었을 때도 자긍심과 함께 찬사를 보내기보다는 오히려 질시의 눈길을 보낸다. 물론 우리가 기업에 대해 이처럼 부정적인 시각을 갖게 된 것은 그동안 기업들의 잘못 탓도 있지만 한편으로 언론의 탓도 적지 않다. 정부나 공직자가 평평해진 세계에서 경쟁 해야 하는 기업들의 입장을 이해하고 소신 있게 행동한다면 언론 이나 시민단체로부터 자칫 특혜 시비나 대가성에 대한 의혹을 받 기가 십상이다.

평평해진 세계에서는 대기업은 물론 산간벽지의 농민들까지도 오로지 시장의 논리에 따라 행동할 수밖에 없다. 변화의 속도를 따 라잡지 못하는 잘못된 규제나 우리의 차가운 시선이 기업의 투자 의욕과 활동에 찬물을 끼얹었을 수 있다. 최근 정부는 기업에 돈을 쌓아두지 말고 적극적으로 투자하고 고용을 늘리라고 주문하고 있 다. 갈수록 더욱 평평해지고 있는 세상에서 기업의 투자 의욕을 북 돋기 위해서는 정부, 공직자, 노조, 언론 그리고 우리 국민 모두가 기존의 사고에서 벗어나야 한다.

『세계는 평평하다』 (토머스 L. 프리드먼 지음 / 21세기북스)

선의후리(先義後利)

    동서고금을 막론하고 인생을 살아가는 데 돈은 거의 필수적이다. 뿐만 아니라 돈의 위력은 개인의 행과 불행 그리고 생사를 결정하고 한 나라의 운명을 좌우할 정도로 막강하기 그지없다. 그러다 보니 많은 사람들이 돈의 노예가 되어 인간의 도리를 망각한 채 식품에 유해 첨가물을 넣고, 폐수를 강물에 흘려보내고, 식품 원산지를 속이며, 허위 과장 광고로 사람들을 현혹시키는 등 온갖 사특한 방법으로 돈을 벌려고 한다.

    그러나 분명한 것은 이처럼 부정한 방법으로 일시적으로는 돈을 벌 수 있을지 모르지만 그렇게 번 돈이나 재물은 결코 오래가지 못한다는 것이다. 당장 눈앞의 이익을 위해 양심을 버리고 머리를 굴려 사특한 방법을 생각하기보다는 정당한 방법으로 돈을 벌고 나아가 그렇게 번 돈을 아름답게 쓸 수 있는 지혜를 구해야 한다. 홍하상이 저술한 『일본의 상도』에서 소개하고 있는 한 일본 상인의 이야기는 정당한 방법으로 지혜롭게 돈을 벌고 이를 아름답게 쓰는 일이 얼마나 가슴 뿌듯한 일인지를 보여준다.

1600년 9월. 세키가하라 벌판에서는 도요토미 히데요시의 사후 그의 유지를 받든 이시다 미쓰나리의 군대와 도쿠가와 이에야스의 군대가 천하의 자웅을 겨루는 한판 승부를 위해 포진하고 있었다. 당시 도쿠가와 측은 군인의 숫자나 군수물자 등 모든 면에서 열세였다. 더욱이 도쿠가와 군은 천막이 모자라 병사들이 찬 이슬을 맞으면서 밤을 지새우고 있었다. 모든 것이 열세였던 도쿠가와 이에야스는 고양이의 손이라도 빌리고 싶은 심정이었다. 그때 오사카의 상인 요도야 죠안이 도쿠가와 이에야스에게 세키가하라 언덕에 원하는 만큼의 천막과 쌀을 주겠다고 제안했다. 사정이 급박했던 도쿠가와 이에야스가 요도야의 도움을 받아들이자 요도야 죠안은 도쿠가와 이에야스가 원하는 만큼의 천막을 세키가하라 언덕에 지어 주었다. 수천 동의 천막이 언덕에 세워지자 도쿠가와 진영은 천군만마를 얻은 듯 용기백배했다.

　　1600년 9월 15일 새벽 6시부터 양 진영의 군대는 격돌했다. 결국 도쿠가와 이에야스가 이겼고, 일본은 그의 손에 들어갔다. 일본의 주인이 된 도쿠가와 이에야스의 입장에서 요도야 죠안은 고맙기 그지없는 은인이었다. 도쿠가와 이에야스는 요도야에게 뭔가 보답하고 싶었다. "그대에게 신세를 많이 졌다. 보답하고 싶은데 원하는 것이 있으면 얘기해 보라." 그러자 요도야 죠안은 "괜찮습니다"라고 사양했다. 도쿠가와 이에야스가 "그래도 이야기해 보라"고 하자 요도야 죠안이 겨우 대답했다. "들판에 널려 있는 시체를 치우게 해 주십시오."

도쿠가와 이에야스에게는 매우 뜻밖의 청이었다. 안 그래도 들판에 널려 있는 수많은 시체를 어떻게 처리해야 할지 고민하고 있던 참이었다. 여름이 되면 시체가 썩어 악취가 진동할 것이고 전염병이 창궐할까 걱정되어 돈을 들여서라도 시체를 치우려고 했다. 그런데 요도야가 지난번에는 공짜로 천막을 수천 동 지어 주더니, 이번에는 시체까지 처리해 주겠다고 나선 것이다. 도쿠가와 이에야스는 감동했다.

그 다음 날부터 요도야 죠안은 부하들과 함께 시체 처리에 나섰다. 우선 수많은 시체들을 수습하여 장사를 지내주었다. 시체의 수도 셀 수 없었지만 시체 옆에는 그들이 쓰던 투구와 갑옷, 창과 칼도 무수히 널려 있었다. 요도야 죠안은 시체 옆에 있던 갑옷과 투구, 창과 칼을 따로 모았다. 결산을 해 보니 시체 처리 비용을 제하고도 몇 곱의 이익이 남았다. 요도야 죠안은 과연 장사꾼이었다. 당시 일본의 투구와 갑옷은 매우 고가였다. 또한 품질이 좋은 칼의 값은 금과 은의 가치를 뛰어넘는 것이었다. 요도야 죠안이 투구와 갑옷, 칼과 창을 모조리 수거해 갔다는 보고를 받은 도쿠가와 이에야스는 무릎을 탁 쳤다. "역시 장사꾼이다!" 장사의 귀재였던 요도야 죠안은 그렇게 번 돈으로 오사카를 위해서 많은 일을 했다. 오늘날 오사카 중심에 있는 요도야바시라는 지명은 그의 이름에서 비롯된 것이다.

요도야 죠안은 그 밖에도 지혜의 힘을 빌려 어려운 성(城) 공사를 완공해내고 쌀가마니와 돌가마니를 바꾸는 방식으로 제방을 쌓는 등 정당한 방법으로 돈을 벌고 그 돈을 그 지역의 발전을 위해 사용함으로써 오랜 세월이 지난 오늘날에도 그의 이름은 향기를 잃지 않고 있다. 황금만능의 시대로 일컬어지는 오늘날 돈의 유혹을 떨치기란 결코 쉽지 않다. 그러나 돈 그 자체가 목적이 될 때는 인간의 도리를 망각하고 돈의 노예가 될 수밖에 없다. 자신에게 어떤 기회가 다가왔을 때 그것이 얼마만큼의 돈을 벌어다 줄 것인가를 생각하기 전에 과연 그것이 정당한 일인가를 먼저 생각해야 하는 것이 참다운 삶의 자세가 아닐까 생각한다.

『일본의 상도』 (홍하상 지음 / 창해)

핵심 가치를 망각한
골드만삭스의 탐욕

2008년 서브프라임모기지 사태로 촉발된 뉴욕발 글로벌 금융 위기는 전 세계에 엄청난 파장을 몰고 왔고 내로라하는 세계 최고의 금융기관들이 앞을 다투어 정부에 구제금융을 신청했다. 세계 최대의 투자은행인 골드만삭스 역시 정부로부터 100억 달러라는 막대한 금액을 지원받았다. 그러나 골드만삭스는 지난 한해 110억 달러의 수익을 내며 월가의 새로운 지배자로 부상했고 정부 지원을 받은 지 불과 9개월 만에 정부지원금 전액을 상환해 금융위기를 초고속으로 탈출했다. 그러나 골드만삭스의 초고속 위기 탈출과 성공의 이면에는 고객에 대한 기만과 탐욕이 자리하고 있었다.

2010년 미 증권거래위원회(SEC)는 신용부도스왑(CDS)이라는 파생상품을 둘러싼 부도덕한 거래로 고객들에게 막대한 손실을 입힌 골드만삭스를 사기혐의로 기소했다. 영국의 고든 브라운 총리 역시 골드만삭스의 사기 행위를 '도덕적 파산'이라며 격렬히 비난하고 자국의 금융감독청(FSA)에 철저한 조사를 지시했다. 골드만삭스의 이러한 부도덕한 행위에 대해 세간에서는 '돈 냄새가 나는 모든 것에 무자비하게 달려드는 흡혈 문어'라고까지 비난했다. 오늘날 전 세계에 3만여 명의 직원을 거느리고 1조 달러의 자금을 운용하는 세계 최대의 투자은행 골드만삭스의 타락은 금융자본주의의 탐욕스러운 실체를 보여준다. 그러나 골드만삭스의 원래 모습은 이렇지 않았다.

지금으로부터 140년 전인 1869년 미국으로 이민 온 독일계 유대인 마커스 골드만이 한 건물 지하의 비좁은 공간을 얻어 채권 매매 중개 사업을 시작한 이후 골드만삭스는 수많은 성공과 실패를 거듭하며 1999년 5월 기업을 공개하기 전까지 유한합자회사를 유지해왔다. 골드만삭스가 오랜 세월 동안 합자회사를 고집해온 이유는 회사의 주인인 파트너들이 토론을 통해 의사 결정을 하는 합자회사야말로 이익 추구의 가장 적합한 형태임을 알고 있기 때문이었다.

실제로 골드만삭스가 지속적인 성장을 이룩해온 저변에는 바로 이러한 합자회사의 특성에 기인한 독특한 기업문화와 파트너들의 열정과 헌신이 있었다. 골드만과 삭스, 그리고 와인버그 가문이 주축이 된 파트너들은 '나'보다 '우리'를 먼저 생각하는 회사 문화와 함께 고객을 이롭게 한다는 서비스 정신 그리고 우직하게 장기적 관점을 견지한다는 핵심 가치들을 정립해왔다. 장기적 관점에서 파트너들이 말하는 성공은 분기별 혹은 몇 해의 실적이 아니라 자신들이 물려받은 것보다 더욱 튼튼한 사업체를 후손들에게 물려주는 것이었다. 그리고 고객들과의 좋은 관계 역시 가보처럼 후손들에게 물려주었다. 고객들에게 진정으로 헌신하는 골드만삭스의 정신은 적대적 인수를 시도하는 회사에 대해서는 절대로 자문에 응하지 않는 사례에서도 잘 엿볼 수 있다. 직원들 또한 자신들도 언젠가는 파트너가 될 수 있다는 믿음을 가지고 헌신적으로 일했다. 그리고 무엇보다도 골드만삭스에는 절제와 겸손이 있었다.

이러한 문화로부터의 이탈은 곧 위기로 이어졌다. 1918년 골드만삭스에 합류한 워딜 캐칭스는 자신의 폭넓은 인맥을 활용해 막대한 성과를 올렸다. 1920년대 주식시장은 폭발적인 상승세를 이어갔고 마침내 파트너 대표가 된 캐칭스는 안하무인이 되어 모든 것을 독단적으로 결정했다. 1928년 12월 캐칭스는 골드만삭스트레이딩컴퍼니(GSTC)라는 투자신탁회사를 설립하여 막대한 투자자금을 확보했다. GSTC의 주가는 급등했고 캐칭스는 자산규모를 엄청나게 키워나갔다. 그러나 1929년 10월 주가 대폭락과 함께 GSTC의 주가는 처참하게 무너졌고 골드만삭스의 명성은 땅에 떨어졌다. 그러나 고등학교를 중퇴하고 잡역부 보조로 입사해 1930년 대표파트너에 오른 시드니 와인버그는 GSTC가 초래한 폐허 위에서 참으로 더디고도 고통스러운 세월을 견디며 골드만삭스를 다시 일으켜 세웠다.

그러나 골드만삭스는 1999년 5월 기업을 공개함으로써 130년의 유구한 역사를 가진 파트너 문화에 종지부를 찍었다. 그와 함께 고객을 이롭게 하고 후손들에게 보다 튼튼한 회사를 물려주겠다는 장기적 비전은 사라지고 탐욕이 판을 쳤다. 고객을 기만하여 벌어들인 돈으로 전 직원에게 거액의 보너스 지급을 약속하며 내부 결속을 강조하는 골드만삭스의 모습을 보면 나보다 '우리'를 먼저 생각하는 문화 역시 이제 이상한 모습으로 변질되고 말았다는 생각을 떨칠 수 없다.

골드만삭스가 직면한 위기 또한 과거 파트너들이 구축한 문화로부터 이탈했기 때문이다. 2006년에 골드만삭스의 CEO로 등극해 월스트리트에서 최고의 연봉을 받고 있는 로이드 블랭크페인은 최근 전 직원에게 보낸 메시지에서 "골드만삭스가 창사 이래 중시해온 기본적인 가치들, 팀워크와 고객을 위한 서비스 정신을 다시 한 번 상기하자"고 말했다. 블랭크페인의 이 메시지 속에는 배신자는 용서하지 않겠다는 경고와 함께 내부 결속을 다지려는 의도가 숨어 있다. 그러나 골드만삭스가 이 위기를 극복하고 지속적인 성장을 거듭할 수 있는 길은 그의 말대로 창사 이래 파트너들이 중시해온 고객을 이롭게 한다는 원칙으로 되돌아가는 것이다.

기업을 공개함으로써 주식회사가 된 골드만삭스에게 초기 파트너들이 그랬던 것처럼 단기적 성과 대신 장기적 비전을 기대하는 것은 어쩌면 헛된 소망일지도 모른다. 그러나 월스트리트의 단기적 성과주의와 탐욕이 전 세계 모든 사람들에게 얼마나 치명적인 결과를 초래하는지를 우리는 이미 온몸으로 체감했다. 세계 금융의 새로운 지배자로 부상한 골드만삭스가 부디 고객을 최우선으로 생각했던 파트너들의 정신을 잊지 않기를 소망한다.

『골드만삭스』(리사 엔드리치 지음 / 21세기북스)

창의와 혁신만이 살길이다

오늘날 국민들이 책으로부터 갈수록 멀어지면서 서점들이 연이어 문을 닫고 있는 안타까운 현실 앞에 많은 출판사들이 책을 출간할 의욕마저 잃어가고 있다. 문화체육관광부는 2012년을 '독서의 해'로 선포하고 전국 방방곡곡에 책 읽는 소리가 들리게 하겠다며 많은 예산을 투입하고 총력을 기울였지만 출판계는 금년에도 여전히 '단군 이래 최대의 불황'이라며 절망하고 있다.

이와 같은 안타까운 현실을 타개하는 데 조금이라도 도움이 되고자 우리 회사는 금년 1월부터 '전체 성인인구의 연간 독서량 2% 상승'을 목표로 세우고 매월 분야별 우수신간도서를 선정하여 총 30,000여 권의 도서를 회원들에게 배송비 3,500원만 받고 온라인 서점에서 도서를 구매해 회원들에게 배송하는 얼리버드 캠페인을 벌이고 있다. 북코스모스 홈페이지 게시판에서도 확인할 수 있듯이 얼리버드 캠페인으로 인해 지금 전국 방방곡곡에서 책 읽는 소리가 들리고 있다. 좋은 책을 누구보다 빨리 읽을 수 있어 회사 내에서 그리고 가정에서 책 읽는 분위기가 조성되고 있다며 얼리버드 캠페인에 대한 찬사와 격려가 끝없이 이어지고 있다. 또한 좋은 책을 만들어도 독자들에게 노출시킬 기회조차 없어 고민하고 있는 영세 출판사들은 얼리버드 캠페인에서 희망의 씨앗을 발견했다며 적극 환영하고 있다. 얼리버드 캠페인에 참여하면 도서가 출간되기 전부터 북코스모스 150만 잠재회원들에게 홍보되고, 또한 북코스모스 회원들의 자발적 구매의사에 의해 판매가 이루어짐으로써 약 1개월 동안 판매순위의 상승과 함께 신간도서의 노출 효과를 기대할 수 있게 된다. 결국 얼리버드 캠페인은 국민, 출판사, 서점, 기업 그리고 국가 모두에게 유익한 전 국민 독서운동이며 영세 출판사들을 위한 새로운 신간도서 홍보수단이라고 할 수 있다.

그럼에도 불구하고 한 언론이 일부 출판관계자의 말만 듣고 당사와 얼리버드 캠페인에 참여한 20개 출판사를 불법 사재기업체로 보도했다. 사재기란 출판사 또는 저자가 서점에서 판매순위를 올릴 목적으로 특정 도서를 대량으로 구매하거나 원하지도 않는 사람들에게 보내는 부당구매행위를 말한다. 문화관광부 산하 사재기 신고센터를 비롯하여 출판관계자들은 사재기 여부를 판단함에 있어서 ① 출판사에서 자금을 지원했는가, ② 서점에서 판매순위가 올라갔는가, 이 두 가지 잣대를 적용하고 있다. 얼리버드 캠페인을 통해 북코스모스 회원들에게 도서를 배송비만 받고 보내주기 위해서는 출판사의 후원이 필요하다. 출판사 입장에서 얼리버드 캠페인은 새로운 광고홍보수단이기 때문에 당연히 북코스모스에 광고비를 지불하는 형식으로 이를 후원한다. 온·오프라인 서점에 출판사가 광고비를 지불하고 자사 도서를 광고하면 도서가 알려지고 더 판매되어 판매순위가 오르듯이 북코스모스 회원들을 대상으로 광고하고 이를 통해 판매가 이루어지기 때문에 판매순위가 오르는 것도 당연한 결과다.

당사는 얼리버드 캠페인의 법규 위반 여부를 판단하기 위해 김앤장법률사무소에 법률검토의견을 의뢰했고, 2013년 5월 9일 자로 얼리버드 캠페인은 출판문화산업진흥법 23조 1항(사재기 금지 조항) 및 도서정가제 위반이 아니라는 의견을 받은 바 있다.

오늘날과 같은 변화와 혁신의 시대에 창의적 발상과 아이디어를 기존의 잣대로만 판단하고 단죄한다면 더 이상의 발전은 없다. 우물 안의 개구리처럼 사재기라는 시각만으로 하늘을 보면 사재기밖에 보이지 않지만 우물 바깥세상에는 창의적이고 자유로운 기업활동의 장이 있다. 대한민국 헌법 제119조 ①항(대한민국의 경제질서는 개인과 기업의 경제상의 자유와 창의를 존중함을 기본으로 한다)에서 명시하고 있듯이 기업의 자유로운 경제활동은 무엇보다도 소중한 국민의 기본권이다. 또한 박근혜 대통령은 경제를 살리기 위해 창조경제를 정책 기조로 내세우고 "두뇌를 활용해 세상에 없던 것을 만들어내는 것이 창조경제이고 가장 중요한 것은 융합"이라고 강조한 바 있다.

지금 책을 출간할 의욕마저 상실한 채 고사 직전에 놓여 있는 수많은 영세 출판사들과 작은 기업이 창의적인 아이디어로 출판과

홍보를 융합해 얼리버드 캠페인이라는 새로운 모델을 만들어, 도서 홍보의 장을 열고 아울러 전 국민 독서증진운동을 펼쳐나가고 있다. 삼성경제연구소에서 출간된『세계를 뒤흔든 경제 대통령』에서는 '창조적 파괴'를 강조한 경제학자 조지프 슘페터의 주장을 이렇게 정리하고 있다.

"한 나라의 경제발전은 그 나라가 가진 것을 어떻게 활용하느냐에 따라 결정된다. 혁신, 기업가 정신 그리고 신용이 중요하며 그중에서도 특히 끊임없는 혁신이야말로 자본주의의 가장 큰 특징이자, 창조적 파괴의 원동력이다. 기업가는 고정된 사고의 틀에서 벗어나 기존의 자원을 새로운 방식으로 활용하는 사람으로 이러한 기업가들의 새로운 생각이 경기변동을 가져온다."

현재 많은 출판사들이 독자들에게 책을 팔아 번 돈을 언론매체, 포털, 온·오프라인서점, 버스회사 등에 광고비로 지불하고 있다. 얼리버드 캠페인은 이처럼 미디어업체 등에 지불하는 광고비를 실소비자인 독자들에게 실질적 혜택으로 돌려줌으로써 국민들이 다시 책으로 돌아오게 하는 전 국민 독서증진운동이자, 출판사들에게는 저렴하고 효율적인 신간도서 홍보수단이라고 할 수 있다. 날이 갈수록 국민들이 책으로부터 멀어지는 상황에서 도대체 어떻게 전국 방방곡곡에 책 읽는 소리가 들리게 할 것인가. 그 방법 중 하나는 국민들이 보다 쉽게 책을 접할 수 있도록 하고 이를 통해 책을 읽는 습관을 갖게 하는 것이다.

한 자동차회사의 광고에 나오는 카피에서 말한 것처럼 "리더의 제1원칙은 남이 가지 않는 길을 가는 것이다." 창의와 혁신은 기존의 시각으로부터 벗어나 남이 가지 않는 길을 갈 때만 비로소 가능하다. 출판계도 이제 기존의 틀을 깨고 적극적으로 변화를 시도해야 한다. 나아가 광고의 홍수 시대에 광고비를 아껴 실수요자에게 혜택으로 돌려주는 변화가 우리 사회 전반에 걸쳐 확산되기를 소망한다.

『세계를 뒤흔든 경제 대통령들』 (유재수 지음 / 삼성경제연구소)

구매는 예술이다
- 협력업체와 한 몸이 되라

오래전 쓰레기 만두 사건으로 온 나라가 떠들썩했다. 한 중소업체가 쓰레기로 버려지는 중국산 단무지 자투리를 수거, 비위생적으로 세척·가공하여 만두소를 만든 후 국내산으로 속여 유명업체에 공급했고 학교급식, 군납, 대형할인마트 등을 통해 전국에 유통되었다. 그리고 그 만두소를 납품했던 회사의 사장이 투신자살하는 비극으로까지 이어졌다. 이런 일이 일어나게 된 데는 불량 만두소 납품업체와 지도감독기관인 식약청 관계자들에게 1차적인 책임이 있겠지만 사실상 그러한 재료나 제품을 납품 받아 시중에 유통한 유명 기업들에 더 큰 책임이 있다.

유통 및 제조를 통해 고객들에게 최종 제품을 공급하는 기업들의 경우 무엇보다도 투철한 기업윤리로 고객 서비스에 전력을 기울여야 할 책임이 있다. 소비자나 고객들은 최종 제품의 공급자인 그 기업의 브랜드와 기업윤리를 신뢰함으로써 그 제품을 구매하는 것이므로 기업은 마땅히 고객들의 기대와 신뢰에 부응해야 한다. 따라서 기업들은 고객들의 신뢰를 저버리지 않도록 원재료와 부품들로 만들어진 최종 제품의 공급에 일체의 불량이나 하자가 없도록 최선을 다해야 하는 것이다. 이를 위해서는 협력업체들이 납품하는 재료나 부품이 결국 자사 제품의 품질과 경쟁력을 좌우한다는 사실을 명확하게 인식하고 무리한 납품가 인하보다는 협력업체와 하나가 되어 제품의 품질과 경쟁력 제고를 위해 노력해야 한다.

이런 점에서 모든 기업인들이 "협력업체와 한 몸이 되어야 한다"는 삼성 이건희 회장의 철학을 가슴에 되새길 필요가 있을 것 같다. "삼성의 품질과 경쟁력은 협력업체들이 납품하는 부품에 달려 있다"는 깨달음을 통해 협력업체와 한 몸이 되고 구매를 예술적 차원으로까지 승화시킨 이건희 회장의 철학이야말로 오늘날 삼성을 세계 초일류 기업으로 만들어낸 원동력이었다.

1989년 11월 11일 삼성전자·삼성중공업 등 관계사들과 거래하는 협력회사의 대표들이 서울 삼성 본관에 속속 모여들었다. 이건희 회장과 협력회사 대표들 간의 오찬을 겸한 상견례 자리였다. 그룹 총수가 협력업체 대표들을 초청하는 경우가 이례적이어서인지 7~8명의 중소기업 사장들의 얼굴에는 긴장감이 역력했다. 식사 도중 이 회장이 옆자리의 박재범 대성전기 회장을 향해 말문을 열었다. "회장님은 무슨 차를 타십니까?"

순간 박 회장은 당황했다. 당시로서는 최고급 승용차인 그랜저 3.0이었지만 이상하다고 느낀 박 회장은 한 단계 낮춰 대답했다. 이 회장은 이어서 "우리 회사에 오시면 주차는 어디에 하십니까?"

라고 물었다. 박 회장은 당혹감을 감추지 못하면서 그저 "잘 하고 있습니다."라고 얼버무렸다.

이 같은 이 회장의 질문을 받은 박 회장은 처음에 그저 생활수준을 묻는, 지나가는 질문으로 생각했다. 그런데 이 회장이 식사 도중에 "협력회사 사장님들이 최고급 승용차를 타야 하고, 삼성에 들어오면 그 회사 사장 차 옆에 주차할 수 있어야 한다. 우리의 움직임을 이해하고 준비하려면 삼성의 중역도 쉽게 접근할 수 없는 개발실까지 들어갈 수 있어야 한다."고 말하는 것을 듣고 그의 깊은 뜻을 이해하게 되었다.

협력회사에 대한 삼성의 전면적인 정책 수정은 그렇게 시작되었다. 당시는 협력회사들이 하청업체, 납품업체라고 불리며 '을(乙)'의 위치를 벗어나지 못하던 시절이었다. 그런데 삼성의 정책 수정으로 협력회사 대표들에게 삼성 상시 출입이 가능한 '프리패스'가 주어졌다.

이날 이 회장이 언급한 '최고급 승용차'는 구매의 중요성을 일깨워 주는 메시지였다. 그룹의 대다수 업종이 협력회사로부터 부품을 조달받는 조립양산업인데 협력회사를 키우지 않으면 경쟁력을 가질 수 없다는 것이 이 회장의 판단이었다.

많은 사람들이 식품을 살 때면 원산지 표시를 자세히 살핀다.

그리고 중국산이라고 표시된 제품은 아무래도 구매를 꺼린다. 그동안 중국 기업들이 식품 제조과정에서 비위생적이고 비인간적인 행위를 해왔음을 익히 잘 알고 있기 때문일 것이다. 언젠가 한 TV 프로그램에서 중국인들이 바지락을 커다란 솥에 넣고 삶은 뒤 껍질을 제거하여 건조하는 과정을 본 적이 있다. 그런데 한 작업자가 삽으로 석탄을 퍼 아궁이에 집어넣더니 이어서 그 삽으로 바지락을 솥 안에 퍼 넣고는 휘젓는 것이었다. 그동안 중국 사람들이 비위생적이라는 말은 들어왔지만 그 광경을 눈으로 직접 보고는 충격을 받지 않을 수 없었다. 기자가 관리자에게 묻자 관리자가 대수롭지 않은 듯 대답했다. 한국의 바이어들은 품질이나 위생은 따지지 않고 그저 값싼 물건만 찾기 때문에 자기네들도 비용을 줄이는 데만 신경을 쓸 뿐 위생 같은 것은 아예 관심조차 없다는 것이다.

이어서 화면에 다른 바지락 건조 공장의 모습이 나타났다. 그 공장에서는 작업자들이 위생모자를 쓰고 있었고 한눈에 보더라도 공장 전체가 청결했고 제조 과정도 위생적으로 보였다. 그 공장은 일본의 바이어들에게 납품하는 공장이라고 했다. 그리고 일본인 관리자가 파견 나와 전체 공정을 감독한다고 했다.

결국 문제는 중국이 아니라 한국에 있었다. 한국의 바이어들이 조금이라도 양심이 있고 국민의 건강을 생각했다면 적어도 그런 일은 없었을 것이다. 최종 제품이 고객의 사랑을 받기 위해서는 모든 공정에서 제대로 품질관리가 이루어져야 한다. 그리고 이를 위해서는 협력업체들의 협조가 절대적으로 필요하다. 갑의 위치에 있다고 납품가를 후려치고 대금 결제를 미루며 협력업체들을 쥐어짜는 행위는 결국 스스로의 목을 졸라매는 것과 같다. 부디 우리 기업들이 상생(相生)이야말로 지속성장의 길임을 잊지 않기를 바란다.

『이건희 개혁 10년』(김성홍 외 지음 / 김영사)

괴짜스러움은
사회발전의 원동력

　오늘날 우리 주변에는 유별나게 행동하는 사람들이 많다. 보통 사람들과는 다른 사고와 시각을 갖고 통상적인 규범에서 벗어난 방식으로 무엇인가를 하는 이런 사람들을 우리는 '괴짜'라고 부른다. 사전에 따르면 괴짜란 '괴상한 짓을 잘하는 사람'이라고 정의되어 있다. 이들의 행동이 유별나다 보니 대다수 사람들이 괴짜들에 대해 곱지 않은 눈길을 보낸다. 사실 괴짜라는 말에는 좋은 의미와 나쁜 의미가 동시에 들어 있다. 즉 기발한 아이디어와 창의적 발상으로 변화를 이끌어내는 괴짜와, 인간의 존엄성과 같은 만고불변의 보편적 가치를 파괴하여 악의 근원이 되는 괴짜가 있다. 결과적으로 괴짜는 우리 사회에 좋든 나쁘든 커다란 변화를 가져온다.

　특히 오늘날 우리가 살고 있는 이 사회는 사실상 수많은 괴짜들의 상상력과 그 상상력을 실현하기 위한 노력에 의해 현재의 모습으로 발전해왔다. 하늘을 날 수 있다고 믿었던 라이트 형제, 전기와 축음기 이외에 수많은 발명품을 인류에게 선물로 안겨준 에디슨, 안전면도기 개발을 꿈꾸었던 킹 질레트, 화물을 비행기로 실어 나르겠다는 페덱스의 프레드릭 스미스. 모든 위대한 시작이 그러했듯이 처음에 사람들은 그들의 꿈을 비웃거나 비현실적인 것으로 치부했다. 그러나 그들은 끈기와 열정으로 마침내 자신들의 꿈을 이루어냈고, 오늘날 우리는 이들이 이루어낸 결과를 당연한 것, 나아가 사회적 규범으로까지 여기고 있다. 이처럼 괴짜들의 꿈과 열정은 사회에 변화와 혁신을 가져온다.

라이언 매튜스와 와츠 와커가 저술한 『괴짜의 시대』는 우리 사회에 긍정적인 변화를 가져오는 괴짜들이 많아야 기업과 사회가 발전할 수 있다고 역설한다.

괴짜야말로 우리 사회의 성장과 혁신의 근원이다. 한두 명의 괴짜가 생각해낸 아이디어가 처음에는 아무런 인정도 받지 못하는 상태에서 출발하여 일정한 흐름(변두리→주변→인정받는 단계→차기 주류→사회규범)을 따라 성장하여 마침내 사회 전체의 규범으로 자리 잡게 된다. 예술에서 한 국가의 정치에 이르기까지 다양한 분야에서 괴짜들은 변방의 세미한 목소리에서부터 시작하여 이러한 흐름을 따라 자신의 존재를 드러내고 마침내 사회에 커다란 변화를 가져온다. 괴짜들이 없었다면 예술도, 과학의 발전도, 기술의 진보도, 심지어는 다양한 모습의 진화도 없었을 것이다.

최근 비즈니스계의 화두는 블루오션의 창출이다. 기존의 피 튀기는 경쟁에서 벗어나 경쟁이 없는 푸른 바다로 나아가기 위해서는 괴짜스러운 새로운 시각과 기발한 아이디어를 적극 수용하여 신시장을 개척해나가야 한다. 다행히 오늘날은 인터넷의 발달로 과거처럼 아이디어들이 사장되는 경우는 훨씬 줄어들었다. 그럼에도 불구하고 우리는 기존과는 다른 어떤 것, 익숙한 것으로부터의 일탈, 괴짜스러움에 대해 본능적으로 거부감을 보이기 쉽다.

새로운 아이디어와 새로운 제품의 절대적인 원천은 괴짜들, 그리고 그들의 목소리다. 역사상 가장 위대한 발명, 가장 성공적인 기업, 가장 위대한 예술품과 과학의 승리 역시 당시에는 배척당하던 괴짜들에 그 뿌리를 두고 있다. 변화의 속도가 너무나 빠른 오늘날 기업과 사회의 성장과 발전, 아니 생존을 위해서는 괴짜들의 목소리에 진지하게 귀를 기울여야만 한다. 그리고 괴짜들을 이해하고자 한다면 그들의 언어 그리고 그들의 모습 그대로 이해하려고 노력해야 한다. 오늘날 우리는 다양성의 시대에 살고 있다. 기존의 통념에서 벗어난 괴짜들의 목소리를 독특함으로 이해하고 이를 기꺼이 수용하려 할 때 우리 사회는 더욱 풍요로워질 것이다.

장차 모든 사람들의 집에 PC가 보급될 거라는 비전을 갖고 소프트웨어 보급에 힘을 기울여 마침내 세계 최대의 갑부가 되었지만 여전히 청바지에 운동화를 신고 밤늦게까지 사무실에서 일하다 바닥에 쓰러져 잠이 들곤 했던 빌 게이츠 회장, 마치 코쿤 족처럼 주로 집에서 칩거하면서 거대 그룹 삼성을 경영하는 이건희 회장. 이들 모두 보통 사람의 눈으로는 이해하기 어려운 괴짜들임에 틀림없다.

다른 사람들의 눈에는 유별나 보이는 괴짜들의 행동은, 그들 자신에게는 매우 자연스러운 자신만의 옷을 입고 있는 것이나 다름 없다. 우리들이 입는 옷이 서로 다르다고 해서 상대를 비난할 수 없듯이 괴짜들의 유별난 행동이 다른 사람과 사회에 피해를 주지만 않는다면 우리는 그것을 그 사람만의 개성으로, 그리고 다양한 모습들 중의 하나로 받아들여야 할 것이다. 우리 모두 각자 자신이 선 자리에서 주어진 역할을 해낼 때 가장 소중하고 가치 있는 일을 하고 있는 것이며 그것이야말로 세상에서 가장 아름다운 모습일 것이다.

『괴짜의 시대』(라이언 매튜스 외 지음 / 더난출판)

기업, 이제 사람들의 영혼을 움직여야 한다

　과거에 라디오가 500만 명의 청취자를 확보하는 데는 38년이 걸렸다. 이후 TV는 13년, 인터넷은 4년이 걸렸지만, 페이스북은 2년밖에 걸리지 않았다. 2010 다보스 포럼에서 트위터의 CEO 에반 윌리엄스는 "중국에서 트위터를 부분적으로 차단하고 있다. 여기에 맞서는 방법은 중국과 싸우는 것이 아니라 장벽을 뚫을 수 있는 기술적 방법을 찾는 것"이라고 말했다. 일개 인터넷 사이트가 거대 국가권력에 도전하는 신시대가 도래한 셈이다.

　이처럼 오늘날 혁신적인 기술의 발달과 세계화의 급속한 진전 그리고 물질적 풍요는 우리 주변의 거의 모든 것들을 과거에는 상상조차 할 수 없었을 정도로 빠르게 그리고 근본적으로 바꾸어 놓고 있다. 이와 함께 기업의 운명을 좌우하는 소비자와 시장 역시 빠르게 변화하고 있다. 마케팅의 아버지로 불리고 있는 필립 코틀러는 최근 저술한 『마켓 3.0』에서 이렇게 변화하는 시대를 3.0 시장으로 명명하고 있다.

　과거의 1.0 시장은 소비자들에 대해 기업이 주도권을 갖는 제품 중심의 시대였다. 2.0 시장은 정보화시대의 출현과 함께 소비자들의 감성적 욕구까지 충족시키는 소비자 지향의 시대였지만 소비자는 여전히 수동적 대상이었다. 그러나 3.0 시장의 소비자들은 더 이상 단순한 소비자에 그치지 않고 자신이 선택한 제품이나 서비스가 기능이나 감성적 욕구를 충족시켜 줄 뿐만 아니라 이 세상을 사회적·경제적·환경적으로 보다 나은 세상으로 만들어 나가는 데 기여하고 아울러 영적 가치까지 담아내기를 갈망한다.

소셜 네트워크의 확대와 세계화, 그리고 세계 전역에서 점점 더 고조되고 있는 창의적이고 영적인 흐름이 이러한 변화를 만들어 냈다. 트위터, 유투브 등과 같은 소셜 네트워크를 통해 개인들은 스스로를 표현하고 더 큰 희망을 위해 서로 협력하는 참여의 시대를 열었고 세계화는 빈곤과 불평등, 환경의 지속가능성, 사회적 목적 등에 대한 세계인들의 폭넓은 인식과 우려를 이끌어 냈다. 그리고 세계 전역에서 창의적인 사람들의 수가 증가하며 인간 문명은 최정점을 향해 다가가고 있으며 물질적 풍요 속에서 이제 우리는 영적 깨달음에 눈을 돌리고 있다.

에이브러햄 매슬로우는 인간의 욕구를 '생존(기초적 욕구)'에서부터 '안전과 안정', '소속과 사회', '존중(자아)', '자기실현(의미, 영적 깨달음)'에 이르기까지 5단계로 나누고 하위 단계의 욕구가 충족되기 전에 상위 단계의 욕구를 충족시킬 수 없다고 주장했다. 그의 욕구 피라미드는 자본주의의 뿌리가 되었다. 그러나 매슬로

우는 죽기 전에 자신의 이러한 주장을 후회하면서 '피라미드를 뒤집어놓았어야 옳았다'는 말을 남겼다고 한다. 거꾸로 뒤집힌 피라미드란 결국 자기실현의 충족, 영적 깨달음의 추구가 모든 인간의 원초적 욕구라는 셈이 된다.

영성(spirituality)이란 '삶의 비물질적 측면과 영속적 실체의 암시에 가치를 두는 정신'으로 창의적 사회에서만 그 심원한 타당성을 갖는다. 종종 물질적 충족보다는 자기실현의 충족을 더욱 중시하는 과학자와 예술가들의 삶은 이를 잘 보여준다. 그들은 돈으로 살 수 없는 무언가를 추구한다. 의미와 행복, 영적 깨달음 같은 것 말이다. 창의성은 영성을 더욱 강력하게 촉발한다. 영적 욕구는 인간의 가장 중대한 동기로, 심오한 개인적 창의성을 해방시킨다.

이제 영성은 갈수록 인간의 원초적 욕구로서 '생존'을 대체하고 있다. "물질적 충족의 정상에 오른 오늘날의 사회는 갈수록 영적 원천을 추구할 수밖에 없다"고 단언한 노벨경제학상 수상자 로버트 윌리엄 포겔의 말은 이를 잘 입증하고 있다.

이러한 트렌드에 따라 이제 소비자들은 자신의 '욕구'를 충족시켜 줄 뿐만 아니라 자신의 영적 측면까지도 감동시켜 주는 제품과 서비스를 갈망하고 있다. 따라서 기업들도 이러한 소비자들의 흐름을 읽고 단순히 고객 만족과 이익 실현을 넘어 좀 더 큰 미션과 가치를 추구함으로써 궁극적으로 기업 활동을 통해 사회문제를 해결하고, 사람들에게 의미와 가치를 부여해야만 한다. 혹자는 심리적·영성적 혜택이야말로 소비자들이 가지고 있는 가장 근본적인 욕구이며 아마도 기업이 창출할 수 있는 최후의 차별화일 것이라고 말한다. 새롭게 다가온 영성의 시대에는 사람들의 영혼을 움직이는 기업만이 성공을 지속해나갈 수 있을 것이다.

『마켓 3.0』 (필립 코틀러 지음 / 타임비즈)

창조경제를 위해서는
날라리 벌이 필요하다

　박근혜 대통령은 취임 초기부터 창조경제를 최우선 국정운영 전략으로 삼고 창조경제의 실현을 위해 많은 노력을 기울여 왔다. 그 결실로 최근 구글이 아시아 최초로 '캠퍼스 서울'을 만들고, 대한민국 창조경제 가능성에 투자한다고 발표했다. 그리고 주요 지역에 창조경제혁신센터들이 설립되고 있다. 그런데 얼마 전 한 신문기사를 읽고 과연 우리나라에서 창조경제가 제대로 실현될 수 있을지 의문이 들었다. 기사의 대략적인 내용은 이러하다.

　최근 서울대 경영대 재학생들 중 각 학년 성적우수자들이 담당 교수들과 만찬을 하는 자리가 있었다. 경영대생 A 씨가 앉은 테이블에는 다른 학생 5명과 교수 2명이 함께 앉았다. 그때 한 교수가 학생들에게 물었다. "자네들은 앞으로 졸업하고 뭐 하고 살 건가?" 잠시 침묵이 흘렀다. 학생들은 고민에 빠졌다. 이들의 머릿속에선 '한국 경제를 이끌어 나가는 CEO가 되고 싶다', '학업을 계속해 학문적인 성과를 내고 싶다'는 등의 모범답안만 맴돌았다. 그때　A 씨가 대답했다. "저는 로스쿨(법학전문대학원)에 가려 합니다." 그러자 같은 테이블에 앉아 있던 다른 학생들도 "나도 로스쿨에 가려고 한다"고 입을 모았다. 교수들은 황당하다는 표정으로 아무 말도 하지 못했다.

A 씨는 "그나마 취업이 잘된다는 경제학부나 경영학과가 이 정도인데 인문대, 사범대 같은 곳은 (로스쿨 쏠림 현상이) 더 심한 게 현실이다. 웬만한 학생들은 모두 '로스쿨에 한번 도전해 보자'는 게 요즘 서울대 분위기"라고 전했다. 로스쿨 공부를 하고 있는 학생들은 취업난이 심각한 상황에서 로스쿨을 다니면 그나마 가능성이 더 높아지는 것 아니냐는 입장을 보였다. 로스쿨이 순전히 취업난 돌파용으로 전락한 셈이다. 많은 서울대생이 로스쿨 진학에 매달리는 현실을 두고 지도교수들은 '개탄스럽다'는 반응을 보였다.

맹자가 이르기를 천하의 뛰어난 인재를 가르치는 것이 군자의 세 가지 즐거움 중 하나라고 했는데 제자들의 그런 모습에 지도교수들은 참으로 허탈했을 것 같다. 그야말로 우리나라에서 가장 뛰어난 인재들이라고 할 수 있는 서울대 학생들이 뭔가 새로운 것에 도전하기보다 오로지 취업난을 극복하기 위해 로스쿨에 진학하고 있다니 실로 안타까운 일이다. 창조경제의 바탕은 자본도 아니고 정부 정책도 아닌, 사람이다. 실패를 무릅쓰고 새로운 도전을 시도하는 인재들이 있어야만 창조경제가 가능하다. 우리의 젊은 인재들이 취업난에 시달려 안정된 직장을 선호하는 작금의 풍토에서는 창조경제가 결코 꽃을 피울 수 없다. 지금 우리에게는 미국의 심리학자 하워드 블룸이 그의 저서 『천재 자본주의 vs 야수 자본주의』

에서 소개하고 있는 날라리 벌들이 필요하다.

　　꿀벌들의 95퍼센트가 동료들과 함께 가장 꿀을 많이 얻을 수 있을 것 같은 꽃무리 집단을 찾아간다. 그들의 결정은 다수결이 아닌 만장일치로 이루어진다. 그런데 집단을 따르지 않는 '날라리 벌'들이 있다. 이 5퍼센트의 벌들은 집단의 결정을 따르지 않고 자기 마음대로 행동한다. 꽃가루나 꿀도 집단이 아닌 자기 입맛에 맞는 걸 선택한다. 어느 날 날라리 벌들은 어느 벌도 가 보지 않은 미지의 장소를 찾아 날아간다. 그 거리가 20킬로미터가 넘을 때도 있다. 집단이 꿀을 수확하던 꽃무리의 꿀이 다 떨어져 꿀벌 집단이 굶게 생겼을 때, 이 날라리 벌들이 돌아온다. 자신들이 새롭게 발견한 꽃무리의 위치와 규모를 알리는 의기양양한 '8자 춤'을 추면서. 결국 날라리 벌들 덕분에 꿀벌 집단은 굶주림을 면하고 집단을 유지해 나갈 수 있게 되는 것이다.

　　삼성그룹의 이건희 회장은 일찍이 "21세기에는 한 명의 천재가 수십만 명을 먹여 살린다"고 역설한 바 있다. 그가 말하는 천재란 IQ가 높은 사람이 아니라 스티브 잡스나 빌 게이츠처럼 남들과는 다른 생각으로 위험을 무릅쓰고 새로운 도전을 하는 날라리 벌과 같은 사람을 의미한다. 창조경제가 구호에만 그치지 않고 제대로 된 성과를 내기 위해서는 이러한 날라리 벌들이 많아져야 한다. 우리 사회에 날라리 벌들이 많아지도록 하기 위해서는 개개인의 노력뿐만 아니라 정부와 사회 각층이 현재의 풍토를 개선하기 위해 노력해야만 한다.

요즈음 우스갯소리로, 학교 다닐 때 공부를 잘하는 아이를 둔 부모에게 "아이 지금 뭐 하고 있어?" 하고 물으면 "응, 지금 공부하고 있어!"라고 대답한다. "그 애가 지금 몇 살이지?" "으응, 서른둘…" 30살이 넘었는데 아직도 공부 중이다. 30살이 넘은 자식 공부 뒷바라지에 부모는 등골이 휜다.

최근 국세청 발표에 따르면 과거 선망의 대상이었던 변호사, 의사, 회계사 등 전문직종사자들의 10%가 연소득 2,400만 원 이하라고 신고했다고 한다. 물론 의도적으로 축소 신고한 경우도 일부 있겠지만 그만큼 세상은 변하고 있다. 아니, 오래전에 이미 변했다. 그리고 앞으로는 더욱 빠르게 변할 것이다. 이러한 변화의 흐름을 외면하고서는 개인과 기업은 물론 국가도 생존할 수 없다.

젊은이라면 스펙 쌓기나 자격시험에 연연하지 말고 좀 더 긴 안목을 가지고 지금 남들이 가지 않는 길에 과감히 도전해야 한다. 사실 우리의 젊은이들이 새로운 도전을 기피하는 것은 남들의 시선 때문인 경우도 적지 않다. 대학을 졸업하고 대기업 같은 그럴듯한 직장에 다녀야만 인정받을 수 있는 사회적 분위기 때문이다. 이제 우리 사회도 변해야 한다. 젊은이들의 도전을 백안시하지 말고 힘껏 응원해 주고 설령 실패하더라도 다시 힘을 내 도전할 수 있도록 용기를 주어야 한다. 그리고 정부는 이러한 풍토가 뿌리내릴 수 있도록 젊은이들에게 다양한 기회를 제공하고 적극 지원함으로써 이들이 실패를 두려워하지 않고 도전할 수 있게 해야 한다.

　빌 게이츠는 "누가 가장 무서운 경쟁자라고 생각하느냐"라는 질문에 "어느 작고 초라한 창고에서 새로운 아이디어를 갖고 열정을 쏟으며 무언가를 만들고 있는 도전적인 젊은이들"이라고 답했다. 그리고 그가 가장 두려워했던 도전적인 젊은이들이 지금 마이크로소프트를 위협하고 있다. 우리나라에서도 그러한 젊은이들이 탄생되기를 진심으로 바란다. 그렇게 되기 위해서는 우리 모두 변해야만 한다.

『천재 자본주의 vs 야수 자본주의』 (하워드 블룸 지음 / 타임북스)

의미 있는 일을 위하여
돈을 낙엽처럼 태우기

　오늘도 출판사 대표 한 분이 나를 찾아와 이번 달에 나온 책을 한 권 내놓으며 정말 요즘은 책을 내기가 두렵다고 말했다. 가뜩이나 책을 안 읽는 사회 분위기에, 아무리 좋은 책을 내도 작은 출판사는 마땅히 홍보할 방법도 없어 출간한 책이 고스란히 재고로 쌓일 때마다 가슴이 타들어가는 것 같다며 한숨을 내쉬었다. 더욱이 최근 불황의 그늘이 점점 짙게 드리워지면서 소비자들이 지갑을 닫는 탓에 필수재로 인정받지 못하고 있는 책의 판매는 갈수록 줄어들고 있다.

　우리 국민들이 나날이 책으로부터 멀어지고 있는 데는 여러 가지 이유가 있겠지만 무엇보다도 그동안 우리 모두가 입시 위주의 교육에 길들여져 책을 읽는 습관을 키우지 못한 것이 가장 큰 이유일 것이다. 그리고 오늘날 젊은 층은 게임, 스포츠, 각종 연예 프로그램 등 수많은 오락거리에 혼을 빼앗겨 책 읽을 시간도, 의지도 없다.

　이러한 상황에서 때늦은 감이 없지 않지만 문화체육관광부가

2012년을 '독서의 해'로 지정하고 독서의 중요성을 강조하며 전 국민이 독서를 생활화할 수 있도록 국가적 차원에서 다양한 독서 운동 활성화 방안을 시도하고 있다는 사실은 매우 고무적이다. 독서를 통해 개인이나 기업을 넘어 우리 사회가 얻게 될 가치는 아무리 강조해도 지나치지 않다. 또한 한 사람 한 사람의 독서가 우리 사회에 유익한 영향을 끼치고 결과적으로 사회 전체의 삶을 살찌우게 될 것이다. 따라서 우리 사회에 건전한 독서 문화가 더욱 확산될 수 있도록 개인과 기업 그리고 국가 모두 힘을 모아야 한다.

나 역시 우리의 젊은이들이 나날이 책으로부터 멀어지는 것이 안타까워 강제로라도 책을 읽게 만들자는 마음에서 대학생 및 취업준비생들을 대상으로 독서능력검정을 실시하게 되었다. 그리고 최근에는 북코스모스 홈페이지에, 한 권의 책 속에서 감동적인 문장 또는 책의 핵심이 되는 문장을 남기는 〈1분독서〉 코너를 마련했다. 책 읽을 시간이 없다는 사람들이 자투리 시간을 이용해 한 문장이라도 읽고 그 내용 혹은 그 책에 대해 생각하게 함으로써, 보다 많은 사람들이 책에 흥미를 갖게 되고 건강한 독서습관으로 이어질 수 있게 되기를 바라는 마음에서 시작했다.

다행히 최근 한 기업에서 우리가 제공한 〈1분독서〉 영상을 사내 IPTV에 방영하기 시작해 마음이 흐뭇했다. 조금 더 욕심이 생겨 '〈1분독서〉 영상을 지하철이나 KTX 내부에서 방영할 수 있으면 좋겠다. 한 걸음 더 나아가 길거리 곳곳에 설치된 전광판이나

지하철 광고판 등에도 〈1분독서〉 영상이 방영될 수 있으면 좋겠다.'는 생각이 들었다. 이것은 전 국민이 책에 관심을 갖게 하는 의미 있는 일이니까 잘하면 호응을 얻을 수 있다는 생각으로 관련 기관과 업체에 접촉해 보았다. 돌아온 답변은 일단 〈1분독서〉 영상을 광고로 본다면 광고비 자체가 엄청났고, 공익 차원이라면 정부부처의 공지사항이라 하더라도 방영하기가 쉽지 않다는 것이었다.

예상했던 대로 처음부터 거대한 장벽이었다. 하지만 가치 있는 일이기에 시간을 갖고 차분하게 도전해볼 생각이다. 열심히 돈을 벌어 광고비를 내고 광고 형태로 하든 관련 기관에 제안해 공익 차원에서 접근을 하든 아니면 출판사와 뜻있는 기업들의 힘을 모으든 분명 길은 있을 것이다. 오래전에 세상을 떠난 《뿌리깊은나무》의 발행인 한창기 씨의 말을 떠올리며 다시 한 번 각오를 다진다.

"네? 판소리 전집이라고요?"
『뿌리 깊은 나무 판소리 전집』을 내겠다는 한창기 사장의 말에 편집부장은 펄쩍 뛰었습니다.
"사장님, 회사에 그만한 여유가 없습니다."
"윤 부장!"
한 사장은 자금 걱정을 하는 부장의 말을 잘랐습니다.
"사람이 말이지, 의미 있는 일을 하려면 돈을 낙엽처럼 태울 줄도 알아야 하는 것일세."

많은 기업들이 축구를 비롯해 각종 스포츠의 발전을 위해 많은 금액을 기부하고 적극 후원하고 있다. 국력 신장과 국위 선양 등을 위해 스포츠 분야의 적극적인 후원도 물론 중요하다. 그러나 스포츠 못지않게 아니 어쩌면 더욱더 중요한 것이 국민들이 책을 읽는 것 아니겠는가. 젊은이들의 미래를 위해 그리고 기업의 경쟁력 강화와 국력 신장을 위해 국민들이 책을 읽는 것보다 더 중요한 것이 있을까? 우리 사회에 책을 읽는 문화가 더 이상은 뒷걸음치지 않도록 부디 우리나라 기업들이 사회적 책임을 다한다는 마음으로 어떠한 형태로든 독서 문화 증진에 기여해주었으면 하는 바람이 간절하다. 의미 있는 일을 위해 돈을 낙엽처럼 태울 수 있다면 참 멋진 인생이 아닐까.

『책바보 한창기 우리 문화의 뿌리 깊은 나무가 되다』 (김윤정 지음 / 청어람미디어)

Part 6

리더란 어떤
사람이어야 하는가
- 리더십 -

가까운 곳은 물론 먼 곳까지
잘 다스릴 수 있느냐의 여부는
모두 리더 자신에게 달려 있고,
천하를 다스린다는 것은
사람을 알고 백성을 편하게 하는 데 있습니다.

리더가 갖춰야 할 덕행, 九德

선거 때마다 표심을 얻기 위해 화려한 공약을 남발하고 한편으로는 상대 후보를 비방하는 정치인들을 보는 국민들의 시선은 곱지 않다. 선거 때마다 터져 나오는 수많은 비리 의혹들과 온갖 흑색선전으로 서로를 물어뜯는 이전투구의 모습들을 보며 국민들은 역겨움마저 느끼곤 한다. 그리고 대한민국을 이끌어갈 리더로 자처하는 이들이 과연 진정한 리더로서의 덕목을 갖춘 사람들일까 하는 의구심을 떨쳐버릴 수 없다. 김영수가 지은 『사기의 리더십』은 리더가 갖춰야 할 덕행으로 구덕(九德)을 이야기하고 있다.

중국 전설시대의 이상적 통치자로 수천 년 동안 추앙받아온 순 임금은 '나와 가까운 사람이 아닌 덕과 능력을 갖춘 사람에게 자리를 물려준다'는 '선양(禪讓)'을 통해 요 임금으로부터 천자(天子)의 자리를 물려받았다. 제위에 오른 순 임금은 인재들을 각자의 특기에 맞는 업무에 배치하고, 자신의 집무실 문을 개방해 민심과 여론을 수렴하는 열린 통치를 폈다.

그런데 통치 후반기에 접어든 순 임금은 후계자 문제를 놓고 고민하지 않을 수 없었다. 당시 순을 보좌하면서 큰 실적을 낸 인재로는 치수사업을 맡아 전국적으로 명성을 쌓은 우를 비롯해, 법을 담당하고 있는 고요, 제사를 담당한 백이가 있었다. 순 임금 역시 자식이 아닌 유능한 이들 중 한 사람에게 천자의 자리를 물려줄 생각이었다. 이를 위해 순은 몇 차례 조정 회의를 열어 리더십과 후계 문제를 놓고 대토론을 벌였는데, 리더의 자질과 관련한 4천 년 전의 이 흥미로운 리더십 대토론에 참여한 사람은 순 임금을 비롯해 우와 백이 그리고 고요, 이렇게 네 사람이었다.

먼저 고요는 "리더가 진심으로 도덕에 따라 일에 임하면 계획한 일이 분명해질 뿐만 아니라 보필하는 사람들은 화합할 것"이라는 말로 말문을 열었다. 순이 그 방법을 묻자 고요는 리더의 자기 수양을 강조하면서 "가까운 곳은 물론 먼 곳까지 잘 다스릴 수 있느냐의 여부는 모두 리더 자신에게 달려 있고, 천하를 다스린다는 것은 사람을 알고 백성을 편하게 하는 데 있습니다."라고 말했다. 고요는 '지인(知人)'과 '안민(安民)'을 리더가 갖추어야 할 가장 중요한 자질로 꼽았는데, 사실 이 두 개념은 별개의 것이 아니라 떼려야 뗄 수 없는 관계다. 즉 사람을 제대로 기용해야 백성을 편하게 할 수 있다는 말이다.

이어 발언에 나선 사람은 우였다. 그는 먼저 '지인'과 '안민'은 성군이었던 요 임금도 이르기 어려운 경지라고 말하며 고요의 발언을 우회적으로 비판했다. 또한 그렇게만 할 수 있다면 백성들이 우러러보며 따르게 할 수 있다고 덧붙였다. 그러자 고요는 좀 더 구체적으로 리더가 일을 처리하는 데 필요한 아홉 가지 덕행, 즉 구덕의 리더십을 설명했다.

숫자 '9'는 동양사회에서 더 이상 갈 데 없는 '극수(極數)'로서 완벽한 수를 의미하며, 정치적으로는 최고 통치자인 '천자(天子)'를 상징하기도 하다. 고대의 천자들이 큰 세발솥 아홉 개, 즉 '구정(九鼎)'을 주조해 천자의 권위를 상징하는 기물로 삼은 것도 같은 맥락이다. 따라서 고요의 '구덕론'은 최고 통치자인 천자를 겨냥한 리더십 이론이 되는 셈이다. 고요가 말하는 구덕론은 아래와 같다.

1. 관이율(寬而栗): 너그러우면서 엄격함
2. 유이립(柔而立): 부드러우면서 주관이 뚜렷함
3. 원이공(原而恭): 사람과 잘 지내면서 장중함
4. 치이경(治而敬): 나라를 다스릴 재능이 있으면서 신중함
5. 요이의(擾而毅): 순종하면서 내면은 견고함(확고함)
6. 직이온(直而溫): 정직하면서 온화함
7. 간이염(簡而廉): 간결하면서 구차하지 않음(자질구레한 일에 매이지 않음)
8. 강이실(剛而實): 굳세면서 착실함
9. 강이의(彊而義): 강하면서 도의를 지킴

고요는 이 구덕을 꾸준히 제대로 실천하면 모든 일이 잘 처리될 것이라고 덧붙였다. 이어 좀 더 구체적으로 경대부급, 기업으로 말하자면 중소기업의 리더가 아홉 가지 중 세 가지를 신중하게 노력하면서 실천하면 자신의 영지(기업)를 온전하게 유지할 수 있고, 제후(대기업)가 여섯 가지를 실천하면 그 나라를 온전하게 유지할 수 있고, 천자가 아홉 가지 모두를 종합해 두루 시행하면 천하의 틀이 바로잡힌다고 말했다. 이는 리더십의 덕목과 리더의 크기가 갖는 상관관계를 언급한 대목으로 읽을 수 있다.

부디 각계각층의 리더들이 자신의 삶과 조직을 이끌어가는 데 구덕을 가슴에 새기고 실천에 힘써, 자신이 수장으로 있는 조직은 물론 나아가 우리나라 전체가 참으로 편안하고 살맛 나는 곳이 되는 그런 날이 오기를 진심으로 소망한다.

『사기의 리더십』 (김영수 지음 / 원앤원북스)

새로운 시각으로 세상을 보라

　　우리는 일상생활에서 당면한 상황이나 주변 환경 또는 특정 인물이나 사안에 대해 다양한 사고를 가질 수 있다. 기존의 고정된 틀에 얽매인 사고, 기존과는 완전히 다른 새롭고 창의적인 사고, 긍정적인 사고와 부정적인 사고, 이 중 어떤 것을 선택하는가는 순전히 우리들 자신에 달려 있다. 그러나 분명한 것은 긍정적이고 창의적인 사고야말로 우리의 삶을 행복과 성공으로 이끄는 가장 중요한 원동력이며 나아가 세상을 바꾸고 조직과 국가의 발전을 가져온다는 것이다.

　　긍정적이고 창의적인 사고를 위해서는 기존의 사고에서 벗어나 새로운 시각으로 세상을 보는 것이 무엇보다 중요하다. 정신과의사인 스캇 펙 박사가 쓴 『평화 만들기』에 나오는 〈랍비의 선물〉이라는 이야기를 보면 사람이나 사물을 어떠한 시각으로 보는가가 엄청난 결과를 가져옴을 알 수 있다.

　　한때 번성했던 한 수도원이 점점 쇠락해져 수도원에는 수도원장과 네 명의 수사만 남아 있었다. 어느 날 수도원장은 근처에 은

210

거하고 있던 랍비를 찾아가 수도원을 부흥시킬 수 있는 방법에 대해 조언을 구했다. 그러자 랍비는 "제가 해드릴 수 있는 유일한 답은 수도원에 남아 있는 당신들 중 한 사람이 구세주라는 것뿐입니다"라고 대답했다.

그 후 수도원장과 수사들은 "그 한 사람의 구세주가 누구일까" 하고 생각하기 시작했다.

"수도원장일까? 그래. 수도원장은 30년 이상 이 수도원을 이끌어왔으니까 틀림없이 수도원장일 거야. 아니야, 토머스 수사를 의미하는 건지도 몰라. 확실히 토머스 수사는 경건하고 덕망이 높은 사람이니까. 엘레드 수사를 의미하는 건 분명 아니겠지? 엘레드 수사는 때때로 변덕을 부리곤 하니까. 하지만 다시 생각해보면, 사람들에게 가끔 고통을 주긴 했지만 결국 엘레드 수사는 언제나 옳았어. 설마 필립 수사를 두고 말한 건 아닐 테지. 필립 수사는 너무 소극적이고 거의 존재감이 없는 사람이잖아. 아니야, 어쩌면 그일지도 몰라. 그는 신기하게도 누구든 그를 필요로 하면 언제든 나타나 도움을 주는 재능을 지녔으니까. 물론 랍비가 나를 의미하지는 않았을 거야. 난 그저 평범한 사람이니까. 그래도 혹시 나를 의미한 거라면? 내가 구세주라면? 오, 하느님, 전 아니에요. 제가 당신께 그렇게 큰 의미일 수 있을까요?"

수사들은 이렇게 고민을 하면서 혹시나 자신들 중 한 명이 구세주일지도 모른다는 생각에 서로 각별히 공경하는 마음으로 대했고, 또한 만에 하나 자신이 구세주일지도 모른다는 생각에 자기 자신을 사랑했다.

그 후 얼마 지나지 않아 수도원에는 많은 사람들이 모여들고 예전처럼 활기를 띠게 되었다. 결국 옆의 동료가 구세주일지도 모른다는 마음을 갖게 되자 마음의 문이 열리고 새로운 시각으로 동료를 보게 되었다. 그동안 단점만을 보아왔던 사람들의 장점을 보게 되자 상대를 진정으로 사랑하고 존중하게 되었고 아울러 자신도 사랑하게 되어 결국 그들 모두가 구세주가 되었다.

선거철이 되면 후보들은 자신만이 국가와 민족에 희망을 줄 수 있다며 자신이 당선되어야 할 당위성에 대해 열변을 토한다. 그러고는 자신이 반드시 당선되어야 한다는 자기 최면에 빠져 어떻게든 자신을 치켜세우고 상대방을 깎아내리기에 혈안이 된다. 그러나 조금만 마음의 문을 열고 다른 후보 역시 자신과 마찬가지로 유능하고 국가와 민족을 위해 열정을 다해 헌신할 인물임을 인정한다면 자신만이 대통령감, 국회의원감, 시장감이라는 착각에 빠져 유권자들이 보기에 역겨운 이전투구를 벌이지는 않을 것이다.

앞으로 더욱 거세질 변화의 소용돌이를 헤쳐나가야만 하는 대한민국의 리더가 되기를 희망하는 후보자들이 진심으로 국가와 민족을 위한다면, 이 수사들처럼 어쩌면 상대방이 그 자리에 진정한 적임자일지도 모른다는 새로운 시각으로 상대를 바라봐주었으면 좋겠다. 수단과 방법을 가리지 않고 오로지 당선되기 위해 상대의 단점을 들춰내 깎아내리기보다는 상대방의 장점과 능력을 인정하고 존중하고 칭찬해주고, 아울러 자신의 장점과 능력도 최대한 사랑함으로써 모두가 대한민국을 희망의 나라로 이끄는 구세주가 될 수 있기를 간절히 소망한다.

『평화 만들기』(M. 스캇 펙 지음 / 율리시스)

왕도란 무엇인가

최근 실시한 여론조사에 따르면 박근혜 대통령의 지지율이 빠르게 하락하면서 취임 후 최저 수준인 것으로 나타났다. 지지율 하락의 원인으로는 세월호 참사에 대한 미흡한 대처, 소통 부족, 원활치 않은 국정 운영 등 여러 가지 요소들이 제기되었다. 그동안 지지율에 대해 민감한 반응을 보여 왔던 박 대통령으로서는 이러한 지지율 하락이 여간 고통스럽지 않을 것이다. 크고 작은 조직을 막론하고 리더의 자리에 있는 사람은 주어진 상황에서 서로 이해가 다른 수많은 사람들의 입장을 고려하여 최적의 해답을 찾아야만 하기 때문에 리더의 길은 참으로 험난하기만 하다. 하물며 한 나라를 다스림에 있어서 그 어려움을 보통 사람들이 어찌 상상이나 할 수 있을까. 만 명의 사람이 있으면 만 개의 세상이 있다고 하지 않던가.

최근 김진명의 대하역사소설 『고구려』를 읽으면서 한 나라를 다스리는 일은 그야말로 지난(至難)한 일임을 실감할 수 있었다. 이 책은 고구려의 역사상 가장 극적인 시대 중 하나로 꼽히는 미천왕과 고국원왕 시대를 다루고 있다. 우리들 대다수는 국사 교육을 통해 미천왕은 4백 년간 지속되어 온 한사군을 몰아낸 탁월한 군주로, 반면에 고국원왕은 백제와의 전투에서 전사한 나약한 군주로 기억하고 있다. 그러나 이 책을 읽고 나서 과연 어떤 군주가 진정으로 백성을 사랑하는 현명한 군주인지를 다시 생각하게 되었다.

고구려 15대 태왕인 미천왕 을불은 숙부인 봉상왕의 핍박을 받아 갖은 고생을 하다 신하들의 도움을 얻어 마침내 왕위에 오른다. 미천왕은 한사군을 몰아내는 것을 필생의 과업으로 선포하고 국력을 키워, 즉위한 지 15년 만에 한사군을 축출한다. 그에게는 두 왕자가 있었는데, 첫째인 사유는 나약하고 의지도 굳지 못한 반면 둘째인 무는 을불을 닮아 총명하고 용맹하여 대소 신료와 왕후 그리고 백성들도 모두 무 왕자가 다음 왕위를 잇게 될 것이라고 굳게 믿고 있었다. 그러나 을불은 뜻밖에도 사유를 태자로 세운다. 을불의 결정을 이해할 수 없다며 반발하는 사람들에게 을불은 그 이유를 다음과 같이 설명한다.

"처음에는 나 역시 여러분과 같이 무를 태자로 세우리라 생각했었소. 그런데 언젠가 왕자들을 데리고 변방의 좌물촌에 간 적이 있소. 좌물촌 고을의 장정들은 모두 용맹하여 전장에서 죽지 않고 살아 돌아온 것을 부끄럽게 생각하고 있었소. 그러다 보니 온 마을이 장애인들로 가득했소. 그 마을에서 무는 젊은이들을 모아 놓고 끝없이 전쟁 이야기를 하고 있었소. 그런데 사유는 자식 잃은 노파를 어머니라 부르고 팔다리 떨어져 나간 불구자들을 눈물로 위로해 주었소. 백성이란 무엇이오? 군주란 또 무엇이오? 전쟁에 이기면 왕실과 조정은 부유해지지만 싸우면 싸울수록 백성은 목숨을 잃고 불구가 되지 않소? 나는 그때 확신하게 되었소. 항상 전쟁에 이기고 그리하여 모든 백성들을 싸움터로 몰아내는 용맹한 군주에 비해, 백성을 전쟁에 끌어들이지 않기 위해 애쓰는 옹졸한 군주가 결코 못하지 않다는 걸 말이오. 무가 내 뒤를 잇는다면 고구려의 장정들은 끊임없이 전쟁터로 나가 목숨을 잃고 팔다리를 잃을 거요. 군주는 백성의 희생을 바탕으로 자신의 영광을 이루는 자가 되어서는 아니 되오."

왕후와 대소 신료들 모두 태왕의 깊은 뜻에 감읍한다. 그 후 선비족인 모용부의 대군이 고구려를 침공하자 을불은 전장에서 직접 태왕의 깃발을 들고 병사들을 격려하여 승리를 거둔 것을 확인한 뒤 두 아들의 품에서 눈을 감는다. 을불의 뒤를 이어 고구려의 16대 태왕이 된 고국원왕 사유는 아버지와는 달리 어떻게든 전쟁을 피함으로써 천하를 행복하게 하려고 한다. 사유는 선비족의 모용황이 고구려의 곡창지대를 불태워도 사신을 보내 화친을 청하고, 어머니인 태후가 계책을 써서 화공(火攻)으로 모용부를 거의 궤멸 직전까지 몰아붙인 상황에서도 오히려 모용황에게 사죄하고 화친을 청해 그를 돌려보낸다. 수년 후 모용황이 다시 고구려를 침공하자 사유는 모든 장수들에게 일체 맞서 싸우지 말고 물러서라는 명을 내린다. 그러나 국상(고구려 최고 관직)이 사유의 명을 도저히 받들 수 없다며 사유를 유폐한 뒤 스스로 목숨을 끊는다. 고구려의 중신과 장수들은 군사를 모아 나라의 존망을 건 결전을 준비하는데, 갑자기 사유가 나타나 모용황에게 항복을 청하고 태후와 왕후 그리고 선왕인 을불의 유체마저 모용부에 인도하는 굴욕을 감내한다.

이후 한동안 평화가 유지되었으나 이번에는 백제가 백제에서 망명한 마굿간지기를 내놓으라며 고구려를 침공한다. 조정대신들은 모두 마굿간지기를 백제로 보내야 한다고 주청하지만 사유는 끝내 윤허하지 않는다. 신하들은 과거 모용부에 태후와 왕후 그리고 선왕의 유체마저 주저하지 않고 인도했던 태왕이 하찮은 백성 한 명을 지키기 위해 국가를 위태롭게 하고 있다며 사유의 결정을 이해하지 못한다. 그러나 사유는 태후와 왕후 그리고 선왕의 유체를 보낸 것은 백성을 지키기 위함이었는데 이제 백성을 내어 준다면 그것은 무엇을 위함이냐며 끝까지 허락하지 않는다. 신하들은 결국 태왕 몰래 마굿간지기를 백제로 압송한다. 뒤늦게 그 사실을 안 사유는 그 백성을 되찾기 위해 백제와 전쟁을 선포하고 홀로 말을 타고 백제 진영을 향해 돌진하다 화살을 맞고 전사한다. 태왕이 백성을 지키기 위해 기꺼이 목숨을 내던지는 것을 본 고구려 군사들은 죽기를 각오한다. 백제왕 부여구는 결코 이기기 쉽지 않은 싸움이고 이겨도 얻을 것이 없는 싸움이라며 철군을 결심한다. 부여구는 회군하는 길에 고구려 땅에 살고 있는 백제유민들을 백제로 데려가려 했으나 백성들은 부여구에게 돌팔매질을 하며 사유만이 진정한 자신들의 왕이라며 울부짖는다.

동서고금을 막론하고 수많은 군왕과 위정자들이 백성을 위한다는 미명하에 전쟁을 일으키고 대 역사(役事)를 벌여 왔다. 그러나 대개는 백성을 위한 것이 아니라 자신들의 이익과 권력 유지를 위한 것이었다. 오늘날도 위정자들은 입만 열면 국민을 위한다고 말한다. 그러나 진정으로 국민을 위한다면 고국원왕처럼 목숨을 바칠 각오는 아니더라도 자신의 이익과 '나 아니면 안 된다'는 오만을 버릴 마음은 있는지 가슴에 손을 얹고 생각해 봐야 한다.

『고구려』 (김진명 지음 / 새움)

고독한 리더에게 따뜻한 격려를

　얼마 전 가까이 지내는 중소기업체 사장 한 분이 내게 직원들에 대한 서운한 마음을 토로했다. K사장은 약 4년 전에 창업하여 어려운 고비를 극복하며 사업을 해오고 있다. 이제는 어느 정도 사업이 궤도에 올랐지만 아직도 자금상 여유가 많은 편은 아니다. 지난달에는 자금 흐름에 차질이 생겨 급여일에 직원들에게 50%밖에 급여를 주지 못했고 다행히 다음 날 오전에는 반 수 이상의 직원들에게 100%를 지급했다고 한다. 그리고 그날 오후 원래 약속이 되어 있었던 업계 동호회 운동모임에 나갔다. 다음 날 아침 회사에 출근해보니 한 직원으로부터 다음과 같은 내용의 이메일이 왔다고 한다. "직원들 월급도 다 주지 못하고 어떻게 사장이 한가로이 운동이나 할 수 있느냐? 사장이 책임감이 없다. 회사에 비전이 없다." 이 메일을 받고 K사장은 이어지는 연휴 3일 내내 밤잠을 이루지 못했다고 한다. 정말 자신이 책임감이 없는 사장일까? K사장은 내게 담담하게 이야기했다.

　"창업을 한 후 지난 4년간 거의 하루도 쉬지 않고 회사일에 매달렸습니다. 직원들에게는 토요 휴무를 주고 나는 토요일에 회사에 나와 당직을 섰습니다. 사업구조상 어느 정도 궤도에 오르기 전까지는 적자를 감수할 수밖에 없었고 이렇게 적자가 나는 상황 속에서도 직원들 급여는 매년 8% 정도씩 인상해주었습니다. 그런데 월급이 며칠 늦어지니까 단박에 책임감 없는 사장이 되더군요. 물론 제 날짜에 급여를 지급하지 못해 직원들에게 정말 미안하게 생각합니다. 무슨 수를 써서라도 돈을 마련해 제 날짜에 직원들 급여를 지급했어야 했는데. 하지만 지난 4년 동안 제 주변에서 돈 빌릴 데는 다 빌렸고 투자 받을 만한 곳도 없어 이제는 더 이상 외부에서 자금을 들여올 수도 없습니다. 언제가는 급여일 전날 도저히 급여를 줄 돈이 마련되지 않아 어떻게든 돈을 융통해보려고 명동 사채시장에 나갔습니다. 하지만 거래 실적도 없고 담보도 없어 돈을 빌려줄 수 없다는 말을 듣고 힘없이 사무실로 돌아왔는데 책상 위에 봉투가 한 장 놓여 있었습니다. 봉투를 열어보았더니 마포구청에서 발송한 노조설립허가증이었습니다. 사장은 월급을 구하러 애가 타서 사채시장을 전전하고 있는데 직원들은 노조를 설립했다는 사실에 참 서운하고 기운이 빠지더라구요. 하지만 팀장들이 노조를 설립하면 회사가 어려울 때 힘이 되어줄 수 있다고 말해 그렇다면 진심으로 노조 설립을 축하한다고 말한 뒤 조촐하게 노조 창립 축하 파티를 열었습니다.”

나 역시 사업체를 운영하고 있는 터라 K사장의 말을 들으며 가슴이 찡해왔다. 리더는 장기적인 비전과 안목을 가지고 나아가기 때문에 지금 당장은 돌부리에 걸려 넘어지더라도 다시 일어나 꿋

꿋하게 목표를 향해 나아간다. 그러나 팔로어(follower)들은 눈앞의 돌부리를 피하는 데 급급해 종종 리더의 비전과 목표를 보지 못한다. 리더에게 리더로서의 역할이 있듯이 팔로어들 역시 공동의 비전을 실현하기 위해 리더를 따르고 리더와 협력해야 하는 역할이 있다.

언젠가 한 TV 프로그램에서 개그맨이 현대그룹 故 정주영 회장의 목소리를 흉내 내며 정회장의 성공신화를 우스개처럼 이야기하는 것을 보았다. 정주영 회장은 조선소를 세우기도 전에 500원짜리 동전으로 건조할 배를 수주하고, 부산 UN 묘지 공사 때는 보리를 옮겨 심어와 잔디를 대신했으며, 서산간척지 개간 때는 폐유조선을 가라앉혀 물막이 공사를 성공시키는 등 어려운 상황에 직면할 때마다 특유의 불도저 정신과 기발한 발상으로 문제를 해결했다. 사람들은 정회장이 어느 날 갑자기 그런 아이디어를 얻었다고 쉽게 생각할지 모르겠지만 아마도 정회장은 문제에 직면할 때마다 결코 포기하지 않고 수많은 불면의 밤을 지새우며 고민을 거듭하다가 그러한 해결책을 얻기에 이르렀을 것이다. 내가 번역했던 지그 지글러의 『정상의 법칙』에는 다음과 같은 문구가 나온다.

"지구상에서 30억의 인구가 매일 밤 굶주린 배를 움켜쥐고 잠자리에 든다. 그러나 그보다 많은 40억의 인구가 매일 밤 따뜻한 격려의 말 한 마디를 아쉬워하며 잠자리에 든다."

팔로어들로부터 신뢰받지 못하고 격려받지 못한 리더들만큼 고독한 사람은 없다. 실직자나 신용불량자로 전락한 가장, 혹독한 외부 환경으로 인해 어려움을 겪고 있는 중소기업 경영자, 크고 작은 사고가 터질 때마다 비난의 화살을 받는 위정자들, 이들 모두 고독한 우리의 리더들이다. 시련에 직면하여 고독한 우리의 리더들에게 따뜻한 격려를 보내자. 우리의 리더들이 오늘 밤 고독함에 잠 못 이루는 대신, 내 가족, 내 종업원 그리고 국민들의 따뜻한 격려를 느끼며 잠들 수 있게 하자. 그리하여 새날의 아침에는 희망을 가지고 리더로서 다시 우뚝 설 수 있도록 하자. 이 땅의 리더들이여, 지금 당신에게 주어진 시련과 고독은 결국 당신을 더욱 큰 사람으로 만들기 위한 연단의 과정임을 잊지 말자.

『정상의 법칙』 (지그 지글러 지음 / 비전과리더십)

요구보다 욕구에 집중하라

　크고 작은 기업을 막론하고 기업을 경영하는 CEO는 매일같이 수많은 문제들에 직면하고 매 순간 결코 쉽지 않은 의사결정을 해야만 한다. 그리고 이러한 결정 하나하나가 기업의 성과에 영향을 미치고 나아가 기업의 운명을 좌우한다. 무한 경쟁에서 생존하고 이겨야만 살아남을 수 있는 이 시대의 CEO는 매일 현실을 파악하고, 조직이 제대로 돌아가는지 끊임없이 확인하고 질문하며 수많은 의사결정을 내려야 한다. 그러나 오늘날과 같은 변화무쌍한 글로벌 경쟁 시대에 매 순간 올바른 결정을 내리기란 결코 쉽지 않다.

　나 역시 최근에 쉽지 않은 문제로 고심한 적이 있다. 그동안 10년 넘게 같이 일해왔던 K이사가 회사 업무와 연관된 좋은 사업 아이템을 발견하고 이제 독립하여 스스로 회사를 운영해보고 싶다고 말했다. 나는 기쁜 마음으로 K이사의 창업을 축하해주고 필요한 것이 있으면 최대한 지원해주겠다고 약속했다. 모든 창업이 그렇듯이 K이사 역시 어렵고 힘든 사업 초기의 난관을 헤쳐나가고 있었다. 그러던 어느 날 K이사가 새로운 직원을 한 명 채용하려는데 비용절감을 위해 청년 인턴을 채용하기로 했다고 했다. 참고로 고

용노동부가 시행하고 있는 중소기업 청년인턴제는 미취업 청년에게 중소기업의 인턴십 과정을 통해 경력을 쌓아 정규직으로의 취업 가능성을 높이고, 중소기업에게는 해당 직원의 급여를 최대 50%까지 1년간 지원하는 좋은 제도이다.

그런데 관련 법규상 중소기업 청년 인턴 채용 자격은 5인 이상 사업장에만 주어진다. 그러자 K이사는 자신의 회사에서 이 자격 제한에 걸려 인턴 직원을 채용할 수 없으니 그 직원을 서류상 우리 회사에서 청년 인턴으로 채용하여 자신의 회사에서 근무하게 해달라고 부탁해왔다. 나는 적은 자금으로 어렵게 창업을 한 K이사의 사정과 심정을 충분히 이해하고 또한 K이사가 분명 경력이 없는 청년을 채용해 훈련과 교육을 통해 훌륭한 일꾼으로 키워낼 것을 알고 있었기 때문에 별생각 없이 그렇게 해주겠다고 대답했다. 그러면서 '아니, 요즘 같은 때 청년 한 명이라도 채용하겠다는데 왜 5인 이상 사업장이어야만 된다는 거지?' 하고 관련 법규가 이해되지 않았다.

그런데 곰곰이 생각해보니 5인 이상 사업장이라는 제한이 없으면 이 제도를 악용해 온갖 편법으로 정부 돈을 축내려는 사람들이 많을 거라는 생각이 들며 이러한 제한을 둔 정부의 고충이 이해가 되었다. 생각이 여기에 미치자 아무리 선한 의도이고 법 취지에 어긋나지 않는다 하더라도 K이사의 부탁을 들어주는 것은 분명 불법 내지는 탈법이라는 생각이 들었다. 그래서 노무사에게 물어보니 이것은 부정수급에 해당하며 적발 시 수령액의 2배를 배상해야 하고 자칫 형사처벌 가능성도 있다고 했다. 그러자 갑자기 골치가 아파지기 시작했다. 부탁을 들어주자니 본의 아니게 불법을 저지르게 되고 '이건 불법이라서 해줄 수가 없다'고 말하면 K이사가 서운해할 것이 분명했다. 며칠 동안 끙끙대며 고민하던 중 『세상 모든 CEO가 묻고 싶은 질문들』을 읽다가 갑자기 해답을 발견했다.

> '요구'에만 집착하지 말고 '욕구'에 집중한다면 협상을 만족스럽게 풀어낼 수 있습니다. 상대방의 '욕구'를 정확히 파악하면 창조적인 해결책을 내놓을 수 있습니다. 내 요구만 고집할 게 아니라 나와 상대방이 모두 만족하는 방법을 찾는 게 중요합니다. 상대방의 욕구와 나의 욕구를 모두 만족하게 하는 새로운 대안을 협상에서는 '창조적 대안' 또는 '크리에이티브 옵션(creative option)'이라고 합니다.

결국 이 책에서 이야기한 대로 상대의 요구가 아니라 그 요구 이면에 있는 욕구 내지는 필요에 초점을 맞추자 문제 해결의 실마리가 보이기 시작했다. K이사가 나에게 청년 인턴 채용을 요구한 이면에는 그 직원의 급여의 50%에 해당하는 금액을 정부로부터 지원받고자 하는 욕구가 있었다. 그래서 나는 내가 직접 그 욕구를 충족시켜주기로 마음먹고 청년 인턴을 채용할 경우 정부에서 지원받을 수 있는 금액을 우리 회사에서 지원해주겠다고 말했다. 대신 그 대가로 K이사에게 틈틈이 시간 나는 대로 우리 회사의 일부 취약한 분야의 영업을 도와달라고 요청했다. 다행히 K이사가 내 제안을 흔쾌히 받아들여 그동안 골칫거리로 안고 있던 문제가 양쪽 모두에게 원만하게 해결되었다. 자칫 오랫동안 소중하게 가꾸어온 관계가 소원해질 수도 있었던 상황에서 이 일을 계기로 오히려 관계가 더욱 굳건해진 것 같아 참으로 다행이라는 생각이 들었다.

물론 이보다 더 좋은 해법이 있을지도 모르지만 현재 내가 가진 지식과 그릇으로는 그나마 최선이 아닌가 생각한다. 혹자는 K이사가 정말 실질적인 도움을 줄지 아닐지 모르는 불확실성을 대가로 적지 않은 금액을 지원하기로 한 것은 좋은 해법이 아니라고 말할지도 모른다. 그러나 세상일을 어찌 알 수 있을까. 나는 K이사가 그동안 회사를 위해 성실히 일해왔다는 것, 또한 그의 능력과 선한 마음을 알고 있기에 그 금액이 전혀 아깝지가 않다. 그리고 10년 넘게 같이해온 시간은 그보다 훨씬 값진 것이고 앞으로 좋은 열매를 맺게 될 것이라고 믿어 의심치 않는다. 때로는 눈에 보이는 것보다 보이지 않는 것이 훨씬 더 소중한 법이기에.

『세상 모든 CEO가 묻고 싶은 질문들』(IGM세계경영연구원 지음 / 위즈덤하우스)

칭찬은 시대적 요구

　신문이나 텔레비전 등 매스컴의 기사를 보면 대체로 좋은 일을 애써 찾아 널리 알리고 칭찬하기보다는 불행하고 잘못된 일을 알리는 데 더 많은 지면과 시간을 할애하는 것 같아 참으로 답답하고 안타까움을 느낀다. 매스컴뿐만 아니라 우리들 역시 일상생활에서 칭찬에 인색하다. 부모들은 자녀들을, 선생님들은 학생들을, 상사들은 부하직원들을 칭찬하고 격려하기보다는 나무라고 꾸중하는 일이 더 많다. 한마디로 우리는 칭찬에 인색한 불행한 시대에 살고 있다고 할 수 있다.

　사실 우리는 누구나 따뜻한 격려와 칭찬을 원한다. 그리고 칭찬과 격려는 불가능을 가능케 만드는 마법과도 같은 힘을 가지고 있음을 잘 알고 있다. 그런데도 사람들은 왜 칭찬에 그토록 인색한 것일까. 이탈리아의 사회학자인 프란체스코 알베로니는 그의 저서 『성공한 사람들은 말의 절반이 칭찬이다』에서 성공이란 사람들로부터 "공개적인 인정을 받는 것"이라고 정의하고 있다. 그렇다면 '인정(acknowledgement)'이란 무엇인가. 인정이란 어떤 사람이 어떤 공헌을 했는지 기억하고 그것을 명확히 언어로 표현해 주거나,

간단한 인사를 비롯해 상대의 존재를 인정하고 있다는 사실을 전달하는 모든 행위와 언어를 포함한다고 할 수 있다. 칭찬 또한 이러한 인정의 적극적 표현이다. 우리 모두는 타인으로부터 인정받고 칭찬받기를 원한다. 그리고 자신의 이러한 욕구를 충족시켜 준 상대를 절대적으로 신뢰하고 그 사람을 위해서라면 무엇이든 응해 주고 싶어 한다. 그럼에도 불구하고 우리는 왜 칭찬에 인색한 것일까. 알베로니는 이 책에서 다양한 유형의 인간상을 나열하며 칭찬을 가로막는 요소들을 분석한 뒤 이를 바탕으로 우리가 칭찬과 격려로 가득한 세상을 만들어 나갈 수 있도록 안내하고 있다.

칭찬을 하기 위해서는 첫째, 타인에 대해 진정한 관심을 갖고 타인의 행복을 배려하는 마음을 가져야 한다고 강조한다. 둘째, 낙관주의적 사고를 지녀야 한다. 낙관적인 사람은 사람들을 신뢰하고 타인의 단점이나 약점보다는 장점이나 긍정적인 측면을 발견하여 이를 북돋아 주고 꽃피울 수 있도록 이끌어 준다. 셋째, 냉소적 태도를 버리고 열정을 가져야 한다. 냉소적인 사람은 인간이 위선적이며 탐욕스럽고 허영심 강하고 아첨을 좋아한다고 생각하고 인간들의 이러한 약점과 야비함을 모조리 이용할 준비가 되어 있다. 이에 반해 열정적인 사람은 인간이 약하고 악이 존재한다는 것도 알지만 결코 실망하지 않고 선함을 소중히 여기고 넓은 마음으로 사람들을 이끌어 나간다.

넷째, 질투심을 극복해야 한다. 영화 〈아마데우스〉에서 살리

228

에르는 모차르트와 맞설 수 없다는 사실을 알게 되자 지독한 질투심으로 모차르트를 죽이고 싶어 했다. 성숙한 사회는 경쟁을 자극하듯이 성공을 인정하고 칭찬하도록 자극한다. 다섯째, 잘못은 먼지 속에, 칭찬은 대리석에 새겨라. 친구 사이든 부부 사이든 사람들은 대부분 상대편의 잘못만을 기억한다. 사소한 잘못에 분노하고 그것을 과장해 대리석에 새긴다. 잘못을 용서하고 기억 저편에 있는 긍정적인 부분을 되새기도록 노력하라. 여섯째, 인간이 직면할 수 있는 한계와 실패를 인정해야 한다. 오늘날 우리는 다른 사람들의 인정과 칭찬을 기대하고 이를 위해 전력투구한다. 그러나 우리는 업적을 인정받지 못할 수도 있고 실패에 직면할 수도 있다. 따라서 자신의 한계와 실패를 겸허하게 인정할 수 있어야 한다. 그러한 겸손과 함께 성공한 상대를 향한 마음에서 우러나오는 칭찬은 궁극적으로 우리 모두를 성공의 길로 인도할 것이다.

오늘날 우리는 치열한 경쟁의 시대에 살고 있다. 그러다 보니 많은 사람들이 상대를 짓밟아야 내가 살아남을 수 있다고 생각하고 상대를 인정하고 칭찬하기보다는 어떻게든 비방하고 깎아내리려고 한다. 그러나 이러한 잘못된 경쟁의식은 악순환을 초래하고 결국 우리 모두를 파멸로 이끌고 만다. 상대를 진정으로 배려하고 인정하며 그가 이루어 낸 성과에 대해 아낌없는 칭찬을 보낼 때 우리는 상대로부터도 똑같은 반응을 기대할 수 있고 서로를 격려하고 칭찬하는 선순환의 사회를 만들 수 있다. 서로를 칭찬하고 격려할 때 일할 맛이 나고 창의성을 발휘하며 자신의 일에 열정을 쏟을 수 있다.

그리고 이러한 삶의 자세는 결국 우리를 성공으로 이끈다.

오늘날 세상은 생각의 속도만큼이나 빠르게 변하고 있다. 이러한 변화의 급물살에서 살아남고 지속가능한 발전을 이루기 위해서는 개인이든 조직이든 변화의 흐름에 창의적 사고로 대응해야 한다. 창의적 사고는 억압과 비방의 문화 속에서는 결코 생겨날 수 없다. 인정과 칭찬, 격려를 통해 개개인 스스로가 창의적 사고를 위한 의욕으로 가득할 때 당면한 문제에 대한 창의적 해법과 멋진 해결책이 나온다. 칭찬은 1년에 한두 번 맛보는 것으로 행복해지는 고급 프랑스 요리가 아니다. 매일 섭취해야 하는 쌀이고, 단백질이고, 물이다. 창의적 사고와 행동을 일으키고, 그것을 지속하기 위해 필요한 에너지인 것이다. 따라서 칭찬과 격려는 급속한 속도로 변화하는 오늘날 우리 모두에게 주어진 시대적 요구이다.

『성공한 사람들은 말의 절반이 칭찬이다』 (프란체스코 알베로니 지음 / 스마트비즈니스)

지도자란
어떤 사람이어야 하는가

　한동안 장관들의 인사청문회를 놓고 온 나라가 떠들썩했다. 논문 대필, 음주운전, 투기 의혹 등 각종 비리들에 이어 비리를 은폐하기 위한 증언들이 명백한 증거에 의해 거짓으로 드러나며 후보자들의 도덕성이 도마 위에 올랐다. 국민들은 소위 사회지도층 인사들의 이러한 비도덕적 행태에 대해 실망했고 한편에서는 고위공직자의 도덕성이 우선이냐 능력이 우선이냐를 놓고 열띤 토론이 벌어졌다. 과연 지도자란 어떤 사람이어야 하는가? 이 질문에 대한 장준하 선생의 견해는 오늘을 살아가고 있는 우리에게 많은 것을 생각하게 한다.

　《사상계》 권두언에 5·18 혁명을 인정하는 듯한 글을 보고 갓 입사한 박현도가 그 이유를 묻자 장준하는 차분한 표정으로 대답했다. "왜놈들이 우리나라를 침략해서 식민지로 지배한 것을 놓고 왜 그런 짓을 했느냐고 비난해봐야 우리만 바보가 되는 것 아닌가? 그런 짓을 하지 못하도록 했어야 했지. 이번 군사반란도 똑같은 경우라고 생각하네. 군인들에게 왜 이런 짓을 했느냐고 욕해봐야 우리 입만 아프단 말이지. 애초에 이런 일이 일어나지 못하도록 했어야 했던 거지. 하지만 박군, 과거에 쓰레기 같은 인생을 살았다고 해서 그 사람이 앞으로도 그럴 거라고 단정하는 것은 옳지 않네. 역사적으로 보아도 과거에 많은 잘못을 저지른 사람이 나중에 훌륭한 인물로 변신한 예도 있으니까. 거미줄처럼 가늘고 희미하지만 희망을 가져보세."

"하지만 선생님! 박정희는 민족 반역자이고 해방과 함께 반드시 처단되었어야 할 인물입니다."

"그런 자가 이 땅에 어디 박정희 하나뿐인가? 그동안 이 나라를 좌지우지해왔던 자들이 친일파였다는 건 모두 다 아는 사실 아닌가? 다만 정도의 문제일 뿐이지. 내 자네에게 한 가지 물어봄세. 만일 대통령 후보로 다음 세 사람이 있다면 자넨 누굴 찍겠나? 첫 번째 후보는 점쟁이와 의논하는 걸 좋아하며 남몰래 숨겨놓은 애첩이 두 명이나 있는 데다가 줄담배까지 피워대고 하루에 마티니를 열 잔이나 마셔대는 사람이고, 두 번째 후보는 무능과 부패로 공직에서 두 번이나 쫓겨난 경력이 있고 대학 때는 마약을 하기도 한 데다가 낮 열두 시까지 늦잠을 자기 일쑤이고 매일 밤 위스키를 열 잔씩이나 마시는 사람이네. 세 번째 후보는 훈장을 받은 전쟁 영웅에 채식주의자로 담배는 전혀 하지 않고 술은 가끔 맥주 정도만 한 잔쯤 마시고 혼외정사에 대해선 상상도 못하는 사람이네. 이들 중 누굴 뽑겠나?"

232

"그야 당연히 세 번째 후보죠."

"놀라지 말게. 첫 번째 후보는 프랭클린 루즈벨트였네. 두 번째 후보는 윈스턴 처칠이었구, 그럼 세 번째 후보는 누구였을 것 같나? 바로 아돌프 히틀러였다네. 믿겨지나? 한 나라의 지도자를 뽑는다는 것이 얼마나 어렵고, 겉만 보고 하는 우리의 판단이 얼마나 잘못될 수 있는지 잘 보여주는 예라네."

"무척 혼란스럽네요, 선생님. 그러면 지도자의 덕목에서 도덕성은 그리 중요하지 않은 건가요?"

"지도자를 평가하는 유일한 기준은 '성과'라는 것이 역사적 현실이라네. 지도자가 물러난 후 그 사람으로 인해 국민의 삶이 더 나아졌느냐, 아니면 나빠졌느냐를 따지지 그 사람이 도덕적으로 훌륭했는가 하는 건 별로 문제 삼지 않아. 사실 역사적 위인으로 추앙받는 사람들의 개인적 도덕성은 거의 고려되지 않고 있지. 말할 수 없이 부도덕한 일을 저지른 사람들 중에서도 최고의 지도자로 추앙받는 사람들이 적지 않아."

"그렇다면 지도자에겐 능력만 있으면 되지 도덕성은 필요 없다는 말씀입니까? 지도자에게는 일반 국민보다 더 엄격한 도덕적 자질이 필요하고, 그런 자질을 갖추었으니까 지도자가 된 것 아닌가요?"

"그건 산타할아버지를 믿는, 아니 어쩌면 믿고 싶은 어린애들의 순진한 믿음과 비슷하다고 볼 수 있지. 종교계나 교육계를 비롯해 어느 분야에서건 지저분해지지 않고선 리더가 된다는 게 헛된 꿈으로 끝날 가능성이 높아. 조국의 독립을 위해 모였다는 임시정부나 광복군 조직에서도 윗자리를 차지하기 위한 다툼은 차마 눈 뜨고 볼 수가 없었지. 내가 왜놈 학도병에서 목숨을 걸고 탈출해 천신만고 끝에 임시정부에 도착했을 때 그 감격이 얼마나 컸겠나? 그런데 그런 감격이 불과 며칠 만에 허탈과 분노로 바뀌더구만. 내 오죽 답답하고 속상했으면 임정 청사에 폭탄을 던지고 싶다고 했겠나."

"그럼 선생님, 지도자를 고를 땐 능력만 보면 되겠네요. 그 사람이 거기까지 오를 땐 도덕성 같은 것은 이미 버린 지 오래일 가능성이 클 테니까요."

"맞네. 지도자를 뽑을 때 도덕성 운운하는 것은 다 부질없는 짓이야. 있을 수 없는 일을 바라는 거지. 남을 먼저 배려하고 자신의 영달보다는 국가와 국민을 우선하는 사람이 높은 자리에 올라선다는 건 거의 불가능에 가깝지. 라이벌을 헐뜯을 줄도 알고, 거짓말도 잘하고, 자신의 신념과는 정반대의 일도 거리낌 없이 할 줄 알아야 하는 것이 정치 지도자의 자질이지. 이런 사실을 인정한다면 지도자를 고를 때 도덕성보다는 능력을 보는 것이 올바른 선택이 될 가능성이 높을 거야. 이미 엎질러진 물을 주워 담을 수는 없는 법. 그저 박정희가 루즈벨트나 처칠 같은 사람이길 바랄 뿐이고 그렇지 않으면 박정희가 그런 사람이 될 수 있도록 비판하고, 도울 일이 있으면 도와주는 것이 옳은 일일 것 같네. 이제 지켜보세. 본인이 민족에게 저지른 죄를 사죄하는 뜻에서 국민을 섬기고 국가 발전을 위해 헌신한다면 우리도 지난 일은 다 잊고 도와주어야 할 것이네. 하지만 국민을 우습게 알고 제멋대로 하려 든다면 그땐 싸워야지."

나는 장준하 선생의 말이 다분히 현실적이라고 공감하면서도 한편으로는 이제 세상이 많이 달라졌다는 생각을 해본다. 장준하 선생이 살던 40년 전과는 달리 이제 우리가 사는 세상은 지도자가 권력이나 총칼로 국민들을 찍어 누를 수도 없고 조그만 거짓이나 비도덕적 행위도 금세 만천하에 드러나는 투명한 세상이 되었으며 국민들이 지도자들에게 기대하는 도덕적 수준도 높다. 그리고 오늘날 성과보다 더 중요한 것은 가치이며 가치는 그 사람의 도덕성과도 긴밀하게 연결되어 있음을 알아야 한다. 부디 우리의 지도자들이 국민들의 이러한 기대에 부응해주기를 간절히 소망한다.

『사월의 바람』 (박종현 지음 / 미다스북스)

꿈과 희망이
강물처럼 이어지기를

어느 날 저녁 산책을 하면서 문득 이런 생각이 들었다. '이제 나에게 남아 있는 생이 얼마나 될까. 평균 연령이 갈수록 늘어난다니까 20~30년은 더 살지도 모르겠다. 하지만 적극적으로 활동하면서 살 수 있는 시간은 이제 10년 남짓 정도 아닐까.' 지금까지 살아온 시간을 돌아보면 10년이 참 짧다는 생각이 들었다. 그 10년을 지금처럼 나 자신만을 위해 의미 없이 살다가 그냥 떠나는 것이 아닐까 하는 생각이 들자 갑자기 허전함이 다가왔다. 그리고 문득 얼마 전에 읽었던 책이 생각났다. 미국의 광고 및 판촉 전문회사 위크스마트 사의 창업자인 그레그 S. 레이드가 지은 『10년 후』를 생각할 때마다 나의 가슴은 뜨거워진다. 이 책은 한 성공한 사업가가 불우한 처지에 있는 한 소년의 멘토가 되어 그 소년으로 하여금 자신의 꿈을 발견하고 그 꿈을 이루어 사회의 훌륭한 구성원으로 성장할 수 있도록 이끌어주는 내용을 담고 있다.

토요일 아침 10시, 아이스크림 가게 앞에서 오스카는 멘토와의 첫 만남을 기다리고 있었다. 어렸을 때부터 아빠 없이 자란 오스카는 문제아가 아니다. 다만 지역의 멘토 연계 프로그램에 따르면

'그럴 소지가 있는' 아이일 뿐이다. 지금 오스카에게는 그를 긍정적인 방향으로 인도해줄 역할 모델이 필요하다.

빛나는 신형 벤츠 한 대가 속도를 줄이더니 오스카 앞에 섰다. 그리고 자동차 창이 부드럽게 내려가고 친절해 보이는 아저씨가 미소를 지으며 말했다. "네가 오스카로구나. 내가 오늘 만나기로 한 로이 아저씨란다." 벤츠를 보고 놀란 오스카는 로이처럼 부자가 되려면 맨 먼저 뭘 해야 하느냐고 물었다. 멘토인 로이는 따뜻한 목소리로 말했다. "자신의 꿈을 충실히 실행에 옮기면 누구든 성공할 수 있단다. 할 수 있다는 믿음을 갖고 목표를 향해 꾸준히 나아가기만 하면 되거든." 로이는 조끼 주머니에서 카드 한 장을 꺼내 오스카에게 건넸다. 오스카는 카드를 들여다보며 천천히 읽어보았다. '실행에 옮기는 순간 꿈은 이루어진다.'

오스카가 성장함에 따라 로이는 오스카에게 자신이 살면서 배운 모든 것을 가르쳐주기로 결심했다. 그 후 오스카는 결혼도 하고 아이가 있는 어엿한 성인이 되었다. 어느 날 들뜬 얼굴로 아이스크림 가게로 들어온 오스카는 로이에게 세일즈맨이 50명이 넘는 지점의 영업부 부장이 되었다는 소식을 들려주었다.

몇 년 후 아이스크림 가게에서 다시 만난 오스카는 로이에게 "이제 좀 쉬어야겠다"고 말했다. 그러고는 목표도 이루고 사회적으로 성공도 했는데 뭔가 허전하다고 했다. 이 말을 들은 로이는 비전 수립, 수익 달성과 같은 단기간의 목표가 아니라 삶의 목표를 세워야 할 때가 왔다고 말했다.

로이와 만난 지 10년 후 오스카의 삶은 완전히 바뀌었다. 오스카는 회사를 그만두고 평생 꿈이었던 베스트셀러 작가가 되었을 뿐만 아니라 출판사도 성공적으로 경영하게 되었다. 아주 오랜만에 두 사람은 아이스크림 가게에서 다시 만났다. 오스카는 그동안 로이가 건네준 카드를 모두 모아 자신에게 어떤 도움이 되었는지를 적은 글과 함께 책으로 펴냈다고 말했다. 그리고 로이와 의논하여 책의 수익금을 그 책이 팔리는 각 지역 사회의 멘토 프로그램에 기부하기로 했다. 오스카는 로이에게 "제가 아저씨와 처음 만났을 때 했던 약속대로, 아저씨가 제가 가르쳐주신 것을 다른 사람들에게 나누어주는 멘토가 되기로 했어요. 몇 분 후면 저에게 가르침을 받을 꼬마 친구가 여기로 올 거예요."라고 말했다.

두 사람은 작별 인사로 서로를 포옹했다. 자리를 떠나면서 로이가 말했다. "훌륭한 멘토가 되길 바라네." 커브를 돌 때 뒤에서 작은 재잘거림이 들려 로이는 걸음을 멈추고 돌아보았다. 로이가 처음 만났을 때의 오스카만 한 나이의 소년이 오스카를 올려다보며 말을 건네고 있었다. "우와, 이게 아저씨 차예요? 아저씨 부자네요! 어떻게 그렇게 부자가 되셨어요?" 소년에게 몸을 굽히는 오스카의 모습을 보는 로이의 가슴은 기쁨으로 충만했다. 오스카는 조끼 주머니에 손을 넣어 로이와 처음 만났을 때 그가 주었던 카드

를 꺼내 소년에게 건네주었다. 거기에는 이렇게 쓰여 있었다. '꿈은 실행에 옮기는 순간 현실이 된다.'

얼마 전 대학을 졸업한 한 청년이 취업을 하지 못해 이를 비관하여 자살을 했다는 뉴스를 접하고 참담한 마음이 들었다. 물론 그 청년에게 우리가 알지 못하는 커다란 고뇌와 나름대로의 사정이야 있었겠지만 만일 그 청년이 로이와 같은 멘토를 만났더라면 결코 자살하지는 않았을 것이다. 오늘날 젊은이들이 이러한 지경에까지 이른 데는 젊은이들 스스로의 책임이 가장 크다. 그러나 한편으로 나 자신이 우리 사회의 한 구성원으로서 그리고 인생의 선배로서 그들을 이끌어주지 못한 책임이 아프게 다가왔다.

다행히 우리 사회에도 다양한 형태의 나눔 운동이 서서히 확산되고 있어 많은 사람들이 물질적인 지원이나 재능 기부 등을 통해 어려운 이웃을 도움으로써 우리 사회를 좀 더 따뜻한 곳으로 만들고 동시에 스스로도 기쁨을 얻고 삶의 의미를 찾고 있다. 위의 이야기처럼 인생의 선배들이 우리의 젊은이들에게 멘토가 되어 그들이 성공적인 삶을 살 수 있도록 이끌어주고, 그 젊은이들이 다시 또 다음 세대의 젊은이들의 멘토가 되는 소중한 인연이 강물처럼 이어져 우리 사회의 모든 사람들이 꿈과 희망을 이야기할 수 있게 되기를 간절히 소망한다.

『10년 후』(그레그 S. 레이드 지음 / 해바라기)

칭찬은 1년에 한두 번 맛보는 것으로
행복해지는 고급 프랑스 요리가 아니다.
매일 섭취해야 하는 쌀이고, 단백질이고, 물이다.
창의적 사고와 행동을 일으키고,
그것을 지속하기 위해 필요한 에너지인 것이다.

Part 7

정의로운 사회를 위하여

- 정의 -

천하에는 두 가지 기준이 있는데
하나는 시비(是非)의 기준이요, 또 하나는 이해(利害)의 기준이다.
이 두 가지 큰 기준에서 네 종류의 큰 등급이 생기는 것이다.
옳은 것을 지켜서 이익을 얻는 것이 가장 큰 등급이요,
그다음은 옳은 것을 지켜서 해를 받는 것이며,
그다음은 나쁜 것을 좇아 이익을 얻는 것이며,
가장 낮은 등급은 나쁜 것을 좇아서 해를 받는 것이다.

정의로운 사회를 위하여 미덕을 키워나가기

얼마 전 일부 유명 연예인의 온당치 못한 행위들이 알려지며 많은 국민들의 공분을 샀던 일이 있다. 연간 20억 상당의 수입을 올리며 최근 6~7년간 100억 원이라는 천문학적인 금액의 돈을 벌어들인 한 연예인은 도박에 빠져 그 돈을 모두 탕진하고 지인들로부터 빌린 돈을 갚지 못해 사기혐의로 고소당했다. 혹자는 내가 번 돈 내 마음대로 쓰는 게 뭐가 문제냐고 말할 수도 있다. 그러나 우리는 분명 그러한 행위가 공동체의 구성원으로서 호혜(互惠)의 원칙을 존중하며 정의로운 사회를 지향하는 좋은 삶의 모습이 아님을 알고 있다. 그렇다면 정의로운 사회란 과연 어떤 사회일까. 공동체주의 이론의 대가이자 '정의' 분야의 세계적 석학으로 평가받고 있는 마이클 샌델은 그의 저서 『정의란 무엇인가』를 통해 도덕적 미덕이 풍성한 사회야말로 정의로운 사회라고 말하고 있다.

사회가 정의로운지 묻는 것은, 우리가 소중히 여기는 소득과 부, 의무와 권리, 권력과 기회, 공직과 영광 등을 어떻게 분배하는지 묻는 것이다. 정의로운 사회는 이것들을 올바르게 분배함으로써 각 개인에게 합당한 몫을 나누어준다. 역사적으로 우리는 재화

242

의 분배를 이해하는 방식으로 행복, 자유, 미덕이라는 세 가지 방식을 찾아냈다. 먼저 행복의 경우부터 살펴보자. 우리는 개인으로 보나, 사회로 보나, 경제적으로 풍요로우면 더 잘 살게 되리라 생각한다. 결국 풍요로움은 행복에 기여하며 이를 토대로 공리주의는 최대 다수의 최대 행복을 추구하는 것이 정의라고 주장한다. 그러나 이러한 공리주의적 사고는 정의를 원칙이 아닌 계산의 문제로 만들고 인간 행위의 가치를 하나의 도량형으로 환산해 획일화하면서 그 가치들의 질적 차이를 무시하는 문제를 안고 있다.

다음으로 정의를 자유와 개인의 권리를 존중하는 것이라고 보는 자유주의적 사고는 오늘날의 정치에서 행복 극대화라는 공리주의 사고만큼이나 익숙하다. 전 세계적으로, 정의는 보편적 인권을 존중하는 것이라는 생각이 갈수록 힘을 얻고 있다. 자유에 관한 가장 대표적인 사람들은 자유시장주의자들이다. 그들은 정의란 성인들의 합의에 따른 자발적 선택을 존중하고 이를 지지하는데 달려 있다고 믿는다. 그러나 이러한 자유주의적 입장은 우리가 좋은 삶을 위해 추구하는 도덕적 가치, 삶의 의미와 중요성, 우리모두가 공유하는 삶의 특성을 외면한다.

마지막으로 정의는 미덕 그리고 좋은 삶과 밀접히 연관된다고 보는 입장이다. 아리스토텔레스는 일찍이 미덕과 좋은 삶에 대해 명확히 설명했다. 아리스토텔레스가 말하는 도덕적 삶, 즉 좋은 삶은 행복을 목표로 하지만 그가 말하는 '행복'은 쾌락을 극대화하여 고통을 넘어서는 공리주의의 행복이 아니다. 그가 말하는 도덕적 삶은 쾌락과 고통을 구별하여 고상한 것에서 기쁨을, 천박한 것에서 고통을 느끼는 데 있다. 따라서 "행복은 마음 상태가 아니라 존재하는 방식이며 미덕과 일치하는 영혼의 활동이다. 그리고 이러한 도덕적 미덕은 습관의 결과로 생긴다. 즉 미덕은 행동으로 터득하는 것이고 연습해야 얻을 수 있는 것이다. 예술이 그러하듯이." 이처럼 도덕적 미덕이 행동으로 배우는 것이라면 처음부터 올바른 습관을 키워나가야 한다.

앞에서 언급한 연예인의 경우에서 보듯이 오늘날 소위 텔레비전 스타들은 일반 직장인들의 수십, 수백 배에 달하는 수입을 올리고 있다. 물론 스타가 되기까지 그들 나름대로 열심히 노력도 했겠지만 그렇다고 해서 그들이 일반 직장인들보다 수백 배나 많은 수입을 벌어들이는 것을 순전히 그들의 노력 덕분이며 또한 그들이 그만한 돈을 받을 자격이 있다고 말할 수는 없을 것이다. 오히려 그들이 운 좋게도 필요한 재능을 타고났고 또한 텔레비전 스타에게 아낌없이 돈을 쏟아붓는 시대와 사회에 살게 된 행운 덕분이라고 할 수 있다. 사실 텔레비전 스타들 이외에도 성공한 많은 사람들이 자신의 성공에서 이처럼 우연히 차지하는 부분을 쉽게 간과하고 스스로 자신에게 주어진 행운을 누릴 자격이 있다고 오해하고 자만한다. 그러고는 자신에게 주어진 성공의 결실을 오로지 자신의 쾌락과 행복만을 위해 누리다가 볼꼴 사나운 추태를 드러내고 끝내는 도덕적 타락과 함께 불행의 늪으로 빠지고 만다.

스타를 비롯하여 성공한 사람들은, 공동체의 한편에는 똑같이 소중하지만 재능이 시대에 맞지 않아 낮은 소득으로 살아가는 수많은 사람들이 있고 또한 그들 덕분에 자신들이 성공을 누리고 있음을 잊지 말아야 한다. 홍콩이 낳은 세계적인 스타 성룡이 4,000억 원에 달하는 자신의 전 재산을 기부하겠다고 밝힌 데 이어 주윤발 또한 자신의 재산 99%를 기부하겠다고 약속했다는 소식은 우리 사회의 정의에 대해 다시 한 번 깊이 생각하게 한다. 주윤발이 그러한 결심을 하게 된 것은 결코 일시적인 충동이나 어떤 특별한 계기가 있어서가 아니다. 대중교통을 이용하고 허름한 식당에서 식사를 하는 등 일상생활에서의 습관을 통해 도덕적 미덕을 키워나가는 좋은 삶의 자연스러운 귀결이었을 뿐이다.

『정의란 무엇인가』 (마이클 샌델 지음 / 김영사)

부자의 사회적 책임,
노블레스 오블리주

부자가 천국 가기란 낙타가 바늘구멍을 지나기보다 어렵다는 말처럼 안타깝게도 그동안 우리나라 부유층들은 국민들로부터 경멸과 분노의 대상이 되어왔다. 그것은 많은 부자들이 탈법과 탈세 등을 통해 부를 축적하거나 한편으로 부자로서의 사회적 책임을 다하지 않았기 때문일 것이다.

오래전 부자의 사회적 책임에 대해 모범을 보여주었던 우리나라 대표 명문가 경주 최부자 가문은 우리에게 부자와 재물에 대해 다시금 생각하게 한다. 경주 최씨 가문은 '만석 이상의 재산은 사회에 환원하라', '흉년에는 땅을 사지 마라', '주변 100리 안에 굶어 죽는 사람이 없게 하라', '시집온 며느리는 3년간 무명옷을 입어라' 등의 가훈에 따라 스스로 근검절약하고 그렇게 이룬 부를 아낌없이 나누어 12대, 300년 동안 부를 이어왔다.

세계 금융의 지배자로서 세계사의 흐름을 좌우해온 세계 최고의 부호 로스차일드 가문 역시 경주 최씨 가문처럼 8대, 200년에 걸쳐 부를 이어오며 다양한 모습으로 노블레스 오블리주를 실천해

오고 있다. 로스차일드 가문의 역사는 그들이 어떻게 부를 이루고 지켜왔는지 그리고 부자로서 어떻게 사회적 책임을 다해야 하는지를 보여준다.

로스차일드 가문의 창시자인 마이어 암셀 로스차일드는 1744년 가난한 유대인 보따리장수의 아들로 태어났다. 마이어 로스차일드는 유대인에 대한 차별이 극심했던 프랑크푸르트의 감옥과도 같은 게토(유대인 격리지역)에 살면서 사회 최하층 천민으로 온갖 차별과 박해 속에서도 뛰어난 상업적 재능과 수완을 발휘하여 골동품 거래를 시작으로 금융업까지 사업을 확장하며 부를 쌓기 시작했다. 그 후 그의 다섯 아들들은 나폴레옹에 맞서 싸우는 반프랑스 동맹국들에 군수자금을 지원하고 뛰어난 정보망을 가동하여 영국과 프랑스 국채 거래를 통해 엄청난 부를 거머쥐었고 이렇게 쌓은 부를 토대로 영국, 프랑스, 독일, 이탈리아, 오스트리아에 각각 로스차일드 은행을 설립했다.

1대와 2대에 걸쳐 이룩한 부를 물려받은 로스차일드 가문의 후손들은 가난한 사람들을 위해 선행을 베풀기 시작했다. 매일 영지 내의 모든 주민들에게 무료로 다과를 나누어주고, 자신의 장원이 있는 타운 내의 모든 주민들에게 무상으로 의료서비스와 주택을 제공하고, 60세 이상의 주민들에게는 양로금을 지급했으며 영지 내의 모든 실업자를 실업급여 수령자 명단에 포함시키기도 했다. 로스차일드 가문은 이처럼 많은 선행을 베풀어 국민들의 사랑을 받아 의회선거기간에는 아이들마저도 거리로 나와 로스차일드 가문을 위해 선거운동을 벌이기도 했다. 또한 3대 에드먼드는 팔레스타인의 황무지 땅을 매입하여 러시아에서 박해를 피해 유럽으로 망명해온 유대인들이 팔레스타인에 정착할 수 있도록 지원했고, 유대인들이 성공적으로 정착하도록 평생 물심양면으로 지원을 아끼지 않아 이스라엘 건국의 초석이 되었다. 또한 로스차일드 가문은 음악가인 쇼팽과 로시니를 비롯하여 화가인 들라크루아와 시인인 하이네 등을 포함해 수많은 예술가들을 후원했다. 무엇보다도 로스차일드 가문의 거의 모든 남성들은 자신들의 나라를 지키기 위해 몸을 아끼지 않고 제1차 세계대전과 제2차 세계대전을 비롯해 수많은 전쟁에 참전했다. 그리고 서슬 퍼런 나치의 게쉬타포에 체포되거나 전쟁터에서 포로로 잡혔을 때도 절대로 굴하지 않고 용감하게 맞섰다.

로스차일드 가문이 200년을 넘어 오늘날까지도 금융업을 비롯하여 광업과 와인 등 다양한 분야에서 막대한 수익을 올리며 부와 명성을 이어가고 있는 것도 어쩌면 이와 같은 사회적 책임을 망각하지 않고 대대로 이어오기 때문일 것이다.

로스차일드 가문의 역사를 보면 부자가 자신에게 주어진 재물을 감사히 여기고 가난한 사람과 나눌 때 그의 곳간에는 더욱 많은 재물이 넘친다는 역설적인 진리가 마음에 와 닿는다. 역사와 문화가 일천한 미국이 200여 년의 짧은 역사에도 불구하고 오늘날 세계 최강대국으로 부상한 것은 부자는 부자대로, 서민은 서민대로 가진 것을 서로 나누고 기부하는 정신 덕분이라는 것 역시 이러한 진리를 증명해 보이고 있다.

　최근 동네 구석구석까지 속속 들어서고 있는 대기업들의 기업형 슈퍼마켓에 이어 대형마트의 할인공세로 인해 영세 소매점들이 고사 위기에 처해 있다는 보도를 보면 참으로 안타까운 생각이 든다. 부디 우리나라 부자와 대기업들이 이러한 진리를 다시 한 번 가슴에 새기기를 간절히 바란다.

『세계 금융의 지배자 로스차일드 신화』 (리룽쉬 지음 / 시그마북스)

우리가 두려워해야 할 것은
두려움 그 자체뿐이다

　　최근 북한의 연이은 미사일 발사에서 보듯이 북한은 여전히 우리에게 두려움을 안겨주는 대상이다. 비단 북한뿐만이 아니다. 이스라엘과 하마스의 전쟁, 세계 곳곳에서 일어나고 있는 자연재해는 물론 심지어 우리 주변에서 발생하는 묻지마 살인과 학교 폭력, 보이스 피싱 등 수많은 요소들이 우리를 두려움에 떨게 한다. 일상생활에서 발생할 수 있는 두려움에 대해서는 충분히 경계하고 최선을 다해 대처하는 것이 마땅하나 북한의 도발이나 핵 위협 등은 개인으로서 우리가 마땅히 대처할 방법이 없다. 그럼에도 불구하고 우리는 막연한 두려움에 떨고, 이는 우리의 이성적 판단을 마비시킨다. 과거 군사독재정권은 자신들의 권력 유지를 위해 국민들을 억압하고자 할 때마다 어김없이 북한의 도발 가능성을 효과적인 도구로 활용해왔으며, 일부 언론은 정권의 충실한 하수인으로 그러한 두려움을 증폭시켜왔다.

　　오늘날 우리는 과거에 비해 비교도 안 될 만큼 많은 정보를 입수할 수 있다. 따라서 우리는 이러한 정보를 토대로 두려움을 직시하고 상황을 명확히 파악함으로써 지혜로운 판단을 해야만 한다. '의심 많은' 칼럼니스트로 잘 알려진 댄 가드너는 자신이 저술한 『이유 없는 두려움』에서 실체가 막연한 두려움이 오히려 더 큰 화를 불러일으킨다고 강조한다.

프랭클린 델러노 루스벨트는 두려움이 무엇인지 잘 알고 있었다. 그가 미국 32대 대통령에 취임할 당시, 미국 전역에는 두려움이 짙은 안개처럼 내려앉아 있었다. 두려움이야말로 대공황의 근간을 이루는 뿌리였다. 은행들이 줄도산하고 산업 생산량이 반 토막 났다. 4명 중 한 명이 실업자였고 200만 명이 노숙자였다. 그런 나라의 통치권을 하반신이 마비된 사람, 그것도 고작 한 달 전에 간신히 암살을 면한 사람이 쥐게 되었다. 프랭클린 루스벨트는 대통령이 되고 처음 한 연설에서 그런 국민들의 염려에 정면으로 맞서야 했다.

"친애하는 미국 국민 여러분. 제가 현 상황에서 우리가 해야 할 일에 대해 솔직하고 소신 있게 이야기해주기를 바라시는 줄 잘 알고 있습니다. 지금이야말로 용기를 내어 진실을 있는 그대로 말해야 할 때입니다. 현재 우리나라의 상황을 직시한다고 해서 결코 주눅이 들 필요는 없습니다. 위대한 미국은 지금까지 그래왔듯이 이 위기를 견뎌내고 다시 일어나 번영할 것입니다. 그래서 이 자리에서 무엇보다 이런 말씀을 드리고 싶습니다. 저는 우리가 두려워해야 할 것은 두려움 그 자체뿐이라고 확실히 믿습니다. 우리의 의지를 마비시키는, 이름도 이유도 근거도 없는 두려움만 극복한다면 후퇴를 전진으로 뒤바꿀 수 있습니다."

국가가 심각한 위기를 겪고 있는 상황에서 그런 이유 없는 두려움까지 날뛰면, 미국인들은 자유민주주의에 대한 믿음을 잃고 공산주의와 파시즘의 광기 어린 꿈을 받아들여 상황이 훨씬 악화될 수도 있을 것이다. 대공황은 기껏해야 미국을 흠집 내는 정도였지만 두려움은 미국을 무너뜨릴 수도 있었다.

물론 두려움도 사회에 긍정적 결과를 가져오는 감정이 될 수 있다. 위험을 두려워하면 위험에 더 관심을 기울이고 합리적인 조치를 취하게 된다. 두려움이 없었다면 인류가 지금껏 존재할 수 없었다고 해도 과언이 아니다. 하지만 '이유 없는 두려움'은 다르다. 이유 없는 두려움 때문에 미국은 대공황 속에서 무너질 뻔했다. 9·11 테러의 현장을 TV 화면을 통해 생생하게 목격한 미국인들은 비행기를 버리고 자동차를 선택했다. 이로 인해 항공업계는 엄청난 타격을 입고 정부로부터 구제금융까지 받아야 했다. 그러나 진실은 비행기가 자동차보다 훨씬 더 안전하다는 것이다. 오죽하면 민간 항공 여행에서 가장 위험한 순간은 자동차를 타고 공항으로 가는 순간이라고까지 말하겠는가. 결국 비행기에 대한 두려움 때문에 자동차를 택함으로써 생명을 잃은 사람은 두려움 때문에 목숨을 잃은 것이다. 우리가 위험에 직면하여 내리는 결정이 갈수록 어리석어지는 까닭도 바로 이러한 이유 없는 두려움이 날로 커지고 있기 때문이다.

오늘날 평균 수명이 과거에 비해 크게 늘어난 사실에서 알 수 있듯이 우리는 역사상 가장 안전한 시대를 살고 있다. 그럼에도 불구하고 사람들이 겁에 질려 사는 까닭은 무엇인가? 근본적인 원인은 세 가지로 첫째는 두뇌, 둘째는 대중 매체, 셋째는 두려움을 부채질해서 이득을 얻는 개인과 조직이다. 이 세 가지가 하나로 이어지면 두려움 회로가 만들어진다. 그러다 보면 루스벨트가 경고한 '이유 없는 두려움'이 일상에 자리를 잡는다. 어떻게 보면 이는 현대사회의 필연적인 현상이다. 인간의 두뇌가 지금의 모습으로 바뀐 시기는 구석기 시대였다. 구석기 시대의 연약한 인간에게 뱀을 비롯하여 자연의 모든 것은 두려움의 대상이었다. 구석기 시대의 강렬한 각인효과는 여전히 우리의 뇌를 지배하고 있고 언론을 비롯한 대중 매체는 날마다 새롭고 무시무시한 위협에 대해 끊임없이 경고한다. 그리고 두려움을 이용한 장사는 갈수록 활개를 치고 있다.

최근에는 블랙 스완(Black Swan)에 이어 네온 스완(Neon Swan)이란 개념까지 등장했다. 블랙 스완은 검은 백조처럼 극단적으로 예외적이어서 발생 가능성이 없어 보이지만 일단 발생하면 엄청난 충격과 파급효과를 가져오는 사건을 가리킨다. 그런데 네온 스완은 말 그대로 '스스로 빛을 내는 백조'로 현실적으로 불가능한 경우를 의미한다. 그럼에도 불구하고 네온 스완이 등장할 때마다 사람들은 원시적 두려움으로 인해 그리고 언론의 확대 재생산과 두려움 장사꾼들의 농간에 넘어가 이성적인 판단을 마비당하고 사회 전체는 공황 상태로 치닫는다. 기우(杞憂)로 가득한 정신 상태로는 제대로 된 삶을 살아가기 힘들다. 이제부터라도 두려움의 회로를 차단하고 신중하게 생각하여 이성적으로 판단하도록 노력하는 것이 우리의 삶에 더욱 유익할 것 같다.

『이유 없는 두려움』(댄 가드너 지음 / 지식갤러리)

카나리아의 소리를 들으라

얼마 전 발생한 '영국 폭동'은 전 세계를 커다란 충격으로 몰아넣었다. 경제적으로 부유하고 정치적으로 평화롭다고 믿었던 '신사의 나라' 영국이 폭력과 약탈이 난무하는 무법천지의 국가로 변한 것이다. 정부의 강경대응으로 사태는 수그러들었지만 폭동의 배경과 원인에 대해서는 의견이 엇갈리고 있다. 영국 정부는 이번 사건을 극악한 범죄자들의 소행일 뿐이라고 일축한 반면 한편에서는 청년 실업, 빈곤층의 상대적 박탈감을 원인으로 지적하며 분배 정의의 실현을 요구하는 목소리가 높다.

영국의 경우에서 보듯이 최근 대다수의 국가에서 빈부 격차로 인한 계층 간 갈등은 언제 터질지 모르는 시한폭탄처럼 사회 전체의 불안 요인으로 작용하고 있다. 인류가 만든 최고의 시스템으로 평가받고 있는 자본주의는 부의 극대화라는 본연의 임무를 효율적으로 수행했지만 한편으로 빈부 격차라는 도저히 묵과할 수 없는 부작용을 낳았다. 그리고 이제 그 부작용이 극에 달해 경고음을 울리고 있다. 이에 대해 최근 미국과 프랑스, 독일 등 유럽국가에서는 필요 이상의 돈을 가지고 있는 사람들이 자발적으로 세금을 더 내겠다는 일명 '부자세' 또는 '부유세' 바람이 일고 있고, 오바마 미국 대통령도 연소득 1,000만 달러가 넘는 부자들에게 부유세를 부과하겠다고 나섰다. 그러나 아직도 가야 할 길은 요원하다. 『가치란 무엇인가』의 저자 짐 월리스는 우리에게 '카나리아의 소리를 들으라.'고 외친다.

어느 날 웨스트 버지니아의 주 상원의원이 빈곤 종식을 주제로 우리가 개최한 집회에서 강연을 했다. 아버지가 석탄 광부였던 그는 광부들이 지하 탄광에 들어갈 때는 카나리아를 데리고 간다고 이야기했다. 그 이유는, 카나리아는 예민한 호흡기 체계를 갖고 있어서 유독한 환경을 쉽게(광부들보다 더 빨리) 알아차릴 수 있기 때문이라고 했다. 카나리아가 기침을 하고 숨 막혀 하기 시작하는 것은 광부들에게 곧 위험 수준에 도달하니 빨리 그 탄광을 빠져나가야 한다는 분명한 신호다.

이 이야기를 한 뒤 상원의원 존 엉거는, 카나리아는 모든 사회의 가난하고 약한 사람들을 상징하며, 이들의 행복이 사회의 행복을 가늠하는 척도가 된다고 주장했다. 가난한 이들이 고통받기 시작하면 머지않아 우리 모두가 고통을 느끼게 될 것이다. 우리는 현재의 경제 위기를 알리는 경고 신호를 놓쳤다. 궁극적으로 공동선(共同善)이 우리 자신의 선이며, 우리 모두에게 최선인 것은 우리 중 가장 작은 사람들에게도 좋은 것이다. 이제 사회적 언약은 깨져버렸다. 우리 세대가 자라며 믿었던 예전의 언약, 즉 우리에게 번영과 상대적 평등을 가져다줄 것이라고 생각했던 언약은 이제 젊은 세대에게는 완전히 낯선 것이 되고 말았다.

부자들은 재분배라는 말을 거의 욕설처럼 만들어버렸다. 그러나 지금 우리가 겪고 있는 위기는 우리가 '카나리아'를 무시했기 때문에 일어난 것이다. 따라서 이제 재분배에 관해 이야기해야만 한다. 위기는 열린 태도를 만들어내며, 우리의 마음을 열어 옛 가치를 다시 배울 수 있게 해준다. 이제 우리는 경제적 격차가 지나치게 커지는 것이 사회를 위해 좋은 일이 아님을 깨닫고 있다. 실제로 지금의 경제 위기는 사회의 꼭대기와 밑바닥 사이의 격차가 크게 벌어진 후 찾아왔다. 또한 우리는 이웃이 중요하고 그들의 행복이 우리 자신의 행복과 연결되어 있음을 깨닫기 시작했다. 다른 사람에게 뒤처지지 않으려는 태도 대신 다른 사람이 괜찮은지 관심을 기울일 수도 있다. 가난하고 약한 이들의 행복이 사회의 건전성과 '의로움'을 판단하는 최선의 척도가 되는지를 배울 수도 있다. 이들의 존재를 잊어버릴 때 나머지 사람들을 한데 묶어주는 사회적 유대 역시 금세 위태롭게 될 것이다.

물론 한 국가의 빈부 격차를 해결해야 할 책임은 궁극적으로 국가에 있다. 그러나 국가 혼자의 힘만으로는 이 지난한 문제를 결코 해결할 수 없기에 사회의 구성원인 우리 모두가 발 벗고 나서야 한다. 가난한 이웃들의 아픔을 진심으로 같이 아파하고 우리가 가진 것을 나누는 것이 결국 우리 자신의 안녕과 행복으로 이어진다는 진실을 깨달아야 한다. 그리고 국가는 이러한 사회적 분위기 조성을 위해 노력해야 한다. 보다 쉬운 기부 여건을 조성하고 기업이나 부유한 사람들이 노블레스 오블리주 정신을 키워나갈 수 있도록 이끌어야 한다.

가수 김장훈 씨가 지난 10년간 100억 원 넘게 기부했지만, 자신은 월세 집에 살고 있다는 사실은 우리에게 큰 감동을 주었다. 정부에서도 '나눔기본법'(일명 김장훈법)을 제정하여 2015년부터 기부연금제도를 시행할 예정이라고 하니 참으로 기쁜 소식이 아닐 수 없다. 물론 김장훈 씨를 비롯하여 기부를 하는 사람들이 어떤 대가를 바라고 하는 것은 결코 아닐 것이다. 이웃의 아픔을 공감하고 그들을 돕는 것이 곧 자신의 기쁨이고 행복이기에 자신이 가진 물질을 아낌없이 내어놓는 것이다. 자신의 필요보다는 이웃의 아픔을 먼저 생각하는 이들은 참으로 아름다운 사람들이다. 우리가 이들에게 아낌없는 찬사를 보내고 이들과 함께할 때 우리 사회는 더욱 풍요롭고 아름다워질 것이다.

『가치란 무엇인가』 (짐 월리스 지음 / IVP)

일곱 가지 사회적 대죄

　최근 지인들을 만나 이야기하다 보면 답답한 마음이 든다. 과학 기술의 발달로 세상은 점점 풍요로워지고 편리해지면서 더욱 좋아지고 있는 것 같은데 사람들은 갈수록 살기가 어렵고 미래에 대한 불안과 두려움에 휩싸이고 있다. 어려서부터 입시 위주의 교육에 찌들려 어렵게 대학에 들어가 등록금 마련을 위해 아르바이트를 하거나 학자금 대출을 받아 힘겹게 대학을 졸업해도 취업하기가 하늘의 별 따기다. 가까스로 취업을 해 가정을 이루고 나면 천정부지로 솟는 전세금이나 내 집 마련을 위해 그리고 자녀들 교육비를 충당하기 위해 등골이 휜다. 내 집을 마련하고 자녀들이 크고 나면 어느새 정리해고나 명예퇴직 대상자 리스트에 오르내리고, 머지않아 정년퇴직을 앞둔 사람들은 30년 이상 남은 노후가 걱정이다.

　국가 전체 무역 수지는 매년 사상 최대 흑자 기록을 갱신하고 대기업들은 계속해서 호황을 누리며 보너스 잔치를 벌이고 부유층들은 더욱더 부유해지는데 우리 사회의 구성원 대다수는 그 혜택을 누리지 못하고 하루하루를 힘겹게 살아가고 있다. 수백 통의 이력서를 제출하고도 일자리를 찾지 못해 절망하는 젊은이들, 정리해고와 비정규직 철폐를 외치며 크레인 위에서 농성을 벌이는 노동자들, 삶의 희망을 잃어버린 노숙자들, 벼랑 끝에 몰려 스스로 목숨을 끊는 가장 그리고 끊이지 않는 생계형 범죄들. 이와 같은 극심한 불평등의 근본적인 원인은 무엇일까? 그리고 이러한 상태가 과연 언제까지 계속될 수 있을까? 정말 해결책은 없는 것일까? 신학자인 짐 월리스는 그의 저서 『가치란 무엇인가』에서, 간디가 지적한 '일곱 가지 사회적 대죄'를 통해 이러한 의문들에 대해 답하고 그 해결책으로서 도덕의 회복을 제시하고 있다.

우리는 그동안 시장이라는 '보이지 않는 손'이 모든 것을 제대로 돌아가게 한다고 믿어 왔으며, 의사결정에서 도덕을 논할 필요가 없다고 믿어 왔다. 그러나 시장에 맡겨 놓은 세상은 제대로 돌아가지 않았고, 보이지 않는 손은 '공동선(共同善)'과 같은 매우 중요한 이상을 내팽개치고 말았다. 그러는 동안 상황은 우리가 통제할 수 없는 지경으로 치달았다. 2009년 1월 스위스의 다보스에서 열린 세계경제포럼에서 나는 세계의 기업 지도자들에게 간디가 말한 '일곱 가지 사회적 대죄'를 이야기했다. 간디가 자신의 수행 공동체인 아쉬람(Ashram)에서 젊은 제자들을 가르치면서 말한 이 '사회적 대죄'는 다음과 같다.

1. 원칙 없는 정치
2. 노동 없는 부
3. 도덕 없는 상업

4. 양심 없는 쾌락

5. 인격 없는 교육

6. 인간애 없는 과학

7. 희생 없는 예배

일자리가 사라지고, 집이 차압되고, 예금이 무효화되고, 미래에 대한 소망이 꺼져 갈 때 그 사회의 위기는 심화된다. 1930년대의 대공황은 경제적 불평등이 극에 달함으로써 초래된 결과였다. 시장은 결코 불평등을 해결할 수 없다. 시장이라는 경제적 수단의 이면에는 도덕적 적자(moral deficit)가 자리 잡고 있다. 『국부론』에서 우리 모두가 자신의 이익을 위해 일할 때 '보이지 않는 손'에 의해 모두가 이익을 얻는다고 주장했던 아담 스미스는 일찍이 『도덕 감정론』에서 자신의 이익보다 타인의 이익을 더 많이 고려하는 것이 인간 본성의 완성이라고 주장했다. 중요한 것은 시장을 파괴하는 것이 아니라 시장을 가치라는 올바른 토대 위에 세워 놓는 것이다. 그리고 이를 위해서는 무엇보다도 도덕을 회복해야만 한다.

선거 때마다 표심을 붙잡기 위해 공약을 남발하고 개인적 이해관계나 당리당략에 따라 원칙도 소신도 없이 오락가락하는 철새 정치인들, 권력이나 지위를 이용하여 재물이나 향응을 탐하는 공직자들, 문어발식 확장으로 영세상인과 중소기업들을 고사 위기로 몰아넣는 대기업들, 눈앞의 돈벌이에 급급하여 유해 식품을 공급하고 불법과 탈법을 일삼는 파렴치한 사람들. 불야성을 이루고 쾌락을 충동질해 대는 수많은 유흥업소와 퇴폐업소들, 입시 위주의 교육에 압도되어 전인교육을 상실한 학교의 위기, 시간이 흐를수록 인간의 존엄성과 주체성을 위협하고 있는 과학 기술과 물질만능주의, 자신을 희생하고 이웃을 배려하는 사마리아인의 선한 마음은 잃어버린 채 형식적 예배와 그들끼리만의 교제와 무리 짓기에 몰두하고 있는 종교인들. 지금 우리 주변에서 일어나고 있는 모든 일들은 간디가 지적한 '일곱 가지의 사회적 대죄'가 야기한 결과라고 할 수 있다. 이러한 상태가 지속되면 우리 사회는 결코 존속할 수 없고 결국 우리 모두는 돌이킬 수 없는 피해를 입게 될 것이다.

나는 과연 일곱 가지 대죄로부터 자유로운가. 우리 사회가 당면한 위기를 초래하는 데 나 역시 어느 정도 기여하지 않았을까? 이제부터라도 우리 사회의 모든 구성원들이 이 풍요로운 세상의 혜택을 누리며 더 큰 희망으로 나아갈 수 있도록 현재 나 자신의 위치에서 스스로를 돌아보아야 한다. 정치가들은 정치에 뜻을 품었던 초심으로 돌아가 원칙과 소신을 지키고, 공직자들은 부당한 돈이나 향응을 탐하지 않는 청렴을 지키고, 기업가들은 더불어 사는 세상을 위해 사회적 책임을 다해야 한다. 그리고 우리 모두는 절제를 통해 무분별한 소비와 쾌락의 유혹을 이겨 내고 한편으로는 따뜻한 마음으로 이웃을 배려함으로써 사회 전체의 안녕과 질서를 생각하는, 공동체의 건전한 구성원으로서의 역할과 책임을 다해야 한다.

『가치란 무엇인가』 (짐 월리스 지음 / IVP)

저항은 자유와 방종을 구분한다

　수년 전 소위 '회피 연아' 동영상을 둘러싼 논쟁이 뜨겁게 달아오른 적이 있었다. 문제의 동영상은 밴쿠버 동계 올림픽을 마치고 귀국한 우리 선수단 일행을 축하하는 자리에서 유인촌 문화체육관광부 장관이 김연아 선수에게 화환을 걸어주고 포옹하려고 했는데 김연아 선수가 이를 피하는 듯한 모습을 담고 있고 거기에 수많은 모욕적인 댓글들이 달렸다. 이에 대해 문화체육관광부는 누리꾼이 악의적 의도를 가지고 화면을 왜곡 편집했다고 주장하며 동영상을 유포한 누리꾼을 명예훼손으로 고소했다. 이를 둘러싸고 한편에서는 패러디와 표현의 자유도 인정하지 못하는 속 좁은 장관이라고 비난하는가 하면 다른 한편에서는 개인의 명예를 훼손한 이러한 행위에 대해 마땅히 책임을 물어야 한다며 공방을 벌이고 있다. 오늘날은 스마트폰과 SNS 등 표현 수단의 발달로 인해 자신의 의사를 자유롭게 그리고 거의 실시간으로 표현하는 세상이 되었다. 그러다 보니 자칫 자유가 도를 넘어 타인의 권리를 침해하는 방종으로 이어지기도 한다. 오랫동안 인터넷 소통을 연구해온 안병길 박사가 저술한 『약자가 강자를 이기는 법』은 자유와 방종의 의미를 다시 한 번 되새기게 한다.

자유와 방종을 이해하기 위해 모형을 만들어보자. 가장 간단한 것은 로빈슨 크루소 모형으로, 한 명만 존재하는 절대자유의 세상이다. 이 경우에는 '자유=방종'이라고 결론을 내려도 무방하다. 외딴섬에서는 자기 마음대로 행동해도 누가 뭐라고 할 사람이 없기 때문에 자유와 방종의 구분이 의미가 없다. 이번에는 아주 단순한 인터넷 동호회를 가상해보자. 이 동호회에는 단 두 명의 회원과 인터넷 게시판만 있고 공권력도 전혀 없는 자유 또는 방종의 세상이다. 두 사람은 인터넷에서 야동을 보든, 남에게 욕을 퍼붓든 자유롭게 자신의 행복과 즐거움을 추구할 수 있다.

　　그런데 두 사람 모두 자신의 자유를 주장할 때 자유와 자유가 부딪치게 된다. 회원 A가 B를 욕하는 글을 올렸는데, B가 아무 항의도 하지 않는다면 그것은 A의 자유로 인정된다. 그러나 A가 욕설을 올렸을 때 A가 방종을 저질렀다고 꾸짖는 글을 B가 올리는 순간, A의 자유는 의심을 받게 된다. 따라서 우리는 자유와 방종을 다음과 같이 구분할 수 있다. "저항이 없는 경우 자유는 방종이 되지 않는다. 그러나 자유가 저항에 부딪히면 방종이 될 가능성이 생긴다." 여기서 우리는 저항의 중요성을 알게 된다. 자유로운 세상에서 상대방의 행위가 자신의 권리를 침해하면 저항을 해야 상대방 자유의 정당성을 부정할 수 있다는 사실을 잊지 않아야 한다. 그리고 인간은 기본적으로 자신의 이익이나 권리를 우선적으로 생각하는 이기주의자이므로 건전한 상식을 가진 사람이면 누가 누구인지 모르는 사이버 공간에서도 자유와 방종에 따르는 저항을 고려하여 자신의 행복을 극대화하려는 합리적 이기주의자로 행동하게 된다.

국가와 시민의 관계에서도 마찬가지다. 시청 앞 광장에서의 집회를 공권력으로 막았다면, 이것은 국가의 적극적 자유인가, 아니면 방종인가? 저항을 하지 않으면 국가의 자유로 시민이 인정하는 셈이고, 저항을 하면 국가가 방종을 했다는 문제제기를 하는 것으로 해석할 수 있다. 자유주의에서 자유는 최대한 존중되어야 하지만, 방종은 적절한 제재를 가해 상응하는 처벌을 받도록 하는 것이 바람직하다. 그것은 국가의 방종이든 시민의 방종이든 마찬가지다.

인터넷상에서 누구나 자신의 생각이나 의견을 담은 게시물을 올릴 수 있는 자유가 있다. 그러나 그러한 게시물이 타인에게 피해를 주고 저항에 직면한다면 그것은 자유가 아니라 방종이다. 건전한 상식을 가진 사람들이라면 이러한 자유와 방종의 의미를 이해하고 내가 인터넷상에서 특정인을 욕하거나 비방하면 나도 똑같이 당하거나 그에 따르는 책임을 지게 된다는 사실을 잘 알고 있다. 사실 인터넷상에 방종에 가까운 글을 올리는 누리꾼들의 상당수가 이러한 합리적 이기주의에 대한 이해가 깊지 않은 중·고등학생 심지어는 초등학생들일 것으로 생각된다. 따라서 성숙한 인터넷 문화를 위해서는 어려서부터 자유와 방종에 대한 제대로 된 교육이 이루어져야 한다. 그동안 우리 교육은 공동체를 강조하는 권위주의에 사로잡혀왔다. '저마다 자기의 자유와 권리만을 주장하면 무질서와 혼란에 빠지게 되니까 모든 사람이 평화롭게 살아가기 위해서는 누구든지 법과 규칙을 지켜야 한다.'며 마치 자유와 권리의 주장이 사회불안 요인이 되는 것처럼 교육해왔다. 이제부터라도 자유와 방종을 저항 개념으로 구분하고, 자유와 자유가 맞부딪치면 권리에 대한 제한이 생긴다는 식으로 자유와 방종 그리고 합리적 이기주의에 대한 교육이 제대로 이루어져야 한다.

유 장관이 '회피 연아' 동영상으로 인해 자신의 명예가 훼손되었다고 판단했다면 그러한 방종에 대해 저항하는 것은 당연한 일이고 어쩌면 성숙한 인터넷 문화를 위한 교육적 차원에서도 저항해야만 한다고 본인이 생각했을지도 모른다. 그러나 우리나라의 문화를 이끌어가는 리더로서 '고소'라는 권위주의적이고 도식적인 방법으로 맞대응하기보다는 상황을 반전시킬 만한 멋진 유머 또는 누리꾼들에게 그러한 유머나 동영상을 공모하는 기발한 방법으로 대응했더라면 보다 품격 있는 나라를 만들고자 노력하는 유 장관의 진심을 많은 국민들이 이해하고 박수를 보냈을 텐데 하는 아쉬움이 남는다.

『약자가 강자를 이기는 법』 (안병길 지음 / 동녘)

利害보다는 是非를 먼저 생각하기

　최근 벌어지고 있는 일련의 사건들을 보면 우리 사회는 총체적인 불신의 늪에 빠져 있는 듯하다. 세월호 사건을 둘러싼 각종 비리, 관피아, 그 밖에 소위 사회 지도층 인사들의 학력 위조, 뇌물 수수, 청탁, 위장 전입, 살인 교사 등 그야말로 눈 뜨고 볼 수 없는 온갖 비리들이 난무하고 있다. 이들이 이처럼 비리를 저지르는 이유는 그것이 자신에게 이익이 되고 결과적으로 성공에 이르는 길이라는 확신 때문일 것이다. 그러나 구성원들과 주변 사람들의 신뢰를 저버리는 이러한 행위는 결코 성공과 영광의 길이 아니라 파멸의 길임을 우리는 수없이 보아왔다. 동서고금을 막론하고 개인이나 조직의 성패를 결정하는 핵심 요소는 바로 신뢰이다. 어느 조직이든 리더들이 높은 신뢰를 구축하고 구성원들로부터 존경받을 때 탁월한 성과를 이루어낼 수 있다.

　기업에서도 높은 신뢰를 구축하는 경영자야말로 진정으로 구성원들의 충성심을 이끌어내고 조직을 성공으로 인도한다. 21세기 전반부에 우리는 기업의 급격한 진화와 변화를 목격했다. 다음의 사례들에서 볼 수 있듯이 높은 신뢰는 기업의 변화와 혁신의 속도를 높이는 반면 낮은 신뢰는 변화와 혁신에 저항을 초래하여 조직 구성원들의 열정을 떨어뜨린다.

구글이 인터넷 검색 엔진 사업을 시작했을 때, 경쟁자들은 광고료를 지불한 기업들을 상위 검색 순위에 올려놓았다. 이것은 검색의 정확성을 떨어뜨리고 결과적으로 유저들을 기만하는 행위였다. 그러나 구글은 경쟁자들과 달리 광고료를 지불하는 기업들에 대해서 '스폰서 기업 링크'라는 별도의 공간을 할애해 표시해주고 대신 유저들과 높은 신뢰관계를 구축하기로 결정했다. 구글의 창업자 중 한 명인 세르게이 브린이 "우리는 사악한 짓을 하지 않을 것이다"라고 말했을 때 구글은 높은 신뢰를 구축해나갈 것이라고 선언했던 것이다.

반면 2003년 어메리칸 에어라인의 CEO인 도날드 J. 카티는 직원들에게 회사의 어려움을 호소하며 부득이하게 급여를 상당 폭 삭감할 수밖에 없으므로 직원들의 협조를 구한다고 말했다. 그리고 그는 은밀히 고위 경영진에게는 보너스를 지급하도록 했다. 그는 유능한 고위 경영진을 붙잡기 위해 보너스 지급이 불가피하다는 잘못된 믿음에 따라 행동했고 급여를 삭감당한 직원들에게 정직하지 못했다. 법적으로 카티는 임원들에 대한 보너스 지급 사실을 공시해야 했는데 그는 노조가 급여 삭감에 동의한 다음 날까지 기다렸다가 그 사실을 증권거래위원회에 신고했다. 노조위원들은 경영진에 커다란 배신감을 느꼈고 급여 삭감에 대한 찬반 투표를 다시 할 것이라고 선언했다.

이처럼 리더들에 대한 신뢰는 기업의 명암을 갈라놓는다. 물론 서로 상충되는 요구들 사이에서 한정된 자원으로 신뢰를 구축하는 일은 힘들고도 어려운 일이다. 그러나 신뢰를 구축한 리더는 더욱 많은 것을 이루어내고 유익하고 즐거운 삶으로 보상을 받는다. 그렇다면 어떻게 해야 구성원들의 신뢰를 얻을 수 있을까. 다산 정약용의 가르침은 우리에게 좋은 길잡이가 된다.

"천하에는 두 가지 기준이 있는데 하나는 시비(是非)의 기준이요, 또 하나는 이해(利害)의 기준이다. 이 두 가지 큰 기준에서 네 종류의 큰 등급이 생기는 것이다. 옳은 것을 지켜서 이익을 얻는 것이 가장 큰 등급이요, 그다음은 옳은 것을 지켜서 해를 받는 것이며, 그다음은 나쁜 것을 좇아 이익을 얻는 것이며, 가장 낮은 등급은 나쁜 것을 좇아서 해를 받는 것이다."

다산이 지적한 대로 우리는 세상을 두 가지 관점, 즉 옳고 그름의 기준과 이익과 손해의 기준에 따라 파악하고 그에 따라 행동한다. 여기서 중요한 것은 이익인가 손해인가를 따지기에 앞서 우선 옳고 그름에 대한 판단이 선행되어야 한다는 것이다. 우리 주변에서 일어나고 있는 각종 비리들과 비극적인 종말은 대부분 옳고 그름보다는 이해를 먼저 따지기 때문에 발생하는 것들이라고 할 수 있다. 리더들이 신뢰를 잃는 것도 정의를 좇기보다는 눈앞의 이익에 급급하여 잘못된 의사결정을 하기 때문이다.

옳은 것은 대낮의 태양처럼 분명하고 강렬하여 우리의 양심은 어떤 것이 옳고 그른지 분명히 알고 있다. 그럼에도 불구하고 많은 사람들이 당장의 이익에 눈이 멀어 양심을 저버리고 옳지 않은 길을 택한다. 그러나 옳지 않은 것을 선택해서 얻은 이익은 결국 해(害)로 변할 수밖에 없다. 물론 옳은 것을 지키려다가 해를 당할 수도 있다. 그러나 옳음을 지킴으로써 지금 당장은 해를 당한 것 같아 보이지만 장기적으로 그리고 보다 근본적으로는 그것이 해가 아니라 더 큰 이익임을 우리는 수없이 보아왔다.

옳고 그름 대신 이익과 손해를 앞세우고 인생을 살아갈 때 우리의 삶은 병들고 사회는 아귀다툼의 각축장이 되고 만다. 오늘날 시비와 이해의 한복판에 서 있는 기업 경영자들 역시 이해보다는 시비를 먼저 생각함으로써 신뢰를 구축하여야만 지속가능한 발전을 이루어나갈 수 있다. 또한 최근 벌어지고 있는 사회 지도층 인사들의 수많은 비리 역시 이해보다는 시비를 먼저 생각했더라면 충분히 피할 수 있고 오히려 옳음을 선택함으로써 더 큰 이익을 얻을 수 있었을 것이다. 부디 우리 사회의 많은 사람들이 다산의 가르침을 따라 이해보다는 시비를 먼저 생각하는 올바른 삶의 태도를 갖게 되기를 소망한다.

『다산문선』 (정약용 지음 / 솔)

차원과 경계를 통한 이해

    과학문명의 발달과 함께 빠르게 확산되고 있는 세계화로 인해 오늘날 우리가 살고 있는 세상은 갈수록 복잡해지고 있다. 이와 함께 우리는 수많은 문제들에 직면하고 때로는 가치관에 혼란을 느끼며 어려운 선택을 해야만 하는 상황에 놓이기도 한다. 부의 창출을 위한 가장 효율적인 시스템으로 평가되고 있는 자본주의는 인류에게 풍요를 안겨주었지만 한편으로 극심한 빈부 격차와 환경파괴 등 수많은 문제들을 초래했다. 특히 탐욕에 눈이 멀어 위험천만한 금융상품을 개발하고 마치 폭탄 돌리기 게임을 하듯 이러한 상품들을 팔아넘김으로써 글로벌 금융위기를 초래한 사건은 자본주의의 취약성과 비윤리적 행태를 압축적으로 보여주었다. 이로 인해 더욱 많은 사람들이 자본주의의 윤리성에 의문을 제기하고 있다.

    또한 최근 눈부시게 발전하고 있는 유전자 공학에 힘입어 이제 인간은 그동안 자연이나 신의 영역으로 간주되어왔던 유전자 구성에 적극적으로 개입하려는 시도들을 하고 있다. 난자와 정자가 상품으로 거래되고, 아이가 보다 우수하고 경쟁력 있는 재능을 갖고 태어날 수 있도록 부모들은 아이를 유전적으로 디자인하고 있다. 과연 이러한 행위들은 윤리적으로 받아들여질 수 있는 것인가. 우리의 선택과 판단을 요하는 이 수많은 문제들에 대하여 우리는 과연 어떻게 해야 올바른 판단을 할 수 있을까? 프랑스의 좌파적 자유주의자인 앙드레 콩트-스퐁빌은 그의 저서 『자본주의는 윤리적인가?』에서 차원과 경계의 개념을 통해 이러한 문제들에 대해 올바르게 접근할 수 있는 사고의 틀을 우리에게 제시하고 있다.

첫 번째 차원인 경제학-기술-과학적 차원은 실현 가능한 것과 불가능한 것, 또는 진리일 수 있는 것과 진리일 수 없는 것의 대립으로 내적으로 구조화되어 있다. 하지만 경제학-기술-과학적 차원이 스스로의 경계를 그을 수는 없다. 예를 들어 생물학은 우리에게 '어떻게 복제를 할 수 있는가'라는 물음에 대해서는 대답할 수 있지만 '복제를 해야 하는가'라는 물음에 대해서는 대답할 수 없다. 따라서 두 번째 차원인 법-정치적 차원이 그 바깥에서 허용 여부에 대한 경계를 그어야 한다. 법-정치적 차원은 합법적인 것과 합법적이지 않은 것의 대립으로 구조화되어 있지만, 첫 번째 차원과 마찬가지로 스스로의 경계를 긋는 능력이 결여되어 있다. 법적으로 옳은 것(합법적인 것)이 반드시 윤리적으로 옳은 것(정의로운 것)은 아니다. 철저하게 법을 지키면서도 거짓말을 하고, 심술궂으며, 이기적이고, 마음속에 증오와 경멸을 가득 담고 있는 냉혹하고 사악한 법률주의자들이 존재한다. 그러므로 세 번째 차원인 윤리의 차원이 그 바깥에서 경계를 그어야 한다.

윤리의 차원은 다시 네 번째 차원인 가치의 차원, 즉 사랑의 차원에 의해 보충되어야 한다. 윤리의 차원은 선과 악, 해야 할 일과 해서는 안 될 일 사이의 대립으로 내적으로 구조화되어 있다. 그런데 윤리의 차원은 경계를 필요로 하지 않는다. 어떤 사람이 지나치게 윤리적이라고 해도 그다지 나쁜 일은 일어나지 않기 때문이다.

윤리적인 일만 하려는 개인이 있다고 상상해보자. 바로 성경에 나오는 바리새인이 그런 사람이다. 그가 악한이 아닌 것은 명백하지만 그에게는 무언가가 결여되어 있다. 그것은 바로 사랑이다. 나는 의무 때문에 행하는 모든 일을 가리킬 때 '윤리'라는 말을, 사랑 때문에 행하는 모든 일을 가리킬 때 '가치'라는 말을 사용할 것을 제안한다. 거의 모든 사람에게 있어서 최고의 가치인 사랑은 윤리의 차원을 보완하여 더욱 높은 곳으로 이끈다.

우리는 서로 상대적이면서도 독자성을 갖고 있으며 동시에 상호작용하는 이 네 가지 차원을 동시에 필요로 한다. 어느 한 가지만으로는 결코 충분하지 않다. 이처럼 고유한 논리를 가지고 있는 각 차원을 혼동하는 것을 파스칼은 그의 저서 『팡세』에서 '우스꽝스러운 것'이라고 표현했다. 예를 들어 자본주의가 윤리적이어야 한다고 주장하는 것은 경제학-기술-과학적 차원이 내재적으로 윤리의 차원에 종속되었다고 주장하는 것으로 이런 주장은 과학이 윤리적이어야 한다고 주장하는 것처럼 전혀 타당하지 않다. 자본주의에 윤리를 요구하는 것은 차원을 구분하지 못하고 혼돈에 빠진 우스꽝스러운 일이다.

마르크스는 경제를 윤리화하고자 했다. 그가 꿈꾸었던 유토피아가 성공하려면 개인들이 자신의 이익만을 추구하는 이기심을 버리고 공동의 이익을 더 우선적으로 생각해야만 했다. 그러나 결과적으로 사람들은 그렇게 할 수 없었다. 개인의 윤리를 통해서는 빠른 시간 내에 원하는 결과를 얻는 것이 불가능하다고 판단한 공산주의는 사상 주입 등 강압적인 방식으로 인간성을 변형시키고자 했고 결국 전체주의로 빠질 수밖에 없었다. 경제학에 윤리를 도입함으로써 능력에 따라 일하고 필요에 따라 분배받게 하고자 했던 마르크스의 이상은 흉측한 모습으로 변했고 끝내 실패하고 말았다.

자본주의가 가장 효율적으로 기능하는 것은 모든 주체가 자신의 이익에 따라 행동하기 때문이며 자본주의는 그 자체로는 윤리적이지도 비윤리적이지도 않다. 따라서 윤리적 자본주의를 꿈꾸는 것보다는 차라리 자본주의에 법적인, 정치적인 그리고 윤리적인 외부적 한계를 설정하여 단점을 보완하고, 개인으로서 우리들 자신이 윤리적이 되어야 한다.

유전공학과 관련해서도 마찬가지로 우리는 첫 번째 차원에 속하는 유전공학 자체가 윤리적이기를 기대할 수는 없다. 히틀러는 정권을 장악하자마자 특정 인종의 출산을 제한하는 불임법을 공포하고 결국은 불임을 넘어 대량 학살과 인종 말살을 자행하는 야만을 저질렀다. 우리 사회가 이러한 야만에 빠지지 않도록 하기 위해서는 무엇보다도 사회의 구성원인 우리들 개개인이 윤리적이 되어야 하고, 아울러 법-정치적, 윤리적 차원의 외부 한계를 설정하기 위해 함께 노력해야 한다. 그리고 이 모든 노력의 바탕에는 가장 높은 차원인 사랑이 깃들어 있어야 한다.

『자본주의는 윤리적인가?』 (앙드레 콩트-스퐁빌 지음 / 생각의나무)

변화의 속도 따라잡기

　　최근 소셜 커머스의 열풍이 뜨겁다. 소셜 커머스는 트위터, 페이스북 등 사회관계망 서비스(SNS)를 활용해 여러 소비자를 모아 물품 또는 서비스를 할인 판매하는 전자상거래다. 20대 열 명 중 여섯은 소셜 커머스를 구매한 경험이 있을 정도로 젊은 층에게 소셜 커머스는 이미 생활이 되고 있다. 지난해 한 소셜 커머스 업체의 매출이 1조 원을 돌파한 것에서도 알 수 있듯이 이제 소셜 커머스는 우리 사회에 하나의 큰 흐름으로 자리 잡았고 혹자들은 앞으로는 이 거대한 소셜 네트워크를 효과적으로 활용하는 기업만이 생존할 수 있다고 말한다. 물론 소셜 커머스는 아직 초기 상태이기 때문에 일부 업체들의 과장 광고 및 사기행각 등 여러 가지 부작용들도 많다. 그러나 소셜 커머스가 올바른 형태로 뿌리를 내린다면 공급자와 소비자 모두에게 이익을 줄 수 있다는 것은 분명하다. 그렇다면 정부와 기업 그리고 개인 소비자들 모두가 이러한 흐름이 올바른 방향으로 나아가 새로운 가치를 창출할 수 있도록 잘 가꾸어야만 한다.

　　몇 해 전 소셜 커머스 업체가 공동 판매 형태를 통해 실시한 할인 의료 시술권 배포 행위에 대해 보건복지부는 '공동 판매를 통해 특정 의료기관을 이용하도록 소개, 알선 유인하는 행위는 의료법 위반'이라는 해석을 내렸다. 보건복지부의 이러한 결정은 공동 구매나 가격 할인에 의한 시술권 배포 행위가 자칫 의료의 질을 저하시킬 수 있다는 우려에서 나온 것으로 볼 수 있다. 이에 대해 소셜커머스 업체 측에서는 "이제는 의료 시스템도 국제적 경쟁 시대가되어 우물 안 개구리 식으로 대처하면 경쟁력을 갖출 수 없다. 우리는 시술 경험이 풍부하며, 파격가로 의료서비스를 진행할 수 있는 검증된 곳을 발굴·지원하여 의료서비스 종합 광고 배너 판으로 진행하여 소비자에게 최상의 의료서비스를 제공하도록 하고 있다"고 주장했다. 다시 말해 소셜 커머스 업체가 직접 전문적인 인터뷰와 사전조사를 통해 업체를 선별하고 장단점을 뚜렷하게 구분해줘 소비자 입장에서는 똑똑한 소비가 가능하게 하고, 공급업체에서는 효과적인 광고와 홍보를 통해 고객을 확보할 수 있다는 것이다.

오늘날 세상은 빛의 속도로 변화하고 있다. 따라서 정부 기관들도 이러한 흐름을 읽고 관료주의적인 태도에서 벗어나 적극적으로 변화를 수용해야만 한다. 세계적인 미래학자 앨빈 토플러는 일찍이 자신의 저서 『부의 미래』에서 사회 주요 기관들의 변화 속도의 차이가 중대한 문제를 야기할 것이라고 지적한 바 있다.

오늘날의 주요 국가들은 누구도 원치 않는 위기를 향해 달리고 있다. 이 위기는 비동시화 효과(desynchronization effect)의 직접적인 결과로, 심층 기반 중에서도 가장 중요한 '시간(time)'을 생각 없이 다뤄서 생겨난 문제이다. 세계 어디서나 봉건시대의 제도들은 산업발전을 가로막았다. 마찬가지로 산업시대의 관료주의는 부 창출을 위한 지식 기반 시스템의 발전을 방해하고 있다. 미국 증권 감독기관은 엔론 스캔들을 비롯한 분식회계 사건이 꼬리를 물고 일어났을 때 타락한 기업들의 가속화되는 회계조작에 대항하지 못했다. 미국 정보기관들도 냉전시대에 대한 대응력을 반테러리즘으로 빠르게 전환하지 못해 9·11테러를 무방비상태로 방치했다. 최근에는 허리케인 카트리나에 대한 미국정부의 미숙한 대응으로 비동시화의 영향이 부각되었다. 사회는 제시간에 달리는 기차뿐 아니라 시간에 맞춰 달리는 제도가 필요하다. 경제는 너무나 빠른 속도로 달리는데 사회의 다른 주요 제도들이 한참 뒤로 처진다면 무슨 일이 일어나겠는가?

예를 들어, 미국 주요 기관들의 변화의 속도를 자동차에 비유해보자. 시속 100마일은 가장 빠르게 변화하는 기관을 대변한다. 기업이 여기에 해당하며 이들은 사회 다른 부문의 변혁을 주도한다. 시속 90마일은 시민단체(NGO)이다. NGO가 주도하는 운동은 작고 빠르고 탄력적인 단위로 구성되며 네트워크로 조직되기 때문에 거대 기업과 정부 기관을 능가한다. 시속 25마일은 소리만 요란한 정부 조직과 규제 기관들이다. 그들은 스스로 천천히 변화할 뿐 아니라 기업의 속도마저 떨어뜨린다. 시속 10마일은 학교이다. 미국의 학교들은 공장처럼 가동되고, 관료적으로 관리되며, 강력한 교원노조와 교사들의 투표권에 의지하는 정치인들로부터 보호를 받는다. 시속 1마일은 느림보 중에서도 가장 느리게 변하는 '법'이다. 예를 들어 마이크로소프트를 상대로 한 소송이 제기되었을 때 재판에는 몇 년의 세월이 걸리고, 그때쯤이면 기술적인 진보로 인해 소송의 쟁점 자체가 무의미해진다. 이를 크링글리는 '인터넷 시간과 사법 시간의 격돌'이라고 평했다.

물론 공동 구매를 통한 저가의 시술권이 유통되면 단기적으로 환자들에게 이익이 될 수 있지만 장기적으로는 경쟁 과열로 인해 의료서비스의 질이 하락할 수도 있다는 보건복지부의 우려도 충분히 이해할 수 있다. 그러나 잘만 운영된다면 공급자와 수요자 모두에게 이익이 될 수 있는 소셜 커머스 시장이 계속 확장되고 있는 흐름 앞에서 '구더기 무서워 장 못 담그는' 소극적인 자세로 변화의 걸림돌이 되어서는 안 된다.

비단 보건복지부뿐만이 아니다. 기발한 아이디어, 창의적 발상, 뛰어난 제품이 하루아침에 세상을 바꾸어놓는 오늘날, 이러한 흐름에 장애가 되는 각종 정책과 규제는 하루속히 철폐되어야만 한다. 부작용을 최소화하기 위한 적절한 관리·감독과 함께 필요하다면 관련법을 개정하는 등 적극적인 변화를 통해 정부와 법도 기업의 변화 속도에 발을 맞춰야 한다.

『부의 미래』 (앨빈 토플러 외 지음 / 청림출판)

아담 스미스는 일찍이 『도덕 감정론』에서
자신의 이익보다 타인의 이익을 더 많이 고려하는 것이
인간 본성의 완성이라고 주장했다.
중요한 것은 시장을 파괴하는 것이 아니라
시장을 가치라는 올바른 토대 위에 세워 놓는 것이다.
그리고 이를 위해서는
무엇보다도 도덕을 회복해야만 한다.

Part 8

부강한 나라를 위하여
- 국가 -

세대전쟁은 서로 뺏고 뺏기는 제로섬 게임이 아니다.

청년 일자리나 출산율 제고를 위한 복지 지출은 단순한 '비용'이 아니라,

미래세대를 살리고 기성세대의 노후에 필요한 복지 지출을 지탱해나가는 데

가장 효율적이고 중요한 '투자'에 해당한다.

미래에는 청년이 국가 최고의 자산이자 가장 중요한 자원이 될 것이다.

역사 속의 보물찾기

우리 회사가 발행하는 월간지 《for Leaders》에는 '소설 속의 명장면'을 소개하는 〈소설이 좋다〉 코너가 있다. 매월 이 코너를 준비하기 위해 나는 많은 소설들을 접한다. 그러다 점차 역사 소설에 심취하게 되었고, 소설을 통해 그려진 역사 속의 위대한 인물들을 '소설 속 명장면'이라는 새로운 형식으로 사람들에게 알리는 재미에 푹 빠졌다.

작년 이맘때쯤 토요일이었던 것으로 기억된다. 그날도 자주 가는 종로도서관에서 소설 분야 서가에 있는 책들을 살펴보고 있었다. 그런데 문득 제일 아래쪽 구석에 꽂혀 있던 『파破』라는 제목의 책이 눈에 들어왔다. 제목만으로는 아무런 느낌도 정보도 얻을 수 없어 별 기대 없이 책을 뽑아 들었다. 책 표지도 마치 추상화처럼 아리송했고 저자 이름 또한 한 번도 들어본 적이 없던 작가였다. 도대체 무슨 내용일까 하고 뒤표지에 나와 있는 간단한 소개 글을 읽는 순간 갑자기 흥미가 생기기 시작했다. 그리고 책장을 넘기는 순간부터 곧장 책 속으로 빨려 들어갔다. 책을 대출해 집으로 가지고 와서 거의 밤을 꼬박 새워 읽었다. 소설 속의 주인공 조상희는 실존했던 인물로, 그의 본명은 조병택이었다.

구한말 정권 실세인 민영익의 호위무사로 들어가 민영익으로부터 인정을 받고, 그에게서 거금 삼만 원을 빌려 거상으로 발돋움한 조병택.

조병택은 청일전쟁이 일어날 것을 예견하고 소가죽을 미리 사모았다가 일본 군부에 팔아 30배에 가까운 이문을 남겼다. 그는 이처럼 기발한 발상으로 우리나라 역사상 가장 짧은 기간에 거부가 되어, 최초의 근대적 무역회사와 공장 그리고 은행을 세웠다. 그는 자신이 이룬 부를 토대로 독립운동 자금을 대고 헤이그 밀사들의 자금을 지원했으며, 일제에 맞서 조선 노동자들의 파업을 이끌었다.

자신의 부를 무기로 일제 강점기라는 비극의 시대에 민족혼을 일깨웠던 위대한 조선의 호랑이 조병택. 그러나 그를 눈엣가시처럼 여겼던 일제의 간악한 음모에 의해 그는 의문의 죽음을 당하고 만다. 그리고 그가 남긴 300만 평의 땅은 그의 죽음과 함께 사라졌다. 비록 짧은 생애였지만 누구보다도 나라와 민족을 사랑했고 의미 있는 삶을 살다 간 이 거인을 안타깝게도 후손인 우리는 기억하지 못한다.

『파破』를 다 읽고 나서도 한동안 감동의 여운이 가시지 않았다. 조병택이 소가죽을 매점하여 일본 상인과 군부를 농락하는 통쾌한 장면을 중심으로 '소설 속 명장면'을 완성하여 출판사에 보내 우리 잡지에 게재할 수 있도록 허락해달라고 요청했다. 그런데 뜻밖에도 출판사 대표가 게재를 허락하지 않는다고 직원이 내게 말했다. 그래서 내가 직접 출판사 대표에게 전화를 걸어 "아니, 이렇게 위대한 인물을 보다 많은 사람들에게 알려야 하는 것 아닙니까. 부디 허락해주십시오. 조병택이라는 인물이 사람들에게 알려지면 책도 더 잘 팔리지 않겠습니까." 그러나 아무리 이야기를 해도 출판사 대표는 이미 충분히 홍보했으니까 그럴 필요 없다며 요지부동이었다. 다급한 마음에 내가 책을 100권 살 테니 부디 허락해달라고 다시 한 번 부탁했다. 그러나 출판사 대표는 무슨 이유에서인지 끝내 허락해주지 않았다.

이미 조병택이라는 인물에 푹 빠져, 우리 국민들이 그를 알고 기억하게 해야겠다고 생각했던 나는 갑자기 허탈해지며 맥이 빠졌다. 출판사 대표의 태도가 도무지 이해가 되지 않았다. 도대체 이유가 뭘까 생각하다가 문득 혹시 저자가 자비로 출판한 것이 아닐까 하는 생각이 들었다. 그래서 책을 다시 들춰 작가 소개란을 살펴봤다. 뜻밖에도 작가 진광근은 검찰수사관 출신 법무사였고 현재 법무사 사무소를 운영하고 있어서 인터넷 검색을 통해 쉽게 작가의 연락처를 찾을 수 있었다.

나는 진광근 작가에게 전화를 걸어 상황을 설명하고 우리 잡지에 실을 수 있도록 허락해달라고 요청했다. 그러자 진 작가는 오히려 반색을 하면서 책이 나온 지 2년이 다 되어가는데 어떻게 자기 책을 알아보고 잡지에 소개해주냐며 흔쾌히 허락을 해주었다. 그러면서 진 작가는 책을 만들 당시 원고를 출판사 몇 곳에 보냈지만 출간하겠다는 곳이 없어 자기 돈 2,000만 원을 들여 2,000부를 자비 출판하여 도서관에도 보내고 지인들에게도 나누어주었다고 했다.

진 작가의 말을 듣고 나니 그 책이 너무나 아까웠고 조병택이라는 거인에 대해 너무도 미안한 생각이 들었다. 암울했던 시기에 일본과 맞서며 민족혼을 일깨웠던 위대한 조상을 후손인 우리들이 까맣게 잊고 기억조차 하지 못하고 있다는 사실에 마음이 아팠다. 뒤늦게나마 조병택이라는 인물을 보다 많은 사람들에게 알리고 기억하게 해야 한다는 생각이 들었다. 그래서 평소 가까이 지내는 출판사 '책이있는마을'의 강영길 대표를 만나 『파破』의 전체적인 내용을 이야기해주고 이 책의 완성도를 높여 '책이있는마을'에서 다시 출간하면 어떻겠냐고 제안했다. 그러자 강 대표는 흔쾌히 동의해주었다. 며칠 후 나와 강 대표를 만난 자리에서 진 작가도 과연 재출간이 가능할 수 있겠냐며 기뻐했다. 그 후 8개월에 걸친 원고 수정 작업을 거쳐 마침내 지난달 '거상 조병택을 만나다'라는 부제와 함께 『상혼商魂』이라는 제목으로 새롭게 출간되었다.

도서관 구석에서 잠자고 있던 『파破』가 『상혼商魂』으로 새롭게 탄생된 것을 보자 마치 그동안 우리가 잊고 있던 조병택이 깨어나 우리 곁으로 다가오는 것 같아 무척 흐뭇했다. 부디 『상혼商魂』을 통해, 그리고 더 나아가 드라마나 영화로 소개되어 우리 국민 모두가 조병택을 알고 오랫동안 기억해주었으면 하는 마음이 간절하다. 그리고 이번 일을 계기로 앞으로 우리가 알지 못하고 기억하지 못하는 우리의 위대한 선조들을 마치 역사 속에 숨겨진 보물을 찾는 마음으로 계속 찾아 나설 것이라고 마음에 새긴다.

『상혼』 (진광근 지음 / 책이있는마을)

박정희의 개발 독재에 대한 시각

　19년간 한국을 장기 집권해왔던 박정희 대통령의 경제 정책에 대해 아직도 많은 사람들이 다양한 평가들을 내리고 있다. "박정희는 노동자를 착취했다." "박정희는 경제 개발에 성공했다." "박정희가 이룬 경제 성장은 누구나 다 할 수 있었다." 등등. 30여 년이 흐른 지금 박정희 대통령의 경제 정책에 대한 다양한 평가들을 하나하나 살펴보고 검증하는 것은 오늘날 우리가 당면한 현실을 이해하고 제반 문제들을 극복하는 데 많은 도움이 될 것으로 생각된다. 세계적인 경제학자 장하준 박사와 정승일 국민대 교수가 한국 경제의 주요 사안에 대해 나눈 격정 대화를 담은 『쾌도난마 한국경제』는 박정희 대통령에 대한 이러한 평가에 대해 명쾌한 시각을 제시하고 있다.

• 박정희는 경제 개발에 성공했다.
　1960년대 이후 한국의 1인당 국민소득은 연평균 6%의 성장률을 기록했다. 1961년 당시 한국의 1인당 국민소득은 82달러였고, 아프리카의 가나는 2배가 넘는 179달러, 아르헨티나는 5배에 가까운 400달러였다. 그러나 오늘날 가나는 1인당 국민소득이 350달러,

아르헨티나는 우리나라의 2/3밖에 되지 않는다. 결국 오늘날 박정희가 이루어낸 경제 발전의 성과를 우리 모두 공유하고 있는 것이다.

• 박정희가 이룬 경제 성장은 누구나 다 할 수 있었다.

많은 사람들이 "당시 누가 그 자리에 있었다 하더라도 노동자의 희생 속에 경제는 성장했을 것"이라고 말한다. 그러나 경제 발전은 결코 아무나 이루어낼 수 있는 것이 아니다. 남미, 아프리카 여러 나라들의 예에서 보듯이 노동자들을 착취하고 희생시켰지만 모든 나라가 경제 발전에 성공했던 것은 아니다. 경제 발전에서 성공과 실패의 차이는 노동자들의 착취로 빨아들인 부를 어디에 사용했는가 하는 것이다. 박정희 시대의 국가는 노동자들을 착취해 수탈한 부가 생산적인 방향으로 투자될 수 있도록 강요하여 경제 발전을 이룩했던 것이다. 물론 노동자들의 착취 없이 경제 발전을 이룰 수 있었다면 더 이상 바랄 나위가 없었겠지만 그것이 가능했을지는 알 수 없다.

• 박정희는 시장 경제와 사유재산제를 무시했다.

1960년대 중반 미국은 박정희 정부에 시장 경제 노선을 채택하라고 촉구했고 박정희는 미국의 이런 충고를 따라 금융시장을 자유화했다. 그러자 순식간에 실질이자율이 25%로 뛰어올라 기업들은 이자 때문에 생존이 어렵게 되었고 경제는 파탄 직전으로 몰리게 되었다. 박정희는 결국 1972년 8·3조치로 사채를 동결해버렸다. 그는 자본주의를 지키기 위해 사유재산권을 침해했던 것이다. 따라서 박정희가 경제 개발에 성공할 수 있었던 것은 시장 주도형이 아닌 국가 주도형 경제 개발 노선을 선택했기 때문이라고 할 수 있다.

• 박정희는 자본가를 통제했다.

박정희는 정주영을 윽박질러 조선사업에 투자하게 했다. 또한 스스로 솔선수범하여 부유층들이 외제와 사치품을 못 쓰게 했으며, 노동자들을 착취하여 창출한 경제 잉여를 외국으로 빼돌리지 못하도록 철저하게 통제하고 국내에 재투자되도록 했다. 그는 한마디로 자본가들의 투자, 소비, 자본의 유출을 통제했다.

두 전문가의 이와 같은 시각에 대해 많은 사람들이 공감하기도 하고 또는 비분강개하기도 할 것이다. 물론 우리는 어느 쪽이 옳다고 말하기 어렵다. 그것은 한 국가의 경제를 어느 한 가지 이론이나 사고의 틀로 이해하고 평가하는 것이 불가능에 가깝기 때문이다. 따라서 박정희가 이루어낸 결과에 대해서도 고정된 하나의 잣대로 평가하는 것은 결코 올바른 접근 방법이라고 할 수 없다. 박정희를 한국 경제의 기적을 이루어낸 영웅으로 찬양하는 것도, 또한 권력에 눈먼 독재자로 폄하하는 것도 각각 박정희의 한 단면에 대한 평가일 뿐이다.

장하준 박사는 노무현이 이끈 참여정부의 개혁에 대해 박정희가 관치 금융하고 경제에 개입했으니까 이에 대한 반발로 시장주의야말로 개혁이라고 주장한다고 말했다. 그러나 참여정부의 개혁

세력을 신자유주의적 우파로 규정하고, 그들이 신자유주의와 주주자본주의에 대해 열광하는 것은 과거 박정희식 모델에 대한 무조건적인 거부에서 기인한 것이라고 평가하는 장하준 박사의 견해는 지나치게 한쪽으로 치우친 감이 없지 않다.

장하준 박사 자신도 지적하고 있듯이 정통 좌파의 핵심 요소는 친노동, 반시장 그리고 급진주의라고 할 수 있다. 그런데 보수파인 영국의 대처 수상은 우파적 변혁을 급격하게 추진한 바 있다. 또한 친노동, 반시장의 개념조차 모호할 때도 많이 있다. 따라서 오늘날과 같은 다양성과 복합성의 시대에 어느 한쪽 측면만을 보고 개인이나 한 집단을 좌파 또는 우파라고 규정하는 것은 시대에 뒤떨어진 접근일 수도 있다. 장하준 박사 자신에 대해서도 많은 사람들이 '극좌 민족주의자' 또는 '극우파'라는 엇갈린 평가를 내리고 있지 않은가. 장하준 박사 자신이 주장하는 대로 갈등 대립과 갈등 구조를 극복하고 사회적 대통합을 이루기 위해서는 무엇보다도 좌파니 우파니 하는 기존의 사고를 뛰어넘어야 한다.

열린사회를 지향하는 오늘날 다양한 경제주체들의 목소리에 귀를 기울이며 한 나라를 운영해나가는 정책 입안자들과 당국자들의 고뇌는 박정희 시대에 비해 결코 적지 않을 것이다. 과거에는 상상도 할 수 없었을 만큼 커진 국민들의 힘, 새만금 사업이나 부안 방사능폐기물처리장의 사례에서 보듯이 지역사회의 높아진 목소리 등을 고려할 때 정부가 과거 박정희식으로 무조건 밀어붙일 수도 없는 노릇이다. 신자유주의적 사고를 비판하며 정부의 적극적인 개입을 강조하는 장하준 박사의 주장에 나 역시 공감하는 부분이 있지만 신자유주의를 주창하는 사람들을 하나의 잣대로 재단하여 비판만 하기보다는 수많은 요소들을 고려해야만 하는 위정자들이 당면한 어려움을 이해하고 잘한 부분에 대해서는 찬사와 격려를 함께 보냈다면 많은 사람들의 가슴에 더욱 와 닿지 않았을까 하는 아쉬움이 남는다.

『쾌도난마 한국경제』 (장하준 외 지음 / 부키)

나는 좌인가 우인가?

몇 년 전 금융자본과 다국적 기업의 탐욕을 비판하는 월가 점령 시위를 비롯하여 유럽발 경제 위기와 함께 '우리는 99%다'라는 현수막을 내세운, 소위 가지지 못한 자들의 시위가 전 세계적으로 확산되었다. 가진 자와 가지지 못한 자의 대립과 갈등은 인류의 역사만큼이나 오랫동안 지속되어왔다. 그로 인해 좌와 우가 갈리고 진보와 보수가 대립하고 있다. 팟캐스트 방송 〈나는 꼼수다〉(일명 '나꼼수')로 인기를 끌고 있는 《딴지일보》 총수 김어준은 인터뷰 형식으로 저술한 『닥치고 정치』에서 인간은 타고난 기질 때문에 좌, 우로 갈린다고 주장한다.

자, 이제 사바나 시절로 돌아가보자. 대단히 동물적인 자연인 상태였던 그 시절 그들의 좌, 우는 어떤 것이었을까? 어떤 동물이건, 물론 사람도 포함해서, 그 태도를 결정하게 만드는 건 결국 크게 두 가지라고 생각해. 하나는 욕망이고 다른 하나는 공포야. 간단하게 말해 살고 싶은 건 욕망이고, 자기 존재를 위협하는 건 공포지. 그럼 공포는 어떤 모양이었을까? 사자일까? 천둥과 벼락을 내리치는 하늘? 가장 큰 공포는 불확실성이었다고 생각해. 숲 속에서 언제, 뭐가 튀어나올지 모른다는 것, 미지의 자연재해, 그런 불확실성, 나는 이게 공포의 원형질에 해당한다고 봐.

이 불확실성이란 공포에 대처하는 두 가지 서로 다른 방식이 바로 좌, 우다. 난 그렇게 생각해. 우(右)는 기본적으로 세계를 약육강식의 전쟁터로 이해한다고. 그렇게 생존이 상시로 위협받는 환경에선 내가 더 강한 포식자가 되어, 더 많은 자원을 확보하고, 더 악착같이 그걸 독점해. 우선 내가 살아남아야겠다. 그게 난 굉장히 동물적이고, 본능적인 반응이라고 생각해. 그래서 그들이 인지하는 세계에선 자신이 더 많은 것을 가지려고 하는 게 도저히 죄가 될 수 없는 거야. 당연한 생존의 권리지. 그래서 더 강한 자가 더 약한 자를 지배하는 것도 죄일 수가 없어. 마땅한 권리 행사일 뿐이지.

자기가 강해서 획득한 자산, 그걸 남에게 뺏기지 않을 권리, 그렇게 확보한 자산의 차이로 만들어지는 위계, 그렇게 형성된 계급의 유지, 그 유지를 위해 필요한 질서, 그 질서의 지속적 보장, 그들이 인지하는 세계에선 그런 것들이 무척 중요해지는 거지. 그렇기 때문에 그 격차로 인한 불평등은 너무나 당연한 자연의 이치가 되는 거야. 뒤처지거나 약한 건 전부 자기 탓이니까. 노력만으론 개인이 극복할 수 없는 사회구조 같은 건 보이지도 않아.

결국 우는 공포에 지배당하는 자들이 보여주는 본능적 대응이야. 그래서 난 우는 세계관이 아니라 반응이라고 생각해. 공포와 마주한 동물의 반응. 그래서 우의 엔진은 공포라고. 그 공포를 경쟁 대상에게 들키지 않으려고 표정은 엄숙, 비장한 것이고. 그렇게 불확실성이란 공포를 상대하는 동물적 반응, 이런 건 기질적인 것이고 타고나는 거라고 봐. 우는 본능적이고 일차원적이잖아. 일단 나부터 살고 보자는 것이 나를 둘러싼 시스템에 대해 생각해보는 것보다 쉽고 자연스럽거든.

우가 세계를 약육강식의 정글로 보고 내가 먼저 포식자가 되어 살아남아야겠다는, 공포에 대한 동물적 반응이라면, 좌(左)는 정글 그 자체가 문제라고 접근하는 이들이야. 개개인이 문제가 아니라 자원이 제한되어 있다는 것 자체가 문제다. 어차피 제한된 자원이니 이걸 두고 경쟁만 해선 문제가 해결되지 않는다. 좌도 정글의 불확실성이 두려운 건 마찬가지지만, 좌는 그 공포를 잘게 나눠 각자가 담당해야 하는 공포의 몫을 줄여서 해결하려 하는 거라고. 우가 본능적 반응이라면, 좌는 논리적 대처야. 그래서 각자가 처리해야 하는 공포의 크기를 균등하게 만드는 게 중요하다고 생각하지. 이 대목에선 평등이 아주 중요한 가치로 등장하게 되는 거지. 그래서 우가, 쎈 놈은 더 가져가도 된다는, 질서와 위계를 당연시하는 수직적 관계를 자연스럽게 받아들인다면, 좌는 누구나 같은 조건에선 같은 정도의 권리를 가져야 한다고 믿는 수평적 관계를 지향하지. 내 결론은 그래. 좌, 우는 기본적으로 타고난 기질이다. 좌, 우의 기질을 가진 사람들은 일부러 그렇게 반응하려고 하는 게 아니라 그렇게 생겨먹어서 그렇게 반응이 나오는 거다.

물론 시대 상황이나 학습의 결과로 우의 기질을 타고난 이들이 좌의 이념 체계를 머리로는 받아들일 수 있지. 시대가, 정권이 하도 비상식적이고 폭력적이니까 도저히 그들과 한패가 될 수 없어 젊은 시절 좌의 이념 체계를 받아들인 자들이, 가진 것이 늘어나면서 애초 타고난 우의 기질대로 가는 거다. 그러니까 자기 욕망이 자기 염치를 이기는 시점에 그들은 돌아간다. 그래서 난 그건 변절이 아니라 자연스러운 복귀라고 본다. 김문수, 이재오 같은 사람들.

'인간은 기질적으로 좌, 우로 태어난다.' 과연 이러한 이분법적 사고만으로 복잡한 인간의 내면과 그로 인해 나타나는 세상의 모든 현상을 설명할 수 있을까? 최근 미국과 유럽에서는 부자들이 자발적으로 세금을 더 내겠다고 나서고 있다. '충분히 먹고살 만하니까, 그렇게 하는 것이 사회의 붕괴를 사전에 예방함으로써 결국 자신들에게 유리하니까'라고 치부하는 사람들도 많다. 하지만 과연 그게 전부일까.

인간은 물론 기본적으로 이기적인 존재라고 할 수 있다. 그러나 인간에게는 분명 이타적 유전자도 존재한다. 타인의 아픔을 자신의 아픔만큼이나 아파하고 타인을 도울 때 더 큰 행복을 느끼기도 한다. 어느 한 인간이 기질적으로 좌다 우다 말하는 것은 인간의 복잡하고 신비한 내면을 지나치게 단순화한 면이 없지 않다. 사람에 따라 좌와 우의 기질이 많고 적음은 있겠지만 대다수의 인간은 좌와 우 양쪽의 기질을 모두 가지고 있고 더 나아가 이타적 유전자도 가지고 있다. 다만 자신이 살아온 환경과 상황에 따라 때로는 좌파적으로 때로는 우파적으로 행동하는 것 아닐까. 스스로에게 물어보자. 나는 과연 좌인가 우인가? 인간은 그만큼 복잡하다.

『닥치고 정치』(김어준 지음 / 푸른숲)

나라를 잃는다는 것

　우리 민족이 일본에 의해 나라를 빼앗긴 지 벌써 100년이 넘었다. 1910년 8월 29일 한일합병조약의 공표로 망국의 소식이 전해지자 수많은 우국지사들이 울분을 참지 못하고 스스로 목숨을 끊었다. 『매천야록』을 통해 흥선대원군의 집정에서부터 조선의 망국에 이르기까지의 47년의 과정을 담았던 황현 역시 그해 9월 8일 절명시 4수를 남기고 음독 순사했다. 이 시의 마지막 2수에는 나라를 잃은 그의 비통함이 절절이 묻어난다.

　　새와 짐승도 슬피 울고 산천도 찡그리니
　　무궁화 강산이 이젠 망해버렸어라
　　가을 등불 아래 책을 덮고 지난날 생각하니
　　인간 세상에 글 아는 사람 노릇하기 참으로 어렵구나

　　일찍이 나라를 지탱할 작은 공도 없었으니
　　단지 인(仁)을 이룰 뿐이요, 충(忠)은 아니로다
　　겨우 능히 윤곡을 따르는 데 그칠 뿐이요
　　그때 진동에 이르지 못하는 것이 부끄럽구나

윤곡은 몽고군이 쳐들어와 나라가 망하게 되자 가족과 함께 순사했던 인물이고, 진동은 그보다 앞선 북송시대 선비로 간신배를 물리치고 나라를 바로잡으려고 충언을 올리다 저잣거리에서 효수를 당한 충신이다. 매천은 스스로의 순사를 '단지 인을 이룰 뿐이요, 충은 아니로다'고 하면서 윤곡과 진동의 고사를 인용했다.

동서고금을 막론하고 수없이 많은 사람들이 나라를 잃은 비통함에 스스로 목숨을 끊었고 한편으로 빼앗긴 나라를 되찾기 위해 또는 누란의 위기에 처한 나라를 지키기 위해 기꺼이 목숨을 내던졌다. 이처럼 나라는 민족 또는 국민 개개인이 기꺼이 자신의 목숨마저 초개처럼 내던져서라도 지키고자 하는 삶의 뿌리이자 소중한 공동운명체이다. 나라를 잃는다는 것은 타국에 의해 영토와 주권을 잃고 이러한 삶의 터전과 뿌리를 송두리째 빼앗기는 것을 의미한다. 일제의 식민지 지배하에서 우리 조상들이 느꼈던 한없는 절망과 2000년 동안 세계 도처를 떠돌며 온갖 박해를 받았던 유대인들의 처절한 삶을 통해 우리는 나라를 잃는다는 것이 실로 어떠한 의미인지 그리고 그것이 어떠한 결과를 초래하는지 잘 알 수 있다.

그러나 오늘날 평화와 번영의 시기를 살고 있는 전후세대의 대다수는 전쟁의 참상이나 국가안보의 소중함을 피부로 느끼지 못하고 있는 것 같다. 그러다 보니 요즘 젊은 세대들은 나라의 소중함과 나라를 지키기 위해 목숨을 던진 지사와 영웅들의 업적을 지나치게 간과하는 면이 없지 않다. 일제 강점기에 나라의 독립을 위해

298

목숨을 바쳤던 독립투사들 그리고 전쟁 중에 나라를 지키기 위해 목숨을 걸고 싸웠던 수많은 호국 영웅들의 숭고한 업적들이 점점 잊혀가고 때로는 조롱의 대상마저 되고 있는 것은 참으로 안타까운 일이다.

청소년들 중 상당수가 안중근 의사가 누구인지조차 모른다는 통계 발표를 비롯하여 6·25 전쟁 중 목숨을 걸고 나라를 지켜 태극무공훈장을 받은 노병사에게 젊은 세대들이 "얼마나 사람을 많이 죽였으면 저런 훈장을 받았겠느냐"고 비아냥거렸다는 언론 기사는 가히 충격적이기까지 하다. 오늘날과 같은 변화의 시대에는 다양한 시각과 자유분방한 사고가 필요하고 또한 존중되어야 한다. 그러나 어떠한 경우에도 나라의 소중함과 나라를 위해 기꺼이 목숨을 바친 선열들에 대한 존경과 추모의 마음을 잃어서는 안 된다. 역사를 통해 이들의 희생을 항상 마음 깊이 새겨야만 하는 것은 우리 후손들의 본분이다.

오늘날 젊은 세대들이 이처럼 잘못된 역사의식을 갖게 된 것은 어쩌면 우리 사회가 그동안 젊은 세대들에게 우리의 역사를 가르치는 데 소홀했기 때문일 것이다. 중등교육과정에서 국사 과목이 필수과목이 아닌 선택과목으로 분류되었던 사실은 오늘날 우리의 역사의식을 그대로 대변하고 있다. 자신의 정체성의 뿌리인 나라의 역사를 모르고 어떻게 자신을 사랑하고 나라를 사랑할 수 있을까?

월드컵 경기가 열릴 때마다 전 국민이 한마음이 되어 목이 터지도록 대한민국 팀을 응원한다. 특히 젊은 세대들은 곳곳에 설치된 대형 스크린 앞에 모여 밤을 새워가며 열렬히 응원했다. 이들의 가슴은 분명 세계 어느 나라 젊은이들에게도 뒤지지 않을 만큼 뜨거운 애국심으로 가득하다. 이 젊은이들의 뜨거운 애국심이 올바른 역사의식을 토대로 바람직한 방향으로 발현되도록 이끌어주어야 한다. 우리의 젊은 세대들이 자신의 안위와 이익에 눈이 멀어 나라를 팔아넘긴 친일매국노들의 행위를 본받지 않도록 그리고 일본의 군국주의자들처럼 잘못된 애국심으로 인해 결과적으로 국가를 망치는 전철을 밟지 않도록 역사를 통해 배울 수 있게 해야 한다.

『죽어야 사는 나라』 (이광훈 지음 / 따뜻한손)

일본 근대화의 영웅 사카모토 료마

1895년 10월 8일 일본의 낭인 무사 수십 명이 한밤중에 대한제국의 궁궐에 난입하여 국모인 명성황후를 시해하고 그 시체를 불에 태워버렸다. '여우사냥'이라는 작전명으로 진행된 이 만행은 불과 1시간도 채 걸리지 않았다고 한다. 이 망극지경에 대해 한없는 비애를 느끼면서 한편으로 어떻게 하다가 조선이 이 지경에까지 이르렀는지 그리고 또한 불과 수십 년 전만 해도 조선과 같이 근대 문명의 변방에 있던 일본이 어떻게 해서 서구 열강들과 어깨를 나란히 하며 조선을 삼킬 수 있는 힘을 갖게 되었는지 생각하게 되었다. 그때 언젠가 읽어보겠다고 책장에 꽂아두었던 『료마가 간다』가 눈에 들어왔다.

1867년 일본은 260여 년을 이어오던 도쿠가와 가문의 에도 막부가 막을 내리고 왕정복고가 이루어졌다. 이로 인해 새롭게 정권을 잡은 메이지 정부는 조세제도 개정 등 일련의 개혁을 추진하고, 부국강병의 기치하에 구미(歐美) 근대국가를 모델로 새 시대를 열었다. 이 유신으로 일본은 근대적 통일국가를 이루게 된다. 이처럼 260년을 이어온 막부 권력을 무너뜨리고 일본 근대화와 메이지 유신을 가능하게 했던 한 위대한 일본인이 있었다. 그는 바로 사카모토 료마이다.

사카모토 료마는 1835년 도사 번(藩)의 하급무사의 아들로 태어났다. 료마는 1853년 열아홉 살의 나이에 에도로 올라와 검술 도장에 입문하여 검객으로서의 길을 걷는다. 그해 미국의 페리 제독이 군함 네 척을 이끌고 와 일본에 개항을 요구하자 막부는 그 압력에 굴복하여 개국을 하기로 결정한다. 이를 계기로 일본에서는 외국 오랑캐를 배척하자는 양이(攘夷) 운동이 거세지고, 개국으로 돌아선 막부를 옹호하는 쪽과 천황을 정권의 중심에 놓고 막부를 타도하자는 존왕양이파(尊王攘夷派)로 갈려 일본 전역은 심각한 내홍을 겪고 있었다. 당시 일본은 비록 막부의 통치하에 놓여 있기는 했지만 60여 개에 달하는 번(藩)이 마치 하나의 독립된 국가처럼 독자적인 경제력과 군사력을 보유하고 치열하게 경쟁하고 있었다.

검술에 정진하여 젊은 나이에 일본의 전설적인 검객 미야모토 무사시에 필적할 만한 최고 검객의 경지에 도달한 료마는 페리의 강압적인 개국 요구에 자극을 받아 도사 번의 하급무사들이 주축이 된 도사 근왕당에 참여하고 그 후 막부를 지지하는 도사 번의 정책에 반대하여 번에서 탈퇴하여 낭인이 된다. 그러나 얽매이기를 싫어하는 자유분방한 성격의 료마는 많은 사람들을 만나 교류하는 동안 개국을 통한 근대화야말로 서구 열강으로부터 일본을 지킬 수 있는 유일한 길임을 인식하고 점차 일본의 근대화를 위해 앞장서게 된다. 료마는 특유의 친화력으로 막부의 군함 사령관인 가쓰 가이슈의 제자가 되어 항해술을 배우고 이를 계기로 자신의 사설 함대를 창설하겠다는 원대한 꿈을 갖는다. 아무것도 가진 것이 없는 천한 하급무사 출신의 이 낭인은 정확한 정세 판단과 예리한 통찰력으로 마침내 사설 함대의 꿈을 이루어낸다. 그리고 무력으로 막부를 무너뜨리려는 죠슈 번과 사쓰마 번, 막부를 설득하여 마침내 쇼군으로 하여금 정권을 천황에게 돌려주도록 함으로써 일본의 60여 번이 막부지지파와 근왕파로 갈려 최후까지 사투를 벌이게 될 유혈 사태를 막는다.

료마의 위대함은 여기서 끝나지 않는다. 당시 무사를 비롯하여 모든 사람들이 자신이 속한 번의 이익과 안위만을 생각하고 있을 때 료마는 통일된 하나의 일본을 생각하고 진정한 일본인으로서 사고하고 행동한 최초의 인물이었다. 그는 당시 일본에 와 있던 영국인과 네덜란드인 그리고 외국 서적들을 통해 서구의 민주주의와 상하양원제 등 법적 제도 등을 접하고 왕정복고 이후 이를 일본에 도입함으로써 일본이 근대국가로 거듭나야 한다고 역설하며 그 초석을 마련했다. 이러한 자신의 위업에도 불구하고 자유로운 영혼인 료마는 권력에는 일절 욕심이 없었다. 그는 정치가 안정되면 자신은 해상무역을 통해 일본을 부강한 나라로 만드는 데 힘을 보태겠다는 또 다른 꿈을 가지고 있었다.

그러나 1867년 료마는 메이지 유신을 코앞에 두고 자객의 칼에 맞아 서른세 살의 나이로 세상을 떠난다. 일본 근대화에 온몸을 던진 사카모토 료마. 그의 파란만장한 삶은 일본의 100년을 바꿔놓은 영웅의 삶이었다고 평가받고 있다.

『료마가 간다』 시리즈를 읽는 동안 내내 이 불가사의한 인물에 매료되었다. 당시 일본의 신분구조는 최고 통치자인 쇼군을 정점으로, 영주인 번주와 번에 속한 무사, 농민, 기술자, 상인 순의 엄격한 신분사회였다. 무사는 다시 상급무사와 하급무사로 나뉘는데, 하급무사는 번주를 직접 만날 수도 없으며 하급무사의 아이가 비오는 날 길을 가다가 상급무사를 만나면 땅바닥에 엎드려 절을 해야 할 정도로 하급무사는 낮은 신분이었다. 이처럼 비천한 하급무사 출신의 한 인물이 사설 함대를 설립하고, 일본을 수십 년 후 퇴시킬 수도 있었던 대규모 내전을 막고 평화적인 정권 교체를 이루어냈으며, 누구도 생각지 못했던 신사고로 일본의 근대화를 앞당긴 것이다. 만일 사카모토 료마가 존재하지 않았더라면 을미사변 당시 일본은 어떤 위치에 있었을까. 그리고 만일 조선에도 일찍 이 료마와 같은 인물이 있었다면 조선과 일본의 역사는 어떠했을까. 역사에 가정은 있을 수 없다고 하지만 국모가 시해되는 처참한 장면이 떠오를 때마다 이런 생각들을 해본다.

『료마가 간다』 (시바 료타로 지음 / 동서문화사 / 전 8권)

일본의 양심 회복을
기대하며

　최근 한국과 일본이 독도 영유권을 놓고 첨예하게 대립하면서 한일 양국의 갈등이 최고조에 이르고 있다. 일본은 독도가 원래 일본 고유의 영토라고 주장하며 국민감정을 동원해 독도의 분쟁지역화 및 국제사법재판소행을 외치고 있다. 일본의 이러한 주장에 대해 한국은 '국제법적으로나, 역사적으로' 독도는 명명백백하게 우리 고유의 영토이므로 분쟁의 대상이 될 수 없다고 못 박았다. 양국의 갈등이 고조되면서 양국 국민들의 감정 또한 극단으로 치닫고 있다. 일본에서는 극우단체를 중심으로 한국 제품 불매 운동, 한류 거부 운동 등이 벌어지고 있고, 한국에서도 과거의 일제 강점기를 떠올리며 반일 감정이 극도로 치솟고 있다.

　일제 강점기에 일본은 구한말 고종(高宗)이 사용했던 투구, 갑옷, 익선관(翼善冠)을 비롯해 수많은 우리의 문화재들을 약탈해 일본으로 빼돌렸고 이러한 문화재들에 대해 실질적 소유권을 주장하며 반환을 거부하고 있다. 우리의 문화재들은 우리의 역사이자 민족정신을 대변하며, 조상들의 삶의 기록이고, 그들의 숨결이 담겨 있는 소중한 유산이다. 따라서 이러한 문화재에 대해 일본이 소유권을 주장하는 것은 어떠한 이유로도 용납될 수 없다. 약탈해간 것이라면 마땅히 원주인에게 돌려주어야 하고 설령 푼돈으로 구입한 것이라면 적당한 대가를 받고 돌려주어야 한다. 일본이 진정으로 양심이 있는 민족이라면 독도가 원래 일본의 영토였다고 주장하며 대한민국이 실질적으로 지배하고 있는 독도를 돌려달라고 주장하기 전에 우선 그동안 그들이 약탈해간 우리의 문화재부터 돌려주어야 한다.

원래의 주인임이 명백한 우리의 문화재에 대해서는 실질적 소유권을 주장하며 자신들의 것이라고 우기면서, 독도에 대해서는 허무맹랑한 주장으로 대한민국의 실질적 지배권을 인정하지 않는 일본의 이율배반적 태도는 참으로 뻔뻔하기 그지없다.

현재 일본이 보유하고 있는 우리의 문화재는 수천 점에 이르는데, 가장 안타까운 것 중의 하나가 바로 〈몽유도원도〉이다. '한국 미술의 금자탑', '우리 회화 사상 최고의 걸작', '조선 전기 최고 화가의 현존하는 유일한 진본 그림' 등의 극찬을 받고 있는 〈몽유도원도〉는 지금 한국에 없다. 정말 꿈같이 사라진 그림이다.

1447년, 세종의 셋째 아들 안평대군이 꿈에 박팽년과 함께 무릉도원으로 들어갔다가 뒤따라온 신숙주, 최항과 함께 시를 지으며 거닐다 잠에서 깼다. 안평대군은 당시 최고의 화가인 안견을 불러 이 꿈의 내용을 화폭에 담게 했다. 안견은 단 사흘 만에 안평대군의 꿈을 그려냈다. 무릉도원이 하늘에서 내려다보이는 조감도법으로 묘사되었고, 정교한 세부 묘사와 영롱한 채색으로 현실과 이상향을 동시에 잡아낸 걸작 중의 걸작 〈몽유도원도〉는 현존하는 조선 시대 산수화 가운데 가장 오래된 작품이기도 하다.

〈몽유도원도〉를 더욱 가치 있게 만든 것은 안평대군을 비롯한 당대 최고의 사회적 명망가 21명의 찬문이 더해진 것이다. 그림 제작 3년 후인 1450년에 안평대군은 그림의 제목을 직접 쓰고, 감색 바탕의 비단 위에 붉은 글씨로 6행의 시를 적어 넣은 다음, 그림 제작의 배경을 쓴 발문을 더했다. 그림은 원래 38.6×106.2센티미터의 크기였으나 찬문이 더해지면서 20여 미터가 되었다. 이로써 한국 전통문화 최절정기의 시 - 서 - 화가 삼위일체로 어우러진 대작이 탄생했다. 최고의 대작 회화에 최고의 시와 서 23점이 들어 있는 이 그림의 가치는 유례가 없다. 엄격한 유교사회에서 도가적 이상향을 노래한 조선조 사대부들의 정신세계를 투영한 이 작품은 예술과 문화, 정치와 사회상을 반영한 천하의 명품이자 한국 최고의 문화재임에 틀림없다.

그런데 〈몽유도원도〉는 그 주역들과 함께 사라졌다. 그림을 주문하고, 제목, 발문, 찬시를 쓴 안평대군은 세조의 왕위 찬탈 과정에 일어난 계유정난에 휩쓸려 사약을 받고 죽고, 그림의 찬문을 지은 이들도 대부분 계유정난 때 희생되었다.

〈몽유도원도〉가 사라진 지 440년이 지난 1893년, 이 그림이 일본 가고시마에 모습을 드러냈다. 가고시마에 거주하던 시마즈 히사시루시라는 사람이 소장하고 있었다. 시마즈가 어떻게 〈몽유도원도〉를 손에 넣게 되었는지는 알려지지 않았지만, 그는 가고시마의 영주로 임진왜란에 출병한 왜장의 후손이었다. 따라서 이 작품이 임진왜란 때 약탈당했을 가능성이 크다. 시마즈 히사시루시 이후 이 그림은 헐값에 팔리며 몇 번이나 소유주가 바뀌다가 1950년대 초 일본의 덴리 대학이 입수하여 현재 덴리 대학 중앙도서관에 보관되어 있다. 1939년 일본은 이 그림을 일본의 국보로 지정했다.

　　〈몽유도원도〉는 분명 우리 민족의 역사이고 정신이며 우리 조상들의 숭고한 삶의 기록이자 숨결로 우리의 소중한 문화유산이다. 그런데 지금은 일본의 것이다. 자신들의 역사나 문화와는 아무런 상관도 없는 우리나라의 이 소중한 문화유산을 단지 자신들이 가지고 있다는 이유만으로 소유권을 주장하고 자신들의 국보로 지정했다. 그런 일본이 이번에는 문화재를 약탈해갔던 때의 야욕을 또다시 드러내며 독도를 자신들 고유의 영토라고 주장하고 있다.

　　물론 일본은 영토와 문화재는 별개의 문제라고 주장할 것이다. 그러나 영토와 문화재 모두 한 나라 고유의 역사와 민족의 숨결이 담겨 있는 영원한 유산이다. 부디 일본이 자신들의 지난 과오를 진

심으로 뉘우치고 한 나라의 소중한 유산을 존중하는 양심을 회복
하기를 기대한다.

『클레오파트라의 바늘』(김경임 지음 / 홍익출판사)

다문화는 새로운 성장 동력

예일대 교수인 에이미 추아는 그녀의 저서 『제국의 미래』에서 고대 페르시아부터 로마·네덜란드·몽골·영국을 거쳐 오늘날의 미국에 이르기까지 역사상 존재했던 세계 초강대국들은 하나같이 '다원적'이고 '관용적'인 나라들이었다고 지적한 바 있다. 이들 제국들이 세계를 제패할 수 있었던 것은 인종, 종교, 배경을 따지지 않고 능력과 지혜를 갖춘 인재들을 끌어들였기 때문이다. 여기서 관용이란 '인종, 종교, 민족, 언어 등 여러 면에서 이질적인 개인이나 집단이 그 사회에 참여하고 공존하면서 번영할 수 있도록 허용하는 것'을 말한다. 인종의 용광로로 불리는 미국이 오늘날 세계 유일의 초강대국의 지위를 누리고 있는 것 역시 이러한 관용에 힘입은 바 크다. 그리고 관용과 이민족에 대한 개방성을 상실했을 때 제국은 여지없이 몰락하고 말았다.

여성가족부 행정관리담당관인 이성미 씨는 『다문화 코드』를 통해 우리 사회가 이미 다문화 사회로 진입했으며, 그동안 우리의 의식 속에 잠재되어온 백의민족이라는 순수 혈통주의에서 벗어나 이제는 개방과 관용을 향해 나아가야 한다고 강조한다.

오늘날 한국에 체류하는 외국인은 180개국 121만 명(2010.6.30. 기준)으로 수원시 인구와 비슷한 규모다. 2009년에는 47개국에서 2만 5천 명이 귀화했다. '태국 태씨', '몽골 김씨', '대마도 윤씨', 대치동에 산다는 '대치 김씨' 처럼 그들의 시조가 되는 새로운 본(本)이 4,884개나 생겼다. 세계 속의 한국이 아니라, 한국 속에 또 하나의 세계가 들어와 있는 것이다.

과거 우리나라도 가난에서 벗어나기 위해 해외로 나가 광부로, 간호사로 일했고 많은 여성들이 미군 또는 일본 농촌의 노총각들과 결혼해 낯선 타국에서 무시당하고 차별당하며 살아야만 했던 가슴 아픈 역사를 가지고 있다. 그런데 이제 우리가 조금 더 잘산다고 가난에서 벗어나기 위해 코리안 드림을 꿈꾸며 한국에 온 외국인들을 차별하고 편견을 가지고 대하고 있다. 한국에 온 외국인들은 적극적이고 진취적인 사람들로 그들은 우리 사회에 많은 도움을 주고 있다. 노인들만 살던 농촌지역에 30년 만에 젊은 새댁이 들어와 김치전과 호박전을 부쳐서 이웃 어른들과 인정을 나누고, 폐교 위기의 농촌학교가 아이들로 인해 생기를 되찾았다. 또 만일 외국인 근로자가 없다면 화학약품, 염색공장 등 3D업종과 농축산·수산업은 내국인 근로자에게 훨씬 많은 임금을 지불해야 하고, 결과적으로 상품 값을 올릴 수밖에 없으며 자칫 문을 닫아야만 할 수도 있다. 더욱이 다문화는 세계에서 가장 낮은 출산율과 가장 빠른 고령화로 인해 우리나라가 직면하게 될 고용 악화, 생산성 저하, 투자 위축, 연금 부담 등 수많은 사회문제에 대한 해결방안이 될 것이다.

물론 비극적으로 끝나는 집단맞선과 불행한 결혼, 일자리를 빼앗김으로써 더욱 빈곤층으로 내몰리는 내국인들, 외국인의 범죄율 증가 등 다문화의 확산에 따른 부작용도 적지 않은 것이 현실이다. 이처럼 다문화는 편익과 비용이 함께 존재하지만 한국이 더욱 크게 도약하고 성장하기 위해서는 우리 모두가 인종과 문화를 뛰어넘어 외국인들을 우리 사회의 일원으로 생각하고 보다 관용적인 태도를 취해야만 한다. 나아가 정책적 차원에서도 다문화 가족이 우리 사회 한 부분의 주류로 설 수 있도록 언어와 문화 그리고 감수성을 개발하고 이러한 다양성이 국가의 번영을 이끌 수 있도록 근본적인 변화가 이루어져야 한다.

다문화의 수용은 이제 우리 사회의 새로운 성장 동력으로 자리매김해야만 한다. 한동안 〈겨울연가〉, 〈대장금〉 등 드라마들을 필두로 중국, 일본, 타이완, 필리핀, 베트남을 비롯하여 전 아시아를 휩쓸었던 '한류(韓流)' 열풍이 이제는 크게 퇴조하고 있다. 한류의 열기가 식은 가장 큰 이유 중의 하나는 우리가 패권주의적 민족주의 감정과 경제적 이익에 사로잡혀 타문화에 대한 이해와 소통의 노력이 부족했기 때문이다. 문화는 서로 다투는 대상이 아니라 무엇보다도 소통과 공감이 중요하다. 최근 일부 아시아 국가들에서 급격하게 확산되고 있는 반한(反韓) 정서는 이러한 소통과 공감의 부재에서 오는 필연적 귀결이라고 할 수 있다. 오늘날 문화의 국경은 무너졌고 특정 문화는 더 이상 고고한 민족적 유산일 수 없다.

다행히 뒤늦게나마 우리나라도 다문화가 우리 사회의 한 축이 될 수 있도록 다문화 가정을 위한 자녀교육비 지원, 자활사업 긴급 지원, 다문화 사회 공공캠페인 등 다양한 프로그램을 시행하고 있다. 그러나 우리 사회가 진정한 다문화 사회로 나아가기 위해서는 무엇보다도 우리들 개개인이 외국인들을 우리 사회의 일원으로 편견과 차별 없이 대하고 진심으로 배려하고 대우해야만 한다. 미국, 캐나다, 유럽, 호주 등 세계 각국에서 살고 있는 우리나라의 해외 동포들이 그곳에서 잘 살 수 있는 것도 그 나라 국민들이 우리의 동포들을 차별하지 않고 그들 사회의 구성원으로 받아들여주었기 때문이다.

코리안 드림을 꿈꾸며 우리나라에 정착해 삶의 터전을 일구어 가고 있는 외국인들이 자신들의 고국에서 찾지 못했던 희망을 이 나라에서 발견하고 부디 꿈을 이룰 수 있도록 진심으로 환영하고 따뜻한 마음으로 감싸주자. 그리하여 그들이 제2의 조국인 대한민국의 훌륭한 구성원이 되고 그들의 자녀들이 이 나라를 이끌어가는 인재로 성장할 때 대한민국은 한 단계 더 성숙한 국가로 도약하게 될 것이다.

『다문화 코드』(이성미 지음 / 생각의나무)

청년을 위한 나라는 없다

　요즈음 취업시즌을 맞아 곧 대학을 졸업할 학생들을 비롯해 수년째 취업을 준비해오고 있는 취업재수생들은 그야말로 바늘구멍 같은 취업문을 통과하기 위해 마음을 졸이고 있다. 우리나라 역사상 그 어느 때보다도 풍요가 넘치는 오늘날 젊은이들은 치열한 취업전쟁에 내몰려 하루하루를 불안과 초조 속에서 지내고 있다. 그러다 보니 '이태백(이십 대 태반이 백수)'은 옛말이고, '인구론(인문계 출신의 9할이 논다)'이란 말도 생겨났다. 이런 상황에서 우리의 젊은이들이 미래에 대한 희망을 잃고 절망에 신음하고 있는데도 정부는 취업률 숫자에만 귀를 쫑긋 세우고 뒷짐을 지고 있는 느낌이다.

　최근 방송된 KBS 시사기획 창 '세대 공존 프로젝트 1부 – 청년을 위한 나라는 없다'를 보면 일본의 경우 정규직 일자리가 점점 감소하면서 아예 은둔형 외톨이로 전락하는 청년들이 늘어가고 있다고 한다. 반면, 일본의 중장년·노년층에게는 상대적으로 더 많은 일자리와 복지 지원 혜택이 주어지고 있다. 실업률이 40%대에 이르는 이탈리아는 청년들이 빈곤층으로 전락해 무료 배급소를 찾거나, 아예 외국으로 일자리를 찾아 떠나면서 경제가 공동화되는 위기에 처해 있다. 이 역시 지난 20여 년 동안 고령자 연금 지원 등 포퓰리즘이 휩쓸고 지나간 결과라고 한다.

일본과 스웨덴은 1990년을 전후해 똑같이 부동산 버블이 붕괴되면서 심각한 경제 위기를 겪었다. 그런데 이에 대응하는 두 나라의 정책 방향은 완전히 달랐다. 일본은 부동산 시장의 붕괴를 막기 위해 1992년부터 1995년까지 73조 엔(약 700조 원)이라는 천문학적 금액을 쏟아부었지만 참담한 실패로 끝나고 말았다. 그러나 스웨덴은 1991년 극심한 재정난에도 불구하고 GDP의 1%가 넘는 재정을 투입해 공공보육 시설을 확대하고 무상보육 체제를 확립했다. 노후 연금 등 다른 복지 정책을 일부 축소하는 대신 미래세대에 과감한 투자를 결정한 것이다. 또한 청년의 소득기반을 확충하는 데 국가의 자원을 집중 투자했다. 청년층의 소득기반이 회복되자 부동산에 대한 실질적인 수요가 살아나 일본과 대조적으로 2000년대 이후엔 집값도 다시 오르기 시작했다. 결국 청년을 위한 스웨덴의 과감한 투자가 장기적으로 기성세대의 자산 가격을 지키는 중요한 버팀목이 되어 돌아온 것이다.

이 프로그램은 일본의 실패와 스웨덴의 성공을 보면서도 왜 우리는 미래를 위한 과감한 투자와 준비를 하지 못하고 있는지를 묻고, KBS 기자 박종훈이 쓴 『지상 최대의 경제 사기극, 세대전쟁』에서 그 답을 찾는다.

세대전쟁은 서로 뺏고 뺏기는 제로섬(zero-sum)게임이 아니다. 청년층의 인구와 소득 감소는 시장의 소비 감소로 이어지고, 이는 기업의 투자와 산업경쟁력, 경제 전체의 성장 문제로까지 이어진다. 만약, 미래세대 전체를 아우르는 정책을 통해 젊은 세대가 탄탄한 경제적 기반을 세울 수 있도록 돕는다면 그들은 한국 경제를 지탱하는 버팀목이 될 것이고, 그들이 부를 축적하게 되면 이것이 바로 기성세대가 보유한 부동산 등 자산 가격을 지키는 가장 강력한 수단이 될 것이다. 더불어 젊은 세대가 다시 결혼과 출산에 적극적으로 나서서 미래세대의 인구가 늘어나면 한국 경제는 활력을 되찾고 재성장의 기회를 갖게 된다.

그러므로 청년 일자리나 출산율 제고를 위한 복지 지출은 단순한 '비용'이 아니라, 미래세대를 살리고 기성세대의 노후에 필요한 복지 지출을 지탱해나가는 데 가장 효율적이고 중요한 '투자'에 해당한다. 미래에는 청년이 국가 최고의 자산이자 가장 중요한 자원이 될 것이다.

그동안 자본주의에서는 자본을 물적 자본과 인적 자본, 2가지 형태를 중심으로 분석해왔다. 그러나 학자들은 물적 자본이 충분하지 않거나 인적 자본이 취약하더라도 구성원들의 참여와 결속력과 같은 사회자본을 높여 역경을 딛고 발전하는 국가나 공동체가 있음을 발견했다. 구성원들의 상호 관계 속에서 존재하는 사회자본이 풍부한 국가나 공동체는 그렇지 않은 경우보다 자원을 손쉽게 획득하고 위기에서도 쉽게 벗어날 수 있다. 이러한 사회자본의 강화를 위해서는 구성원 간의 상호 신뢰와 결속이 절대적이다. 우리는 IMF 위기 때 온 국민이 금모으기 운동에 나섰고, 2002 한일 월드컵에서도 단합된 힘을 보여주었다.

아직도 한참을 일할 나이에 일터에서 밀려난 아버지들도 안타깝고 취업을 하지 못해 절망에 빠져 있는 청년들도 안타깝다. 한정된 자원을 세대 간에 선택적으로 배분해야만 하는 정부의 입장에서는 어느 한쪽을 소홀히 하기가 현실적으로 쉽지 않다. 그러나 이대로 가다가는 청년층뿐만 아니라 우리 모두 절망적 상황에 놓일 수밖에 없음을 절감하고 정부는 이제부터라도 과감하게 미래세대를 위한 투자에 무게를 실어야 한다. 기성세대들은 이를 받아들이고 인내해야만 한다. 우리 청년들 또한 간과하지 말아야 할 것이 있다. 국가가 청년들을 위해 집중 투자하는 방향으로 정책을 선회한다 하더라도 모두에게 일자리가 주어질 만큼 충분하지는 않기 때문에 결국 어떤 상황에서도 경쟁은 피할 수 없다는 것이다. 미래는 우리가 상상조차 하지 못했던 모습으로 다가오고 있다는 점을 명심하고 더욱 치열하게 그리고 더욱 창의적인 사고로 미래를 준비해야만 한다. 현재 우리가 처한 상황을 세대 간 갈등으로 보고 반목하기보다는 우리 모두 내 아버지 그리고 내 자녀라는 생각으로 서로를 이해하고 조금씩 양보한다면 이 위기를 슬기롭게 극복해나갈 수 있을 것이다.

『지상 최대의 경제 사기극, 세대전쟁』(박종훈 지음 / 21세기북스)

Part 9

영적 깨달음만이
진정한 풍요의 원천
- 영성 -

....

인간성에서 신성함을 없애는 것은

심장을 도려내는 것과 다름없는 일이다.

사람들은 영성을 대체할 것을 돈에서 찾고

많은 사람들이 돈이 전지전능한 것인 양 믿고 의지한다.

그러나 돈이라는 우상숭배는

수많은 고통을 야기한다.

....

버림은 소유의 끝이 아니라
절정이다

우리나라의 위대한 영적 지도자 김수환 추기경이 선종했을 때 온 국민이 큰 슬픔에 잠겼다. 김수환 추기경은 자신의 삶을 통해 우리에게 많은 가르침을 주고 떠났다. 어려운 이웃을 배려하는 따뜻한 마음, 서슬 퍼런 독재 권력에도 굴하지 않고 대쪽처럼 직언을 서슴지 않는 용기 그리고 아무것도 소유하려 하지 않았던 무소유의 삶은 그가 떠난 후에도 오랫동안 우리들 마음속에 깊이 자리하고 있다. 그중에서도 그분이 평생에 걸쳐 몸소 실천해온 무소유의 삶은 더 많은 것을 소유하기 위해 거짓과 비리, 치열한 다툼과 갈등, 몰염치와 탐욕으로 가득한 이 시대에 신선한 한 줄기 바람으로 다가온다. 너무 오래 사용해 군데군데 부러져 있는 안경테, 광택이 사라지다 못해 녹마저 슨 성작과 성반 등의 유품은 김 추기경의 무소유의 삶을 상징적으로 보여주고 있다.

천상병 시인이 말했듯이 아름다운 이 세상에 잠시 소풍을 나왔다가 새벽빛 와 닿으면 스러지는 이슬과 함께 (모든 것을 내려놓고) 천상으로 돌아가는 것이 우리의 삶인데 왜 우리는 이러한 유한함에도 불구하고 끊임없이 더 많은 것을 소유하려고 애를 쓰는 것일까.

320

물론 뭔가를 소유하게 되면 그것을 사용하고 누리는 즐거움도 있고 타인으로부터 인정받고 선망의 대상이 되기도 하며 남에게 베풀 수 있는 기쁨도 얻을 수 있다. 그러나 다른 한편으로 소유는 부담이고, 집착을 불러일으켜 우리를 죄와 불행의 길로 이끌기도 한다. 우리 모두 이처럼 동전의 양면과도 같은 소유의 기쁨과 불행에 대해 잘 알고 있지만 대다수의 사람들이 소유의 부정적인 면보다는 긍정적인 면에 더 많은 무게를 두고 그로 인해 고단하고 불행한 삶을 이어가고 있다.

법정 스님은 자신이 쓴 『무소유』에서 소유가 얼마나 큰 집착이며 부담인지를 잘 보여주고 있다.

나는 지난해 여름까지 난초 두 분(盆)을 정성을 다해 길렀었다. 3년 전 거처를 지금의 다래헌(茶來軒)으로 옮겨왔을 때 어떤 스님이 보내준 것이다. 나는 그 애들을 위해 관계 서적을 구해 읽고, 하이포넥스인가 하는 비료를 구해오기도 했다. 여름철이면 서늘한 그늘을 찾아 자리를 옮겨주고, 겨울에는 실내 온도를 내리곤 했다. 이런 정성을 일찍이 부모에게 바쳤더라면 아마 효자 소리를 듣고도 남았을 것이다. 이렇듯 애지중지 가꾼 보람으로 이른 봄이면 은은한 향기와 함께 연둣빛 꽃을 피워 나를 설레게 했고, 잎은 초승달처럼 항시 청청했다. 우리 다래헌을 찾아온 사람들도 싱싱한 난초를 보고 한결같이 좋아했다.

지난해 여름 장마가 갠 어느 날 봉선사로 운허노사를 뵈러 간 일이 있었다. 한낮이 되자 장마에 갇혔던 햇볕이 눈부시게 쏟아져 내리고 앞 개울물 소리에 어울려 매미들이 있는 대로 목청을 돋우었다. 아차! 그제야 생각이 났다. 난초를 뜰에 내놓고 온 것이다. 모처럼 보인 찬란한 햇볕이 돌연 원망스러워졌다. 뜨거운 햇볕에 늘어져 있을 난초 잎이 눈에 아른거려 지체할 수가 없었다. 허둥지둥 돌아와 보니 아니나 다를까 난초가 축 늘어져 있었다. 안타까워하며 샘물을 길어다 축여주고 했더니 겨우 고개를 들었다. 하지만 어딘지 생생한 기운이 빠져나간 것 같았다.

나는 이때 온몸으로 그리고 마음속으로 절절히 느꼈다. 집착이 괴로움인 것을. 그렇다. 나는 난초에게 너무 집착한 것이다. 이 집착에서 벗어나야겠다고 결심했다. 난을 가꾸면서부터는 산철 '승가의 유행기(遊行期)'에도 나그넷길을 떠나지 못한 채 꼼짝할 수가 없었다. 분(盆)을 밖에 내놓고 외출하려다가 뒤미처 생각하고는 되돌아와 들여놓고 나간 적이 한두 번이 아니었다. 그것은 정말 지독한 집착이었다. 며칠 후, 난초처럼 말이 없는 친구가 놀러왔기에 선뜻 그의 품에 분을 안겨주었다. 비로소 얽매임에서 벗어난 것이다. 날아갈 듯 홀가분한 해방감, 3년 가까이 함께 지낸 '유정(有情)'을 떠나보냈는데도 서운하거나 허전하기보다 홀가분한 마음이 앞섰다.

이때부터 나는 하루 한 가지씩 버려야겠다고 스스로 다짐했다. 난을 통해 무소유(無所有)의 의미 같은 걸 터득하게 됐다고나 할까.

인간의 역사는 어떻게 보면 소유사(所有史)처럼 느껴진다. 소유욕에는 한정도 없고 휴일도 없으며, 그저 하나라도 더 많이 갖고자 하는 일념으로 출렁거리고 있다. 물건만으로는 성에 차질 않아 사람까지 소유하려 든다. 그 사람이 제 뜻대로 되지 않을 경우는 끔찍한 비극도 불사하면서. 제정신도 갖지 못한 처지에 남을 가지려 하는 것이다.

물론 자신이 힘들여 얻었거나 오랫동안 정성을 들여 일구어낸 것들을 포기한다는 것은 결코 쉬운 일이 아니다. 그러나 무소유가 가져다주는 자유함과 행복은 소유로 인해 얻을 수 있는 기쁨보다 훨씬 더 크고 소중한 것이다.

미래산업의 정문술 사장이야말로 무소유의 행복을 잘 보여준 인물이다. 죽음의 절망 속에서 일구어낸, 자신의 목숨과도 같은 미래산업을 종업원들에게 넘겨주고 은퇴와 함께 전 재산을 사회에 환원한 뒤 정문술 사장은 이렇게 말했다. "나는 '용궁에 갔다 온 사람이다'라는 말을 자주 한다. 나는 '없음'의 극한을 경험해본 사람이다. 짐 부리고 난 뒤의 청량감이 이토록 절실하고 소중하게 느껴지는 건 오히려 '없음'의 기억 때문일 것이다. 돈을 포기하고 나니, 더 가져야겠다는 욕심과 지켜야 한다는 초조감, 가지고 지키기 위해 사람들을 속이고 이용해야 한다는 자괴감 등등의 온갖 번뇌까지 말끔히 사라졌다. 버림은 소유의 끝이 아니라 소유의 절정이다."

지긋한 나이가 되었음에도 불구하고 더 많은 것을 가지려고 집착하는 것은 노욕(老慾)이다. 이제 무언가를 채우려 하기보다는 비우려고 하는 게 더 아름답게 보이는 나이가 된 것 같다.

『무소유』(법정 지음 / 범우사)

성실한 삶의 모습이야말로
진정한 성공에 이르는 길

　오늘날 사람들의 입에 가장 많이 오르내리는 화두 중 하나는 아마도 '성공'일 것이다. 그리고 실제로 많은 사람들이 부와 권력, 명예를 성공의 척도로 삼고, 그러한 것들을 얻기 위해 다른 소중한 것들을 뒤로한 채 전력 질주한다. 그러나 그러한 성공의 종착역에서 기다리고 있는 것은 무엇이었던가. 오히려 좌절과 허무는 아니었을까.

　그렇다면 과연 성공이란 무엇일까? 나는 세계적인 베스트셀러 작가 존 맥스웰(John C. Maxwell)이 내린 성공에 대한 정의를 늘 가슴에 담고 있다. 맥스웰은 "성공이란 자신의 인생 목적을 향해 끊임없이 나아가는 여행이다"라고 말하며 성공을 "인생의 목적을 깨닫는 것, 최대의 잠재력을 발휘해 성장하는 것 그리고 다른 사람에게 유익한 씨앗을 뿌리는 것"으로 정의하고 있다. 이와 같은 진정한 성공을 위해서는 무엇보다도 자신에게 주어진 일에 충성하며 삶의 여정을 성실하게 살아나가야 할 것이다.

　피어스 채플의 목사인 J. R. 브리그스는 그의 저서 『그리스도인의 행복한 대가 지불』에서 사람들이 흔히 말하는 세상적인 부와 권력, 명예를 좇지 않고 자신에게 주어진 삶에 충실했을 때 진정으로 성공한 인생을 살았다고 말할 수 있다고 강조한다.

나는 마더 테레사가 남긴 다음의 말을 참 좋아한다. "하나님은 우리를 성공하라고 부르시지 않습니다. 하나님은 우리를 성실하라고 부르십니다."

내가 좋아하는 영화 중에 〈홀랜드 오퍼스〉라는 영화가 있다. 액션 영화도 아니고 대박 영화도 아니지만, 다른 영화와는 달리 성공보다 성실을 강조하는 메시지를 담은 훌륭한 영화다. 글랜 홀랜드는 멋진 곡을 써서 당대 최고의 음악가로 성공하겠다는 야망을 품었다. 하지만 그는 가족을 먹여 살려야 했고, 그래서 내키지는 않지만 미국의 작은 마을에 있는 고등학교에서 2년 동안만 음악교사 일을 하기로 한다.

그러나 홀랜드는 교사 업무에 눌려 곡을 쓸 시간을 거의 내지 못한다. 그는 교사 일이 자기가 생각했던 것만큼 여유로운 일이 아니라는 것을 깨달았다. 장시간 근무해야 하고, 문제 학생도 다뤄야 했다. 게다가 학생 밴드가 연주하는 실력은 얼마나 끔찍한지! 그는 학생들의 실수, 불량한 태도, 형편없는 재주에 낙담했다. 하지만 홀랜드는 왠지 이곳이 자신이 지켜야 할 자리라는 생각에 30년 동안 학생들을 성실하게 가르친다.

30년 후, 교육청에서 음악 교습에 대한 예산을 삭감하기 위해 홀랜드에게 퇴직을 권고한다. 홀랜드와 그의 아내 그리고 그의 장성한 아들 콜이 교실에서 마지막 물품을 정리하고 있는데, 강당에서 음악 소리가 들려온다. 당신이 영화를 봤다면 아마 그다음 장면에서 눈물을 쏟았을 것이다. 홀랜드의 제자들이 그를 위해 몰래 송별회를 준비한 것이다. 그들은 그 자리에서 홀랜드가 작곡하다가 중단했던 미공개 작품을 연주한다. 그동안 한 번도 연주되지 못했지만, 그에게 진정한 성공을 안겨주기에 충분한, 훌륭한 작품이었다.

송별회 진행을 맡은 사회자는 주지사로, 오래전 홀랜드에게 클라리넷 교습을 받고 자신감을 회복한 학생이었다. 그녀는 말한다. "홀랜드 선생님, 우리는 선생님이 만드신 교향곡입니다. 우리 모두는 선생님이 만드신 작품의 선율이며, 음표이고, 삶의 음악입니다." 강당에 꽉 찬 학부모들과 귀빈들도 모두 홀랜드에게 마음에서 우러나오는 감사의 마음을 표현한다. "선생님은 성공해서 유명해질 수도 있는 분이셨지만, 선생님이 성실을 선택하셨다는 것을 우리는 알고 있습니다." 놀라운 사실은 홀랜드가 지닌 성실이야말로 그 어떤 부나 명성보다 훨씬 큰 영향력을 사람들에게 미쳤다는 것이다.

세상이 온통 성공지향적으로 흘러가고 있음에도 불구하고 다행스럽게도 우리 주변에는 홀랜드 선생님과 같이 자신에게 주어진 일에 최선을 다하며 성실하게 살아가는 많은 사람들이 있다. 그리고 그러한 사람들이 보여주는 삶의 모습은 진한 감동으로 다가와 우리의 삶에도 변화를 가져다준다. 부디 우리 사회의 보다 많은 사람들이 눈에 보이는 성공보다는 자신이 이 세상에 태어난 진정한 목적을 깨닫고, 성실한 삶의 자세로 많은 사람들에게 유익한 씨앗을 뿌림으로써 진정한 성공에 도달할 수 있기를 소망한다.

『그리스도인의 행복한 대가 지불』(J. R. 브리그스 지음 / 예수전도단)

깊은 자아성찰만이
진정한 용서를 낳는다

소설가 황석영이 쓴 『손님』은, 작가가 방북 당시 신천의 미군 양민 학살을 고발하는 미제 학살기념 박물관에 안내되었을 때 혹시 '또 다른 진상'이 있지 않을까 의심하던 중, 나중에 뉴욕에서 한 목사를 만나 그의 소년 시절의 목격담을 듣고서야 의문이 풀리면서 써내려간 작품이다. 그는 이 작품에서 우리나라가 식민 지배와 분단을 거쳐오는 동안 자생적인 근대화를 이루지 못하고 있을 즈음 외국에서 들어온 기독교와 마르크스주의로 인해 많은 혼란이 초래되었고, 그 와중에서 신천의 수많은 양민들이 학살되었다고 보고 있다. 조선 민중들이 천연두를 서양에서 들어온 '마마' 또는 '손님'이라 부르면서 '손님굿'이라는 무속의 한 형식을 만들어낸 것에 착안해서 그는 기독교와 마르크스주의를 '손님'으로 규정하고, 아직도 한반도에 남아 있는 전쟁의 상흔과 냉전의 유령들을 한 판 굿으로 잠재우고 화해와 상생의 새 세기를 시작하자는 뜻으로 이 소설을 썼다고 밝히고 있다.

그러나 우리가 이 시점에서 묻지 않을 수 없는 것은 35,000명이나 되는 신천 양민들이 학살된 것이 누구의 책임이냐는 것이다. 우리가 이러한 의문을 가져야 하는 이유는 과거에서 배우지 않고는 우리가 한 발자국도 앞으로 나갈 수 없기 때문이다. 누가 이들을 죽였는가? 과연 기독교와 마르크스주의가 이들을 죽였다고 말할 수 있는가? 결코 그렇지 않다. 다른 제3세계 국가에서 보듯이 가진 자와 갖지 못한 자의 갈등은 어떠한 형태로든 폭발하게 되어 있다. 그것이 다만 기독교와 마르크스주의라는 툴을 통해 표현되었을 뿐 이들이 없었더라도 일제의 패망과 함께 찾아온 무정부 상태와 전쟁으로 인한 혼돈 상태에서 빈부 간의 충돌은 불가피하게 일어날 수밖에 없었다.

신천 대학살의 경우 평범한 주민들 스스로가 서로를 공격했고 이러한 폭력은 더욱 가속화되고 증폭되어 도저히 인간으로서는 할 수 없는 극도의 만행을 스스럼없이 자행했다. 결국 폭력에 대한 책임이 바로 '선량한 주민들'이라는 신천 양민 자신들에게 있었던 것이다. 어떤 면에서 보면 작가는 신천 양민 학살의 책임을 거짓으로 미군에게 전가하는 북한당국과 마찬가지로 그 책임을 기독교와 마르크스주의에 전가하는 우를 범하고 있는지도 모른다.

신천 양민 학살은 다른 그 누구의 책임도 아닌 우리들 인간의 죄성에서 비롯된 것이었다. 기독교 청년단원이던 류요한이 동료의 애인 집을 찾아가 쑥대밭으로 만든 것을 비롯하여 마르크스주의자들이 지주의 재산몰수를 위해 저지른 극악무도한 짓들은 누가 강요한 것도 아니고 순전히 그들의 선택에 의한 것이다. 한 번 선택한 악은 바이러스처럼 활력을 갖는다. 잘못 저지른 한 번의 성관계로 에이즈 바이러스가 우리 몸에 들어오게 되면 결국 흉측한 모습으로 죽게 되는 것과 같다. 일단 우리가 악을 선택하게 되면, 그것은 가속화되고 증폭되어 결국 인간을 괴물로 만들고, 끝내는 죽고 죽이는 사망에까지 이르게 된다.

1961년 독일의 뉘렌베르크에서 나치 전범들에 대한 재판이 벌어졌다. 전범 중에는 아돌프 아이히만이라는 나치 독일의 수뇌부가 있었는데, 그가 아우슈비츠에서 잔혹한 방법으로 얼마나 많은 유태인을 학살했는가를 증언하기 위해 그 수용소에서 살아남은 한 유태인이 법정에 나왔다. "증인, 저 사람이 아우슈비츠에서 유태인 학살을 명령했던 장본인 맞습니까?" 가까이 가서 범인의 얼굴을 확인하던 그는 그만 기절하여 쓰러지고 말았다. 한참 후에 깨어난 그에게, 왜 기절을 했느냐고 물었고 그의 대답이 전 세계에 전파되었다.

"나는 저 사람이 너무나 평범한 사람이라는 사실에 놀랐습니다. 아우슈비츠에서 그는 그야말로 광기에 사로잡힌 악마였죠. 광기가 빠지고 나니까 그저 평온한 사람이군요."

선을 택하든 악을 택하든 궁극적으로 그러한 선택을 하는 것은 우리 자신이다. 우리의 선택은 내면에 하나의 이미지를 형성하게 되고 그것이 모여 신념이 된다. 그리고 그 신념에서 우리의 행동이

나온다. 그러므로 우리가 선택한 행동은 우리 신념의 결과물로서 그 책임은 우리 자신에게 있다.

『손님』에서 황석영은 여러 등장인물을 통해 사건을 피해자, 가해자, 목격자 등의 입장에서 객관적으로 묘사하면서 그러한 상황에서 어쩔 수 없이 저지른 죄에 대해 서로를 용서하고 이제 화해의 새 세기를 향해 나아가자는 메시지를 던진다. 그러나 깊은 자아성찰을 통해 자신의 잘못과 책임을 통감하지 않은 상태에서 서둘러 상처를 봉합하는 식으로 용서하는 것은 값싼 용서에 지나지 않는다. 그래서는 과거로부터 아무것도 배울 수 없다. 또다시 같은 상황에 직면하면 동일한 과오를 반복하고 다시 용서해야 하는 악순환을 반복하게 될 것이다.

요즈음 우리 사회에서도 이러한 경향들이 나타난다. 과거 서슬퍼런 군부 독재 시절, 권력의 하수인 노릇을 했던 공안검사나 정치인, 언론들이 그 상황에서는 그럴 수밖에 없었다고 자신의 무고함을 강변했고 우리는 화해의 차원에서 서둘러 덮었다. 그리고 그들은 자신들의 과오나 책임을 전혀 인정하지 않고 다시 권력의 상층부에 올라 새로운 과오들을 범하고 있다.

용서란 값싼 동정이 아니다. 죄를 자복하고 깊이 회개하는 마음이 선행될 때 비로소 진정한 용서가 있을 수 있고, 그 용서를 바탕으로 새로운 관계가 회복되어 화해와 상생의 희망찬 새 세기를 열어나갈 수 있는 것이다. 그렇다고 다른 사람의 재판관이 되라는 말은 결코 아니다. "내가 내게 죄지은 자를 용서한 것같이 내 죄를 용서해주십시오."라는 주기도문의 문구처럼, 우리 모두는 죄성을 지닌 인간이기에 순간순간 자기성찰을 통해 깊이 회개해야 할 필요가 있다. 깊은 자아성찰만이 자기 자신에 대한 그리고 타인에 대한 진정한 용서를 낳기 때문이다.

『손님』 (황석영 지음 / 창작과비평사)

'그리고 저 너머에' 있는 단순성을 향하여

　　최근 나는 한 가지 어려운 문제에 봉착해 고뇌의 시간을 보낸 적이 있다. 다수의 이해관계가 충돌하고 여러 가지 상황이 복잡하게 얽혀 있는 가운데 적합한 방법을 모색해야 하는 일은 마치 카오스 속을 헤매는 것처럼 혼란스럽기만 했다. 또한 그 모든 요소들을 고려해 나름대로 해법이라고 결론에 이르렀다고 생각하는 순간 역설적인 의문이 고개를 쳐들고 앞을 가로막았다. 그러자 '좋은 게 좋은 것'이라는 단순사고에 빠지고 싶은 유혹이 강하게 뇌리를 파고들었다. 나의 고정관념과 내 자신의 입장에 입각한 결론을 내리고는 '이게 최선 아닌가.' 하며 스스로에게 확신을 부여하고자 했다. 그러나 왠지 '이것은 아니다' 싶은 생각을 떨쳐 버릴 수 없다. 아마도 기업을 이끌어 가는 CEO의 입장에서 가장 난감한 게 바로 이런 순간이 아닐까 싶다. 이런 상황에 처할 때마다 책꽂이에서 꺼내 보는 책이 있다. 바로 스캇 펙 박사의 『그리고 저 너머에』이다.

　　"한 개인으로서 또는 사회나 조직의 한 구성원으로서 우리가 직면하는 심각한 딜레마 중의 하나는 너무나 단순하게 사고한다는 것, 또는 아예 사고하지 않는다는 사실이다. 우리에게 진지한 사고가 필요한 이유는 그것이야말로 점점 복잡다단해지고 있는 세상에서 모든 것을 생각하고, 결정하는 수단이기 때문이다. 지금부터라도 진지하게 사고하기를 시작하지 않는다면, 결국 우리 모두 파멸에 이르고 말 가능성이 너무나 커 보인다."

때로는 단순 사고가 시간을 절약해 주고 좋은 결과를 가져다줄 수도 있다. 그러나 우리의 삶에서 복잡함과 투쟁하면서 복잡성이 가진 또 다른 세계를 함께 탐구해 보는 것은 분명 의미 있는 일이다. 여기서 스캇 펙 박사가 말하고자 하는 것은 영적인 관점을 추구함으로써 이성의 한계를 뛰어넘어 보자는 것이다. 나 또한 신앙을 가진 사람으로서 그의 설득에 귀를 기울이지 않을 수 없었다.

"복잡성이 가진 또 다른 세계에 도달하기 위해서는 급진적인 사고의 전환을 하지 않으면 안 된다. 정확성을 강조하는 과학자들이라면 '신의 이론'이라고 부를 수도 있는 사실들을 생각해 보기 위해서 단순한 이해의 차원을 넘어 사물과 상황을 바라보아야 할 필요가 있다. 이러한 노력은 눈에 보이지 않는 공간으로 들어가는 길을 걸어 가는 것이다. 확실함만을 강조하는 고지식한 입장에서는 하느님의 참된 진실을 발견할 수 없다. '겸손한 태도를 가지고 사물을 인지하는' 조심스러우면서도 당당한 태도가 필요하다."

"우리의 삶이 그러하듯이 복잡성이 가진 또 다른 세계는 언제나 획일적이지도 정적이지도 않다. 이것은 인생처럼 궁극적으로는 하나의 과정이다. 이 과정은 미스터리가 핵심을 이루고 있지만, 변화와 치유와 지혜의 습득 과정을 포함한다. 이곳을 향해 가는 여정에서 우리는 매우 복잡하게만 보였던 것들이 영적인 관점에서 바라보게 되면 갑자기 모두 다 이해가 되어 버리는, 즉 직관적으로 진실을 파악할 수 있는 현현의 순간을 경험하게 될지도 모른다. 이런 경험을 하기 위해서 우리는 더 이상 단순히 물질이라는 제한된 시각을 가지고 인생을 해석해서는 안 되는 것이다."

"인생에서 일어나는 모든 변화들처럼 우리가 복잡성이 가진 또 다른 세계를 이해하기 위해 만들어 가야 되는 변화는 어렵고 혼란스러울 수 있다. 우리는 그 역설을 직면하고 이것을 이해해 나가는 과정에서 정신적 고통을 경험할 것이다. 특히 우리가 가졌던 과거의 낡은 생각들을 버림으로써 나타나는 확신감 결여로 인해 고통을 받게 된다. 우리가 알고 있다고 생각하는 모든 것들에 편안함을 느끼고 있는 순간 무엇인가가 나타나서 자기만족에 빠져 있는 우리를 흔들어 깨우는 것이다. 이 여행을 하면서 우리는 스스로 마음을 열고 용감해져야 한다. 우리의 감성적, 지적 그리고 영적 자원을 총동원하여 역설적 사고와 성실한 사고를 방해하는 모든 장벽을 헐어 내는 데 수반되는 상실감을 견뎌 내야 한다."

"나는 이성의 시대 너머에는 무엇이 있을까 늘 궁금하게 생각해 왔다. 지금도 나는 모른다. 그러나 나는 통합의 시대가 오기를 희망한다. 그 시대에는 과학과 종교가 서로 손을 맞잡고, 그 결과 과학과 종교는 더 세련되어질 것이다. 그러나 이 통합의 시대에 도달하기 전에, 우리 한 사람 한 사람은 스스로 보다 성숙한 사고를 할 수 있어야 할 것이다. 특히 우리는 역설적으로 생각하는 법을 배워야 한다. 이성이 '하느님과의 결합'과 이어질 때마다 우리는 역설과 마주치게 될 것이기 때문이다." ✎

근래에 들어서 개인의 생활뿐 아니라, 사회적·경제적·정치적·환경적, 아니 전 지구적으로 이성의 시대가 지니는 한계점에 봉착했다는 인식이 팽배해 있다. 물론 우리 앞에는 불확실성을 감수하고라도 부득이하게 뭔가를 결정해야 할 순간이 찾아올 것이고, 그것이 인생의 한계라고 말할 수도 있을 것이다. 하지만 우리가 복잡성이 가진 또 다른 세계를 추구하면서 그것을 삶을 대하는 하나의 과정으로 이해하는 것과 그렇지 않은 것 사이에는 큰 차이가 있다. 조급함을 떨쳐 버리고 진지한 사고를 하고자 할 때, 우리는 '저 너머에'서 우리를 찾아오는 '뜻밖의 발견'이라는 선물을 만날 수 있을 것이고, 이때 비로소 이성적 한계를 뛰어넘는 창의적이며 창조적인 대안을 찾게 될 것이다.

『그리고 저 너머에』 (M. 스캇 펙 지음 / 열음사)

우리는 왜 책을 읽는가?

언젠가 한 친구가 내게 "우리는 왜 책을 읽어야 하는가?"하고 물었다. 요지인즉슨 상당수의 책에서 말하는 내용이 대부분 우리가 알고 있는 빤한 내용이고 또한 책에서 말하는 내용들을 실천에 옮기는 것도 쉽지 않으니 결국 책을 읽어 봤자 소용이 없는 것 아니냐 하는 것이었다.

인생의 후반기인 쉰으로 접어들면서 인생에서 가장 중요한 것은 '균형'이라는 생각이 든다. 이에 따라 책을 읽는 목적도 '삶의 균형을 이루기 위한 것'으로 바뀌어 가고 있다. 책 한 권 한 권은 마치 퍼즐조각과 같다. 모든 조각이 제자리에 맞춰질 때 완전한 하나의 그림이 되듯이, 저마다의 책 속에 들어 있는 갖가지 생각과 이야기들이 내 안에서 통합될 때 비로소 균형 잡힌 사고를 할 수 있게 된다. 따라서 아무리 보잘것없고 진부해 보이는 책이라도 주의 깊게 읽다 보면 없어서는 안 될 하나의 퍼즐조각임을 발견한다.

여러 책들을 통해 삶의 균형을 잡아 가노라면 삶이 참으로 단순해짐을 느낀다. 조각조각 떨어져 있을 때는 그리도 복잡해 보이던 퍼즐이 하나의 큰 그림으로 맞춰지기 시작하면 더 이상 복잡하지 않다. 물론 그 그림은 내가 죽을 때까지 미완성인 채이겠지만, 오늘 읽는 책 한 권으로 또 한 조각의 퍼즐을 맞추게 될 것을 생각하면, 단 하루도 손에서 책을 놓을 수 없다.

삶이 단순해지면서 가장 소중하게 여겨지는 가치는 사랑과 겸손이다. 스캇 펙 박사는 사랑이란 '자신과 타인의 정신적, 영적 성숙을 위해 자신을 최대한 넓혀 가려는 의지'라고 정의했다. 그렇다면 우리는 사랑하기 위해 책을 읽어야 한다. 또한 책을 읽다 보면 저자가 말하고자 하는 바에 열심히 귀를 기울이게 되는데, 그러한 경청은 내 안에 겸손이라는 덕목을 심어 준다. 그러므로 우리는 겸손하기 위해 책을 읽는다. 최근 출간된 폴 투르니에의 『치유』라는 책에서 읽었던 한 구절은 우리가 책을 읽어야 하는 이유를 가장 적절하게 설명해 주고 있다.

"나의 한 친구는 내가 책에 대해 감탄하며 열심히 인용하는 것이 내가 너무 순진하기 때문이라고 말한다. 나는 책을 읽을 때 언제나 정열적으로 읽는다. 책 때문에 실망해 본 적이 별로 없다. 그러나 흥미롭게도 그 친구는 책을 읽고 거의 마지막 페이지에 이르면 언제나 한결같이 환멸을 느끼며 '이 책에서 말하는 새로운 생각은 진실이 아니며, 이 책에서 진실인 것은 전혀 새롭지 않다'는 말을 되풀이했다. 이러한 태도의 차이가 생기는 근본 원인을 찾다가 깨달은 것은, 나는 책을 읽을 때 저자가 기록한 것만 읽는 것이 아니라, 저자의 글이 내 마음에 일으켜 주는 모든 사상의 줄거리와 심상들을 아울러 읽는다는 사실이었다. 내가 동의하지 않는 부분이나 논쟁거리가 될 만한 부분은 나의 흥미를 더욱 자극시킨다. 아마도 그런 호기심 때문에 책에 대한 불만보다는 책을 통한 기쁨이 더 크게 느껴지는 것 같다. 내가 읽는 모든 책을 통해 하나님께서 나에게 말씀하신다고 말한다면, 그것은 진리를 거스르는 일이 될지도 모른다. 하지만 나는 언제나 하나님의 말씀을 경청하려고 노력한다."

이처럼 책을 통해 만들어진 경청의 습관은 실제 생활에서도 다른 사람의 말을 경청하는 습관으로 이어지는 것 같다. 인격의학의 대가이기도 한 폴 투르니에는 경청을 통한 치유를 추구해 온 의사로서 자신의 경험을 다음과 같이 이야기한다.

"나의 환자들은 종종 나에게 '선생님께서 제가 하는 말이 무엇이든 경청해 주시는 그 인내심에 감복했답니다.'라고 말한다. 그러나 나에게 경청은 인내심이 아니고 흥미로움이다. 나는 사람들이 다른 사람을 이해하려고 하는 일에 너무 무관심하다는 것을 발견할 때 늘 놀랍다. 사물의 의미를 찾고자 하는 사람에게는 모든 것이 열중할 만한 흥미로운 대상이다. 만일 우리가 이러한 호기심으로 삶을 채운다면, 별로 중요하지 않은 일을 통해서도 많은 것을 배울 수 있다. 평범한 일이란 존재하지 않는다. 근본적으로 우리가 만나는 모든 사람의 삶과 모든 상황 속에 인간이 안고 있는 가장 큰 문제가 존재한다."

내가 아는 모든 사람들이 책을 통해 균형 잡힌 시각을 키우고 자신과 타인을 사랑하고 치유하는 멋진 삶을 이루어 나가길 소망한다.

『치유』(폴 투르니에 지음 / CUP)

진리란 모호한 것이 아니라,
보편적이고 영원한 것

"하늘을 우러러 한 점 부끄럼이 없기를 잎새에 이는 바람에도 나는 괴로워했다"라고 시인 윤동주는 노래했다. 서양에서도 상대가 자신을 믿어주지 않을 때 "난 양심에 비추어 떳떳하다"라고 말한다. 아마도 여기서 '하늘'이나 '양심'은 우리가 막연하게나마 생각하고 있는 도덕적 절대 기준, 즉 진리를 의미할 것이다.

그러나 현대인들에게, 정신세계에서의 객관적 진리라는 개념은 생소해져가고 있다. 포스트모던의 시대적 흐름에 따라 다양성의 수용, 획일화된 평등주의적 가치관이 범람하면서 문화와 문화, 집단과 집단 그리고 각 개개인에 따라 진리가 달라진다는 도덕적 상대주의가 오늘날 세상을 지배하는 주류 철학이 되어버렸기 때문이다. 모든 '절대성'이 해체된 이 세상은 이제 바야흐로 어디를 향해 흘러가고 있는 것일까?

미국 닉슨 대통령의 특별 법률 고문 시절, 워터게이트사건에 연루되어 연방교도소에 수감되었고 그 후 성경적 세계관의 대변자로 종교계의 노벨상이라 지칭되는 템플턴상을 수상하기도 했던 찰스 콜슨이 쓴 『참으로 가벼운 세상 속에서의 진리』는 도덕적 도전에 철저하게 무감각해져버린 미국 사회를 통렬히 비판하면서 우리의 삶이 도덕적으로 이처럼 타락한 근본원인을 절대적 진리의 상실에서 찾고 있다.

"우주에는 어떤 객관적인 질서가 존재한다. 들고 있던 물체를 놓으면 바닥으로 떨어진다. 물질세계에 중력의 법칙과 같은 절대불변의 법칙이 있다면 정신세계에도 분명 그러한 불변의 법칙, 즉 절대적 진리가 있지 않겠는가? 물리적 행위에는 예측 가능한 결과가 뒤따르는데 정신적 행위에는 그런 것을 전혀 예측할 수 없다는 것이 오히려 이상할 것이다. … 절대적 진리야말로 윤리를 형성하는 필수불가결한 요소이다."

그러나 그의 주장을 비웃기라도 하듯, 한 연구 결과에 따르면 오늘날 미국인들의 4분의 3이 절대적 진리라는 개념을 거부하고 있다. "그러면 이제 우리는 어찌할꼬?"라는 옛 선지자의 질문에 포스트모던 시대 미국인들은 "내가 원하는 대로"라고 답하고 있다는 것이다. 그 결과 이혼과 불륜으로 인한 가정파괴가 도를 넘어 10대 청소년의 76%가 비정상적 혼외관계에서 태어났다. 한편 늘어나는 청소년 범죄는 정치 질서의 기반을 위협하고, 포르노의 범람은 우리 사회의 정신을 부패시키고 있다.

오늘날 사회는 이러한 범죄와 도덕적 무질서에 대항해 사회체계를 보호·유지하기 위해 많은 사람들이 공통으로 추출해낸 윤리나 도덕을 강조하고 법을 통해 이를 강제하고 있다. 물론 이러한 윤리나 법은 모든 생활영역에서 흐트러진 사회구조를 보강하는 데 유익할 것이다. 그러나 이러한 실용주의적, 상대주의적 윤리나 도덕은 한계를 지닐 수밖에 없다.

찰스 콜슨은 법학 교수인 아서 레프의 최근 말을 인용하여 작금의 현실을 꼬집는다. "신의 계시라는 궁극적 보증이 없는 모든 권위의 주장은 '누가 그래?'라는 단 한 마디에 치명타를 입을 수 있다. '누가 그래? 그건 단지 당신 자신의 의견일 뿐이야'라고 말한다면, 국제적 정의나 공의에 대한 주장 역시 사실은 권력 게임이 되고 만다." 절대적 진리에 기초하지 않는, 상대주의와 실용주의에 입각한 인간의 법이란 견해의 차원에 불과한 것이고, 사실상 힘의 논리에 의해 좌우될 수밖에 없다.

"절대적 진리에 뿌리를 두지 않을 경우 옳고 그름이란 각자의 주관대로 쉽게 결정할 수 있는 그런 것일 게다. 워터게이트 사건에서 내가 경험했던 것처럼 인간이란 믿을 수 없고, 끝없이 자기정당화를 늘어놓고도 남을 존재이다."

찰스 콜슨은 옳고 그름의 잣대가 자신의 욕구나 필요를 넘어선 초월적 실재에 굳게 뿌리박고 있다고 믿지 않는다면, 사람들은 끔찍한 충동을 제어할 길이 없을 거라고 진단한다. 그래서 그는 인권, 교육과 환경, 범죄, 대중문화, 가정, 예술 등의 주제에서 진리와 충돌하는 세계관의 모순과 허구를 지적하면서 성경적 진리의 기준을 사람들에게 제시하고자 애쓴다. 아무리 시대 흐름이 변하고 사람들이 열린 사고로 다양성을 존중한다 하더라도 우리가 결코 부인할 수 없는 절대불변의 도덕은 분명 존재한다.

이 세상 속에서의 삶에는 때로는 얼굴에 수건을 가리고 살아가는 듯한 모호함이 존재한다. 그래서 비교적 분명해 보이는 물질적 과학주의 같은 것에 의존하기도 하고 상대주의적 가치관에 마음을 주기도 한다. 그러나 근본적으로 도덕적 허무주의와 같은 부작용에 직면하게 된 현대인들에게는 마음 깊은 곳으로부터 뭔가 다른 것에 대한 갈망이 싹트고 있다. 더 이상의 인식론은 존재하지 않는다고 했던 철학 분야에서도 최근 개혁 인식론이라는 사고체계가 대두되고 있다.

세계적인 석학 앨빈 토플러는 제5의 물결이라는 말로 '영성'을 언급한다. 우리의 무너졌던 모든 가치체계는 반드시 초월자의 절대적 진리에 기초해야 다시 세워질 수 있음을 인식하기 시작한 것이다.

우리가 도덕적 행위를 힘겹게 지키려고 하는 것은 결코 그것이 실용주의적 차원에서 사회 전체에 도움이 되고 결국 문명사회를 지지하게 되기 때문이 아니라 근본적 의미에서 그것이 절대적 진

리라고 믿기 때문이다. 절대적 진리란 모호한 것이 아니다. 보편적
이고 영원한 속성을 지닌 것이다. 우리가 이 기초 위에 설 때 비로
소 진정한 다양성과 상대성을 인정하는 열린사회로 나아갈 수 있
을 것이다.

『참으로 가벼운 세상 속에서의 진리』 (찰스 콜슨 지음 / 요단출판사)

인간의 존엄성에 대하여

흔히들 인간은 존엄하다고 한다. 그리고 많은 사람들이 한 인간의 생명은 국가와도 바꿀 수 없고 더 나아가 우주 전체와도 바꿀 수 없을 만큼 고귀하다고 말한다. 그렇다면 왜 인간은 존엄하고, 인간의 생명은 그토록 고귀한 것일까? 이 물음에 답하기 위해 우리는 우선 인간의 기원 더 나아가 생명의 기원에 대해 생각해봐야 할 것 같다. 오늘날 생명의 기원에 대한 주장은 크게 두 가지로 집약된다. 하나는 다윈으로 대표되는 진화론 그리고 다른 하나는 생명이 이성적인 절대자의 설계에 의해 창조되었다는, 즉 창조론이라고 할 수 있다.

진화론은 생명체가 원시 지구의 '작고 따뜻한 연못' 속에 있던 무기질로부터 우연히 생겨났다는 가설에서부터 시작된다. 1953년 시카고 대학 대학원생이던 스탠리 밀러가 실험실 안에서 암모니아, 메탄, 수소 등을 섞어 원시 지구 환경을 재생한 뒤 번개 효과를 내기 위해 전기를 통했고 그 결과 생명의 빌딩 블록인 아미노산이 생성된 것을 발견했다. 그러자 많은 과학자들은 이 밀러의 실험이야말로 "물리적 조건만 맞으면 본질적으로 생명은 자연스럽게 발생한다"는 것을 입증한 것이라고 주장하며 진화론을 생명의 기원을 설명할 수 있는 진리로 받아들였다.

그러나 그 후 연구 결과 밀러가 가정했던 원시 지구의 환경은 암모니아, 메탄, 수소 등이 아니라 질소와 이산화탄소 등으로 이루어져 있음이 밝혀졌고 이 환경에서 밀러의 실험은 동일한 결과를 얻지 못했다. 그리고 설사 아미노산이 생성되었다 하더라도 생명체의 최소 단위인 단백질 분자 하나가 생성되려면 유기체에 필수적인 100여 개의 아미노산이 분리되어 정확한 방식으로 결합되어야만 한다. 그리고 살아 있는 세포 하나를 만들려면 약 200여 개의 단백질 분자가 각각의 기능에 따라 올바로 결합되어야 한다. 또한 생명체 내에서 이러한 결합을 유도하는 DNA와 RNA를 만드는 것은 단백질을 만드는 것보다 훨씬 더 복잡하고 어렵다. 따라서 노벨상 수상자인 프랜시스 크릭 박사는 "생명의 기원은 거의 기적처럼 보인다. 생명이 생성되려면 반드시 충족되어야만 할 조건들이 너무도 많다"고 토로했다.

이에 반해 창조론은 생명이 우연히 발생한다는 것 그리고 그 생명체가 오랜 시간 동안 크고 작은 진화를 거쳐 최고의 고등 동물인 인간이 된다는 것은 확률적으로 불가능하므로 결국 인간을 포함한 생명계는 이성적인 절대자의 지적 설계에 의해 탄생한 것일 수밖에 없다고 주장한다.

진화론이나 창조론 모두 과학적으로 충분히 검증되지 않았고 우리 앞에 놓인 현상을 완벽하게 설명할 수 없기 때문에 아직은 가설에 불과하다. 다만 진화론은 우리가 그간 발견한 돌연변이나 그 밖의 현상들을 토대로 논리적으로 추론해나가고 있기 때문에 과학적 접근 방법이라고 할 수는 있다. 그러나 진화론을 과학적 진리로 받아들이기에는 아직 많은 결함과 허점을 안고 있는 것이 사실이다.

여기에 소개한 두 권의 책, 『생명, 그 경이로움에 대하여』와 『기원과학』은 각기 진화론과 창조론을 대변하는 책들이라고 할 수 있다. 어느 쪽이 진리에 가깝다고 판단할지는 독자들 각자의 몫이다. 그러나 한 가지 분명한 것은 우리 인간이 진화론에서 주장하는 대로 아메바와 같은 원시 생물에서 시작되어 어류, 양서류, 파충류, 조류, 포유류의 진화 과정을 거쳐 원숭이의 후손으로 탄생한 것이라면 인간은 결코 존엄할 이유가 없다. 인간은 그저 자연의 법칙인 진화의 결과로 인해 우연히 생겨난 고등 동물에 불과할 뿐이다. 혹자는 인간이 생각할 수 있는 능력을 가지고 있기 때문에 위대하고 존엄하다고 말할지도 모른다. 그러나 인간의 생각이란 것도 결국 진화론적 관점에서 보면 보다 진화하고 발전한 형태의 유기질 세포의 작용으로 인한 것이므로 다른 동물들에 비해 절대적인 존엄성을 가질 수 없다.

인간이 원숭이의 후손이라면 인간이 추구하는 지고(至高)의 선(善)도 아무런 의미가 없는 것이 되고 만다. 진화론에 의하면 인간은 적자생존과 자연도태의 법칙에 맞서 스스로의 생명 보존과 종족 보존을 위해 필사의 노력을 한다. 그렇다면 생면부지의 타인을 구하기 위해 스스로를 희생하는 수많은 의인들의 삶을 어떻게 설명할 수 있을까? 과연 그 사람들이 자신의 명예를 위해 그리고 그러한 행동이 자신에게 더욱 이익이 되기 때문에 그런 행동을 했던 것일까? 우리의 삶을 둘러보면 인간은 단순히 동물에서 진화한 것으로 보기에는 너무도 복잡한 생명체이다.

얼마 전 80세의 노부부이신 친척을 방문한 적이 있다. 할아버지가 허리를 다쳐 거동이 불편하시다 보니 두 분의 삶은 매우 단조로워 보였다. 하루하루 지난날을 회상하며 아픈 몸을 걱정하고 내색은 안 하시지만 어쩌면 곧 다가올 죽음에 대해 두려움도 가지고 있을 것이다. 만일 내가 본 것이 최근 그 노부부의 삶의 전부라면 거기에서는 결코 우주보다도 고귀하다는 인간의 존엄성을 발견할 수 없다. 훗날 노부부의 죽음은 개미 한 마리, 파리 한 마리의 죽음 그 이상도 이하도 아닐 것이다. 그러나 분명 그 노부부는 죽음 이후의 삶에 대해서도 생각하고 있었다.

태어날 때부터 장애를 안고 세상에 나온 장애인들은 진화론 입장에서 보면 결코 생존을 위한 적자(適者)라고 할 수 없다. 그러나 우리는 장애인들을 우리 사회의 일원으로 생각하고 존중하며 그들의 생명을 고귀하게 여긴다. 올더스 헉슬리의 『멋진 신세계』에서처럼 유토피아를 위해 모든 인간들을 특정 계급으로 분류하여 계획된 존재로 배양해내는 과정은 소설에 불과할 뿐 히틀러와 같은 망상가가 아니라면 누구도 그러한 생각을 하지 않는다. 왜냐하면 장애인이든 머리가 나쁜 사람이든 인간의 생명은 고귀하다는 절대적 진리를 우리 모두 마음 깊이 간직하고 있기 때문이다. 인간을 한없이 존엄하게 생각하는 우리의 이러한 마음은 과연 어디서 온 것일까.

『기원과학』 (한국창조과학회 엮음 / 두란노)

『생명, 그 경이로움에 대하여』 (스티븐 제이 굴드 지음 / 경문사)

영적 깨달음만이
진정한 풍요의 원천

　자본주의는 인간에게 물질문명의 발달과 풍요를 가져다주었다. 그러나 그와 동시에 탐욕과 부정부패, 부의 편중과 물질만능주의와 같은 수많은 문제점을 노출시켰다. 그렇다면 이러한 문제들을 극복하고 위기에 처한 자본주의를 구할 수 있는 처방은 무엇인가. 그것은 바로 물질문명의 발전에 걸맞은 정신세계를 여는 것이라고 할 수 있다. 『제3의 물결』의 저자 앨빈 토플러가 21세기를 제5의 물결인 영성의 시대라고 예견한 바 있듯이 개인과 조직의 영적 깨달음을 통해서만 인간은 진정 풍요로운 삶을 누릴 수 있을 것이다.

　미래사회의 트렌드에 대한 연구 결과를 토대로 일찍이 정보화 사회, 글로벌화, 네트워크형 조직의 시대가 펼쳐질 것을 정확하게 예측했던 미래학자 패트리셔 애버딘은 『메가트렌드 2010』을 통해 자본주의와 함께 우리의 미래가 어떻게 변화할지를 보여준다. 메가트렌드란 10년 혹은 그 이상 동안 우리의 삶을 형성하는 크고 중요한 방향성을 말한다. 많은 사람들이 지적하듯이 정보의 시대는 이미 끝났고 이제 창조와 혁신의 시대가 시작되었다. 애버딘은 창조와 혁신은 우리들 내면의 진실을 깨달음으로써 달성될 수 있으며, 이제는 영적 깨달음에 의한 새로운 경제의 시대가 열리고 있다고 주장한다.

개인과 조직이 도덕과 올바름을 추구하는 것은 사람들의 마음 속에 내적 진실이 살아 있기 때문이다. 그리하여 사람들은 보다 높은 사회적·환경적·윤리적 기준을 채택하는 기업에 투자하고, 이러한 기업이 제공하는 제품과 서비스를 선호하며, 감성적이고 창조적인 본능을 존중하는 기업에서 일하기를 원한다. 이러한 내 적 진실이 우리가 추구하는 가치이며 이러한 가치 변화와 경제적 필요성이 만나 사회적 변화를 이끌어나간다. 사회적 책임을 다하 는 기업들이 그렇지 않은 기업들보다 높은 성과를 내고, 내적 진실 과 도덕에 기반을 둔 자기 절제를 실천하는 리더들이 성공적인 리 더십을 발휘하는 모습을 통해 우리는 이러한 변화의 구체적 실체 를 접할 수 있다.

우리는 성스러운 존재가 없는 회사에서 직장생활을 하고 있다. 그러나 우리의 내면에는 영혼이 존재한다. 사실 인간성에서 신성 함을 없애는 것은 심장을 도려내는 것과 다름없는 일이다. 사람들 은 영성을 대체할 것을 돈에서 찾고 많은 사람들이 돈이 전지전능 한 것인 양 믿고 의지한다. 그러나 돈이라는 우상숭배는 수많은 고통을 야기한다. 엔론, 월드콤 같은 기업들이 그런 자본주의의 그 늘을 보여주었다. 회의실에서 성스러운 존재 대신 이윤만을 찬미 한 결과 엄청난 비용을 소모한 것이다.

하지만 이런 위기에도 불구하고 희망은 있다. 자본주의의 해악은 일반 투자자, 풀뿌리 리더 등 수백만의 비밀요원들에게 숙명적인 요청을 했다. 그들의 마음속에 "영성과 윤리, 가치, 인간성을 시장에 소생시킨다."는 영적인 미션을 새긴 것이다. 개인적 영성이 기업으로 흘러 들어가면서 비즈니스와 영적인 삶이 서서히 융합되고 있다. 영혼이 있는 경영이라는 트렌드가 생기게 된 이유는 수많은 사람들이 신성한 에너지를 받아들이고 그것에 자신의 근거를 두고 있기 때문이다. 이로 인해 사람들은 개인적 치유를 넘어 공동체와 정부 혹은 비즈니스에까지 미션과 행동주의를 불어넣고 있다.

그렇다면 우리들 마음속의 내적 진실 그리고 이를 통한 지혜와 깨달음은 어떻게 얻어지는 것일까? 만일 인간이 무기질에서 시작하여 단세포 생물과 원숭이를 거쳐 진화해온 고등 생명체에 불과하다면 이러한 내적 진실과 영적 깨달음을 어떻게 설명할 수 있을까? 진실을 말해야 한다, 남에게 해를 끼치면 안 된다, 따뜻한 마음으로 서로를 배려해야 한다 등등 자연법칙과도 같은 만고불변의 진리와 도덕은 단순히 우리가 오랜 세월을 살아오면서 도출해낸, 공동체적 삶을 영위하기 위한 실용적 차원의 규범에 지나지 않는 것일까? 신이 태초에 우리들 내면에 심어주지 않았다면 이러한 진리를 단순히 명상만으로 얻을 수 있었을까?

이제 이러한 진리에 기초하여 사회적 책임을 다하는 기업들을 선택하는 투자자, 소비자, 근로자들의 흐름은 새로운 자본주의의 비전을 제시한다. 회계부정을 일삼는 기업, 환경을 파괴하는 기업 등 자본주의에 해악을 끼치는 기업들은 더 이상 용납되지 않는다. 따라서 이제 기업들은 보다 높은 사회적·윤리적 표준뿐만 아니라 성실성, 투명성, 선진화된 지배 구조를 구축해야만 생존하고 성장할 수 있다. 결국 인간이 내적 진실에 귀를 기울여 깨달음을 얻듯이 자본 또한 이러한 흐름을 받아들여 '깨어 있는 자본(Conscious Capitalism)'이 되어야 한다. 대부분의 사람들은 돈을 버는 데에만 집중하는 자본가들이 더 높은 수익률을 올릴 수 있다고 믿지만 많은 연구 결과들은 이러한 생각이 틀렸음을 입증하고 있다. 사회적 책임을 다하는 기업들이 시장 평균 이상 또는 최고의 수익률을 지속적으로 달성하고 있다.

애버딘은 이 책에서 오늘날 기업들이 달성해야 할 목표는 지혜와 깨달음, 영성으로 가득 찬 인적 자산의 힘을 인식하고 자본주의의 도덕적 변화를 일으키는 것이라고 주장한다. 그리고 우리는 자본주의를 치유할 힘이 있고 자본주의는 세상을 변화시킬 힘이 있으며 지금이야말로 그 변화를 시작해야 할 때라고 역설하고 있다. 물질만능주의, 부정부패 그리고 포스트모던의 상대주의적 가치관이 만연한 오늘날 우리 사회의 모든 개인과 조직이 신으로부터 부여받은 진리를 깨닫고 진실과 도덕, 자기 절제의 토대 위에 설 때 우리 사회는 상생과 화합의 공동체로 나아가고, 진정 풍요가 넘치는 곳으로 변할 것이다.

『메가트렌드 2010』 (패트리셔 애버딘 지음 / 청림출판)

레이첼 카슨의 마지막 노래

영성 센터의 설립자로 웨스턴 신학대학원에서 영성 훈련 과정을 운영하는 게리 토마스는 옛 영성가들의 삶과 고전을 연구하면서 인간에게는 각기 자신만의 고유한 영적 기질이 있음을 발견했다. 자연주의 영성은 자연 속에서 하나님과의 친밀함을 느끼는 영적 기질이며, 감각주의 영성은 오감으로, 금욕주의 영성은 고독과 단순성으로, 행동주의 영성은 참여와 대결로, 박애주의 영성은 이웃 사랑으로, 열정주의 영성은 신비와 축제로, 묵상주의 영성은 간절히 사모함으로, 지성주의 영성은 지식과 생각으로 하나님께 다가가는 영적 기질이라는 것이다. 그는 우리 속에서 영성의 깊은 샘이 고갈되지 않게 하기 위해서는 자신의 두드러진 영적 기질을 파악하여 발전시켜나가는 동시에 다른 기질에 대해서도 균형 있는 영성 계발을 이루어야 한다고 말한다.

『자연, 그 경이로움에 대하여』는 21세기 가장 탁월한 자연주의 영성 작가의 반열에 오른 레이첼 카슨의 마지막 책이다. 환경학의 교과서로 평가받은 『침묵의 봄』을 통해 들판에 뿌려지는 유독성 화학물질과 미국 야생 생태계의 광범위한 파괴에 관해 경종을 울렸던 그녀가 56세에 암으로 세상을 떠나기 얼마 전 "당신의 자녀가 자연에서 놀라움을 느낄 수 있도록 도와라"라는 제목으로 한 잡지에 기고했던 글들을 모아 단행본으로 펴낸 것이 바로 이 책이다. 시적 산문과 정확한 과학적 지식이 독특하게 결합된 글을 쓰는 그녀는 핵 폐기물의 해양 투척에 반대하여 전 세계에 그 위험을 경고한 『바다의 가장자리』와 같은 책을 쓴 열정적인 생태보호주의자였으나, 이번 글은 앞서의 책들과는 다소 성격이 다른 시적 산문이다.

이 책에서 카슨은 우리가 태어나 처음으로 자연에 대해 느낀 생생한 감동을 평생에 걸쳐 어떻게 유지해나갈 수 있는지, 자연과 멀어진 채 지내기 십상인 일상에서 자연에 대한 놀라움과 경외감을 어떻게 잃지 않을 수 있는지, 그 비결을 전해준다. 그 비결은 바로 자연을 설명하거나 가르치려 하지 말고 우리의 모든 감각을 동원해서 자연과 사귀라는 것이다. 카슨에 따르면 자연은 아이와 어른이 함께 기쁨을 나누고 발견의 모험을 하는 곳이다. 자연에 대해 각별히 놀라워할 줄 아는 카슨의 눈도 어린 시절 어머니와 함께함으로써 깊어질 수 있었다고 한다. 때문에 어린이에게는 자연에 대해 함께 놀라워할 한 사람 이상의 어른이 있어야 한다고 말하는 카슨은 그래서인지 그녀의 집을 방문한 조카의 아들 로저와 주변 숲과 바닷가를 함께 거닐며 흥미진진한 모험을 즐긴 시간들을 이 책에 담았다.

『자연, 그 경이로움에 대하여』의 큰 특징 가운데 하나는 밤을 주제로 했다는 것이다. 카슨은 밤의 고요함과 신비를 무척이나 사랑했다. 바닷가와 밤이야말로 카슨이 삶의 가장 깊은 신비를 명상하는 장소이자 시간이었다. 그녀는 밤에 홀로 나서는 것은 내적인 치유와 인간 내면에 대한 새롭고도 깊은 이해와 통찰을 가져다준다고 말한다. 그래서 그녀는 자주 밤바다나 밤의 들판으로 나간다.

"비바람 치던 어느 가을밤이었다. 그때 로저는 세상 빛을 본지 20개월이 지난 아이였다. 나는 로저를 담요로 감싼 채 비 내리는 어둠 속 바닷가에 앉혔다. 저 멀리, 우리의 눈길이 미처 닿지 않는 바다 끝에서, 거대한 물결이 우르릉대며 춤추고 있었다. 세상을 뒤흔들듯 커다란 소리를 내며, 물결은 이내 우리 곁으로 밀려와 무수한 포말로 스러졌다. 로저와 나는 즐거움에 겨워 크게 웃었다… 로저는 태어나 처음으로 바다가 불러주는 신의 노래를 들었던 것이다. 물론 나는 삶의 거의 대부분을 바다와 사랑에 빠져 보낸 어른이었다. 하지만 로저와 나는 그날 밤 분명히 같은 기분을 느꼈다. 드넓기 그지없는 바다, 세상을 뒤흔들듯 으르렁대는 바다 그리고 그 모든 것을 감싸 안고 있는 넉넉한 어둠. 우리는 이 모든 것에 가슴 두근거리지 않을 수 없었다.

"소슬한 바람이 부는 10월의 고요한 어느 날 밤, 아이와 함께 들판으로 나가보자. 가만히 서서 머리 위 어두운 하늘을 향해 귀 기울여보자. 어둠 저 너머에서 희미하게 한 소리가 들려온다. 날카롭게 울어대는가 싶으면, 서로를 애타게 부르는 듯도 싶다. 창공에 흩어져 나는 철새들이 같은 무리 속의 다른 새를 부르는 소리다. 나는 그 소리를 들을 때마다 이루 말할 수 없는 수많은 감정의 파도가 내 안에서 물결치는 것을 느끼지 않을 수 없었다. 사랑하는 사람들로부터 멀리 떨어져 있는 듯한 고독감, 어떤 알 수 없는 힘에 이끌려 삶의 방향이 정해지곤 하는, 나를 비롯한 세상의 모든 피조물에 대한 연민, 간절히 원할 수도, 철저히 거부할 수도 없이, 다만 어김없이 따라야만 하는 어떤 섭리에 대한 경외감, 해마다 틀림없는 이동 경로와 방향을 밟는 철새들의 설명할 길 없는 본능에서 느껴지는 신비감… 이윽고 달 가까이 날아오는가 싶던 새들은 빠르게 달의 얼굴을 가로질러 저 멀리 사라져간다. 알 수 없는 어둠 속에서 와서, 빛 가운데 잠시 머물다가 다시 어둠 속으로 사라져가는 우주의 외로운 여행자들. 비록 길은 다를지라도 우리 모두는 그런 여행자들이리라."

게리 토마스의 말대로 우리가 지닌 영적 기질은 서로 다를지 모른다. 그러나 대자연 속에서 느끼는 경외감만큼은 누구나 같다. 물론 아이 적부터 자연을 통해 아름다움에 대한 감수성과 새로운 것, 미지의 것에 대한 흥분, 기대, 동경, 사랑을 심어준다면 그들의 자연주의적 영성은 더한층 꽃필 수 있을 것이다. 그러나 아무리 좋은 것도 지나치면 오히려 해악이 되듯, 자연을 통해 생명의 경이와 신비를 느끼며 자연주의적 영성을 발전시켜나가는 것은 바람직하나, 자연이 하나의 우상이 되어 범신론적 합일 같은 영적 체험을 시도하려는 욕구는 식욕, 물욕, 성욕처럼 지나치면 탐욕으로 화할 수 있음도 알아야 할 것이다. 영적 절정에 대한 갈망도 절제해야 할 무엇이기 때문이다. 그래야 우리 존재의 다른 부분들이 균형 있게 계발될 수 있다.

『자연, 그 경이로움에 대하여』 (레이첼 카슨 지음 / 에코리브르)